Ninguna derrota
será la última

Ignacio Cort Cañizares

2024

València

© Ignacio Cort Cañizares

© Derechos de edición:

Nau Llibres - Edicions Culturals Valencianes, S.A.
Tel.: 96 360 33 36, Fax: 96 332 55 82.
C/ Periodista Badía, 10. 46010 Valencia
E-mail: nau@naullibres.com   web: www.naullibres.com

Diseño de cubierta:
MacDiego
Fotografía de la solapa:
Marga Todoli

ISBN: 978-84-19755-17-9
Dep. Legal: V-27-2024

Imprime:
Podiprint

Dedicado a Marga,
compañera y cómplice,
con amor

Índice

Excusatio Non Petita

La Real Academia de la Lengua define ucronía como "Reconstrucción de la historia sobre datos hipotéticos". Ampliando esta definición y aplicando el término a una novela como es ésta, que mi desconocido lector tiene entre sus manos, podría decirse que es una reconstrucción de la historia sobre hechos que pudieron ocurrir, aunque no acontecieron.

Ésta es mi hipótesis de cómo pudo ser la historia de los personajes ficticios de esta novela, por lo que se debe tomar como tal. Algunos de los lugares por donde transita la ficción se pueden encontrar en los planos y callejeros. Otros no. De las instituciones públicas o privadas y de los personajes históricos que existieron en los momentos y parajes donde transcurre la acción, el autor no tiene constancia de que vivieran las situaciones que aquí se narran ni dijeran las frases que ha puesto en sus bocas. Si alguna institución pública o privada, o si cualquier persona pudiera sentirse aludida, tengan la seguridad de que ha sido producto de un parecido involuntario.

Capítulo I

Volver sin miedo
a la batalla

El hipódromo Central de Moscú se fundó en septiembre de 1834, pero en el año 1948 quedaban pocos elementos de las antiguas instalaciones. Cerrado durante la Revolución, tras la Guerra Civil el recinto recuperó la gloria como lugar de culto en Moscú. En sus gradas se sentaron artistas tan reconocidos como Yanshin, Moskvin o Tarkhanov, e incluso alguno de ellos llegó a participar en las carreras, como Ivan Kozlovsky, en su *sulky* de trotones, o Izaak Babel. El autor de "*Konarmia*", combatiente de la Caballería Roja durante la revolución, era un esforzado jinete, camarada de otros muchos caballistas y de criadores de caballos. También algunos héroes revolucionarios, como el piloto Mikhail Gromov, llegaban a las gradas con la estrella de héroe de la revolución prendida en el pecho. Los jinetes eran verdaderos ídolos, y los espectadores luchaban a brazo partido por conseguir un autógrafo de alguno de ellos.

Durante la Gran Guerra Patria, dada la cercanía del hipódromo a la ciudad, el ejército instaló allí una batería de cañones antiaéreos. Así permaneció hasta que, en el verano de 1944, varias decenas de miles de alemanes capturados fueron encerrados en el campo de atletismo anexo en espera de ser llevados a Moscú para rehabilitar y construir los edificios que su ejército había destruido durante el asedio a la ciudad.

Después de la guerra se reconstruyó el edificio. El nuevo hipódromo mantuvo algunas de las edificaciones y esculturas anteriores a la revolución y se incorporaron a las nuevas instalaciones los principales elementos de la arquitectura de aquellos tiempos. Todos los principios del gótico estalinista se proyectaban a través de columnas con capiteles y pórticos, bajorrelieves, medallones, frescos y vidrieras. Los artistas, a través del llamado clasicismo proletario, quisieron reflejar el trabajo, el ocio y el deporte de los ciudadanos de la Unión Soviética. Una de las edificaciones que se mantuvo alejada del estilo en boga fue la entrada al hipódromo, que tenía muchas características comunes con la Puerta de Brandenburgo en Berlín.

Roberto Elizondo Bowes había quedado con su interlocutor del PCUS al pie de la torre izquierda, en cuya veleta se había reproducido la imagen del trotón Oryol, un prestigioso símbolo de la cría de caballos rusos.

Eligieron ese punto de encuentro porque no era un lugar muy frecuentado por las autoridades y así podrían pasar desapercibidos. Los superiores de ambos conocían la amistad que les unía desde la guerra en España, incrementada cuando lucharon juntos en el Ejército Rojo, en la Ofensiva del Vistula-Óder y el posterior sitio de Breslau. Tanto los jefes de Alexei Dimitrevich Yaremenko, agregado a la secretaría de Mijail Súslov, como los de Roberto, enlace del PCE con las guerrillas que operaban en España, no verían con buenos ojos que esa amistad pudiera servir para que uno u otro filtrasen información restringida. Cada uno hablaba perfectamente el idioma del otro y habían llegado a un acuerdo implícito: cuando los encuentros ocurrieran dentro del protocolo político, cada uno hablaría en la lengua del otro. Aunque la excusa oficial es que así practicaban el idioma adquirido, la realidad era que de esta forma cuidaban mucho las palabras que pudieran contrariar a sus superiores. Hoy hablarían en castellano para que nadie pudiera entender lo que decían.

Cuando llegó el español, Alexei ya había adquirido dos billetes a sesenta kópeks cada uno de ellos. Buscaron acomodo en una tribuna lateral donde pudieran estar solos.

Habían acordado verse dos jornadas atrás, para poder comentar la reunión de Stalin con los dirigentes del PCE habida el día anterior. Alexei le comentó que, formalmente, la recepción había resultado ser una audiencia del líder soviético con Pasionaria, Francisco Antón y Carrillo. Que además asistieran Molotov, Súslov y Vorochilov no podía interpretarse como una reunión de trabajo, pues ni tenía orden del día, ni se levantó acta, ni tan siquiera hubo acuerdos verbales.

—En la cena que tuvimos después en el hotel Lux no dieron esa impresión –comentó, sorprendido, Roberto–. Es más, estaban muy satisfechos de la audiencia porque Stalin les había respaldado en su política, sobre todo en dos campos concretos, el sindical y la Guerrilla.

—Hay que tener tiento con Koba, ya sabes que el camarada Stalin primero escucha dando largas caladas a su pipa y luego expone, como si fuera un oráculo, unas teorías aparentemente reflexivas, aunque en el fondo es bien sabido que le sirve para disimular su oratoria lenta y monocorde.

—Ten cuidado –sonrió Roberto–, por un comentario como ese eres candidato a ingresar en la plaza Lubianka.

—No te preocupes, estamos solos los dos. Además, si se diese el caso, tú me acompañarías.

Alexei también le comentó que Stalin hizo hincapié en modificar la política del PCE porque, a pesar de todos los logros obtenidos en la lucha antifascista, quizás le faltaba profundizar en una estrategia leninista y bolchevique como la que dio sus frutos antes de la Revolución de Octubre. Era necesaria una inserción de elementos revolucionarios en los sindicatos verticales fascistas, sin dejar por ello de actuar contra el enemigo en los sindicatos obreros clandestinos.

—Pero sabes que entre nuestros dirigentes hay bastantes que no quieren integrarse en los sindicatos reaccionarios.

—Esa postura es la que Lenin calificó como la enfermedad infantil del izquierdismo –enfatizó Alexei–. Es necesario aprovechar todas las posibilidades para unirse estrechamente a la clase obrera y a las masas, no solamente a través de los sindicatos verticales falangistas sino en otras organizaciones civiles y religiosas.

Roberto sabía que algunos dirigentes no darían su brazo a torcer a corto plazo, aunque a la larga cambiarían de opinión. Al final de la audiencia, el líder de la URSS había donado una importante cantidad de dinero que no iba a destinarse a impulsar acciones contrarias a las recomendaciones del donatario. Además, Roberto sabía que Carrillo había mantenido una reunión con Tito meses atrás para conseguir militarizar, con la entrega de todo tipo de material bélico, a la Agrupación Guerrillera de Levante y Aragón, solicitando incluso el lanzamiento de paracaidistas desde Yugoslavia para organizar el movimiento. Pero sólo pudo conseguir poco más de veinticinco mil dólares, una cantidad mucho menor que la costeada por Stalin el día anterior.

—Del mismo modo –continuó Alexei, como si hubiera leído sus pensamientos–, sabemos de vuestros contactos con Tito, y en el próximo Kominform va a tener lugar una reprobación expresa del régimen *titista*. Vosotros tendréis que apoyarla sin reservas.

—No somos *titistas* bajo ningún concepto.

—Las noticias que han llegado al PCUS son otras, así que tened cuidado con vuestra postura en el próximo Kominform.

—Sabes que yo no tengo ninguna influencia en esa toma de decisiones.

—Estoy convencido de que percibes que la Guerrilla española nunca podrá vencer al régimen de Franco. Sobre todo, desde el abandono de los aliados a su causa. Europa se ha dividido en dos mitades, y los capitalistas nunca van a consentir que en el extremo oriental haya un gobierno liderado por prosoviéticos.

—Tal vez sea así –contestó Roberto de mala gana– pero la Guerrilla es la última vanguardia que se tiene para demostrar al exterior que el régimen es un criminal represor del pueblo español. No te olvides de que hace unos meses Francia cerró la frontera como repulsa al fusilamiento de Cristino García, ¡un héroe de la Resistencia francesa contra los nazis!, y ese país, Gran Bretaña y Estados Unidos sacaron una nota criticando duramente la ejecución.

—Eso fue en el 46, hace dos años. Desde entonces ha pasado mucha agua bajo los puentes, como decís los españoles. Posteriormente los propios Estados Unidos se opusieron en la ONU a emitir una nueva condena contra el régimen fascista. Y hace unos meses Francia volvió a abrir la frontera. Sabemos que, además, están muy avanzadas las negociaciones para que Estados Unidos promueva un acuerdo por el que los bancos norteamericanos concedan créditos al gobierno de Franco.

Roberto se centró en la carrera de trotones que acababa de comenzar. Competían cuatro caballos. Mientras los carros daban vuelta y media al óvalo, pensó en las palabras de Alexei. Se conocían desde que coincidieron en Valencia en el año 37. A pesar del aprecio que se profesaban, eran dos buenos patriotas. Cada uno defendía los intereses de su partido. Ninguno de ellos hubiera esperado la deslealtad del otro a sus ideas. "¿Por qué quiere que influya de esa manera en la decisión del Comité Central?", se preguntó.

Alexei dio un salto de alegría cuando el *sulky* número tres pasó por la meta en primer lugar.

—El ganador pertenece a la cuadra del primer ejército de Caballería, la *Konármiya*. A sus jinetes les denominan el "proletariado a caballo", y mi abuelo luchó en esa unidad en la guerra contra los blancos de 1920, cerca de Crimea.

—¡Enhorabuena! –le felicitó Roberto con desgana–. No sabía que te entusiasmaran las carreras de trotones. Me parece inhumano reprimir la galopada a un caballo cuyo instinto natural es hacerlo cuando compite.

—Si sabes tanto de la situación geopolítica europea como de las carreras de trotones, tienes un mal porvenir, amigo.

—Alexei Dimitrevich, no sé qué esperabas de esta conversación, a no ser la de ver ganar al regimiento de tu abuelo.

—Estas charlas sirven para que nuestros directores sepan a qué atenerse antes de una reunión. Todos sabemos, Roberto Albertovich –bromeó incluyendo el patronímico de su padre–, que luego nuestros jefes deciden lo que quieren, pero tanto Súslov como Carrillo quieren saber a qué atenerse antes de una reunión. Stalin ha mostrado una directriz ante la cual el secretariado del partido va a tomar nota y obrarán en consecuencia, por lo que quisiera saber qué política va a seguir el PCE.

—¿Y qué esperan que hagan los míos?

—Sabemos que el PCE no quiere que cesen las luchas de la Guerrilla. Demasiados muertos y demasiadas promesas, para retroceder en un instante. Pero desearíamos que, por un lado, se dieran golpes espectaculares dando la impresión de que el régimen fascista está herido de muerte, y a la vez que os introduzcáis en los sindicatos falangistas, las organizaciones vecinales, festivas, religiosas porque, como decía Lenin, *"cuanto más crece el proletariado con el desarrollo capitalista, tanto más obligado se ve a emprender la lucha contra el capitalismo y tanto más capacitado está para emprenderla. El proletariado llega a adquirir conciencia"*. La lucha debe hacerse desde dentro, al lado de las masas.

—¿Y abandonar a su suerte la acción guerrillera?

—¡Claro que no! Debemos mantenerla hasta que seamos fuertes en los movimientos sociales. Pero, en el periodo de cinco años, los que no han muerto deberán elegir entre tirarse al monte sin apoyo o salir fuera de las fronteras. Sabemos que el partido socialista ya está evacuando a las partidas afines a su ideología en el norte de la península.

—El apoyo que tienen por parte del PCE es tan grande que se tomarán como una traición el que les digamos que abandonen. No creo que el Comité Central esté por la labor.

—Si estás íntimamente convencido de que el futuro del PCE no es el apoyo a la Guerrilla, sino cumplir con las recomendaciones de Stalin, podrás influir en los demás. Quizá lo hagas de una forma equivocada y a largo plazo, pero seguro que influirás.

—Pero sería un plan muy arriesgado –se quejó Roberto–, los camaradas españoles quieren soluciones a corto plazo.

—*Terpenie, terpenie*, paciencia, paciencia, como les recomendó Stalin en la reunión a tus camaradas. Hay que mirar al objetivo desde la distancia, pero para llegar hace falta la mirada corta.

—Ésa es la máxima de la Guardia Civil: *"Paso corto, mirada larga, mala leche y no fiarte ni de la pareja"*. Es un mal precedente.

—Del enemigo copia aquello que te permita vencerlo.

—¿Una sentencia bélica de Alexander Nevski o de Stalin?

—No, es mía propia, pero sería sensato que la siguieras.

—Me lo pensaré –fue lo único que Roberto se atrevió a decir.

Alexei se quedó a presenciar la siguiente carrera. Roberto se fue paseando hasta la estación de metro. Anduvo más de una hora pensando en la reunión que tendría con Carrillo al día siguiente, antes de su viaje a Toulouse, por lo que tomó el metro tres estaciones más allá del hipódromo.

✷ ✷ ✷

Los niveles dos y tres del aparato, secretarios todos ellos de los miembros del Comité Central, se reunieron en el hotel Moskva la mañana siguiente para perfilar la reunión que días más tarde tendrían los miembros del Comité Central.

Roberto tenía que preparar el plan de acción de la Agrupación Guerrillera de Levante y Aragón para al menos los seis primeros meses del año siguiente. Desde que el 6 de enero de ese año la guardia civil había atacado el recinto de Tormeda, en Salvacañete, matando al jefe de la Guerrilla y apresando a los demás, la Agrupación había disminuido sensiblemente su presencia. Roberto debería, por un lado, planificar la necesidad de evitar la desmoralización de sus miembros pues, como se había filtrado, a muchos de ellos les había invadido el desánimo por falta de unas perspectivas claras y, por otro lado, alentar a la Agrupación para mantener viva la esperanza en la clase obrera y campesina de que la resistencia armada sería el detonante de una sublevación contra el régimen.

A su lado, Martín Lezcano, representante de la redacción de *Nuestra Bandera* y responsable de la edición y coordinación de los pasquines, octavillas y periódicos guerrilleros, comentaba que deberían evolucionar las editoriales de la revista hacia una concienciación para que la lucha del proletariado se introdujera en los movimientos ciudadanos y los sindicatos falangistas, sin olvidar encomiar las excelencias de la lucha armada y la presión que deberían hacer los sindicatos de clase en la clandestinidad, sobre todo en la movilización de huelgas sectoriales.

Mientras intervenían cada uno de los componentes de la mesa de secretarios, Roberto estaba cada vez más convencido de que la lucha armada iba a desaparecer, al menos con el apoyo del partido. Las últimas noticias daban cuenta de que las guerrillas del norte, bajo la influencia del partido socialista, estaban desembarcando en San Juan de Luz desde diversos puertos de Asturias. Prieto había tomado el camino más lógico, conforme las fuerzas de represión iban ganando terreno, para salvar a cuantos más militantes mejor.

José Gómez, Laski, y Adelino Pérez Salvat, Teo, estaban en Toulouse a la espera de órdenes. Antes de su viaje a Moscú, Roberto había diseñado un plan de acción de la Agrupación bastante pormenorizado, con la intención de presentárselo a Carrillo. La duda que le surgía desde la reunión con Alexei era si sería oportuno presentar paralelamente un plan de evacuación. Sabía que Santiago era partidario de prolongar la lucha guerrillera, pero el comentario de Stalin no debía caer en saco roto. Ideó un plan de evacuación para que, si le encargaban su realización, pudiera definirlo en colaboración con los dos enlaces de los guerrilleros.

Quedaron para el día siguiente, una hora antes de la reunión del Comité. Roberto presentaría su plan de acción a los tres que asistieron a la audiencia de Stalin. Elegirían para la reunión, como tantas veces, el parque Gorki, por lo que debería coger el metro hasta la estación de Park Kultury-Koltsevaya. A veces ni subían a la superficie, reunidos bajo los impresionantes bajorrelieves en forma circular, obra de Rabinovich. Todo el mundo sabía que la KGB había colocado escuchas en los salones y habitaciones de los hoteles donde se reunían los comunistas españoles, inclusive en la casa de Pasionaria, en la calle Stanislavski.

En esta ocasión se reunieron en un extremo de la plaza junto al Teatro Verde, una gran extensión circular desde donde podían hablar sin temor a ser escuchados.

Roberto propuso su plan para el semestre siguiente. Deberían coordinar las acciones de todas las partidas de guerrilleros. Sentando la base en Valencia, o en un lugar próximo a la ciudad, podría vincular las acciones de la Agrupación. Comenzaría con el undécimo sector, que actuaba en Cuenca, Valencia, Teruel y Castellón. Tras la muerte de su jefe, Elizondo Galarza, Andrés, en julio del 47, hacía poco más de un año, y la sustitución de éste por Florián García Velasco, Grande, se habían dedicado casi en exclusiva a subsistir, por lo que era necesario una acción conjunta de todas las partidas.

El secretario informó que contactaría con los grupos que actuaban en Casas de Melchor, cerca de Benagéber, y en Casas de Moya, así como en la Cueva Rio Cabriel y en la Cueva Sierra Derrubiada, cerca de los Isidros. Más tarde intentaría contactar con los grupos de El Reatillo, cerca de Siete Aguas, y en la Fuente del Rebollo, en Aras de Alpuente. Posiblemente algunos de ellos se habrían trasladado debido a la presión policial, pero averiguaría sus nuevos paraderos.

—Tenemos que dar golpes de efecto cerca de Valencia, al objeto de que tengan repercusión sobre la población de la ciudad. De poco sirve dar un golpe en un pueblo perdido donde sólo se enteraren unos cuantos lugareños, dado que la prensa franquista está fuertemente censurada. Los objetivos más inmediatos serán acciones violentas en las vías de comunicación y asaltos a algunas de las masías de burgueses valencianos, inclusive en zonas tradicionales de veraneo o fincas en las tierras de naranjos, bien solicitando el rescate de algunos de ellos, bien obligándoles a contribuir económicamente con la causa, sin descartar acciones directas contra la Guardia Civil. También podríamos llegar con acciones fugaces a las zonas de Requena y Utiel, en colaboración con las Guerrillas que operan en el sureste de Cuenca.

—¿Y en las zonas de Cuenca, Teruel y Castellón? –le preguntaron–, ¿no tienes definida una estrategia a corto plazo?

—Esos grupos están mejor organizados. Como he dicho antes, podríamos buscar su apoyo logístico en determinados momentos, pero el objetivo inmediato es el de visibilizarnos lo máximo posible, creando en las masas una certidumbre de que podemos ganar a las fuerzas represoras. Si tenemos éxito en las acciones cerca de Valencia o en los suburbios de la ciudad, verán aumentada su moral y entonces podremos plantearnos acciones de mayor magnitud.

Las actividades guerrilleras urbanas no habían tenido éxito, si se exceptuaba algún caso en Madrid y Barcelona. El Comité Central tenía serias dudas de que en Valencia pudiera conseguirlo.

—No será el caso –objetó Roberto–. No tendremos acciones en el centro de la ciudad, pero si en el extrarradio. ¿Cómo podrá tapar la prensa facciosa una explosión en la vía del tren de una estación cercana a Sagunto, por ejemplo? ¿O el asalto a un autobús de línea cerca de Contreras? El mensaje a través del boca a boca será gigantesco.

Como la reunión definitiva para diseñar meticulosamente el plan debería hacerse en Toulouse, en compañía de los enlaces que aguardaban allí, el Comité Central dio vía libre, no sin antes dejar bien claro que el plan final debería aprobarlo el Consejo Central de Resistencia. Roberto, antes de marchar a España, debería trasladarse a Toulouse para obtener el visto bueno del mismo.

Fue entonces cuando cayó en la cuenta. En ese mismo instante le habían nombrado el enlace directo con la Agrupación. Debería volver a España más de diez años después de haberla dejado. No tenía más que vagos recuerdos de la última capital de la República Española. La plaza de Emilio Castelar, la presidencia del gobierno en el palacio de Benicarló, la reunión de las Cortes en el Ayuntamiento o en la Lonja de la Seda, el inicio de su amistad con Alexei en el hotel Metropol, sede de la embajada soviética, o las reuniones en la calle de la Paz, donde se encontraba la *Unión de Muchachas de la Escuela Lina Odena*, el lugar en que conoció a Amparo Miquel, una propagandista de las Juventudes Socialistas Unificadas. Recordó el café *Ideal Room* o la Casa de la Cultura en el hotel Palace, donde había pasado horas enteras en tertulias o preparando políticas educativas junto con personalidades tan importantes como Max Aub o Josep Renau o recibiendo y ayudando a catalogar y embalar conveniente el tesoro artístico del Museo del Prado de Madrid, camino de Ginebra.

Se quedó ensimismado pensando, sobre todo, en Amparo. ¿Qué sería de ella? ¿Habría huido? ¿Fue represaliada? Sin pretenderlo, prestó todo su interés en saber de ella nada más pisar Valencia.

La reunión siguió con el segundo tema, la incorporación de cuadros comunistas en los sindicatos verticales. Abelardo Díez Cantarero, Gervasio, sería el enlace entre el Comité y los sindicatos clandestinos. Estaban convocadas elecciones para dentro de dos años y tenían que introducir a los miembros del partido como enlaces sindicales. Por ley, todo representante sindical tenía que estar afiliado a la Falange, por lo que deberían pasar un férreo control de la policía franquista. Seleccionar compañeros sin antecedentes ni sospechas de ser desafectos al régimen sería una tarea laboriosa. Abelardo también propuso un plan dual; por un lado, los sindicatos de clase, que deberían actuar desde la clandestinidad, agitando a las clases obreras y campesinas a través de huelgas, y por otro, los compañeros sin sospechas ante las autoridades, que deberían ingresar en la Falange para promocionarse dentro de los Jurados de Empresa en las elecciones del cincuenta, así como mentalizar a los trabajadores en la participación de las votaciones. En muchas empresas la abstención era muy elevada debido al descontento de los llamados, en el lenguaje del Régimen, "productores" por culpa del duro control de las listas de elegibles. Promocionar una alta participación votando a los compañeros del partido sería otra de sus cometidos.

Tanto Roberto como Gervasio quedaron para visitar el día siguiente a Alexei en el *Orgburó* de la calle Gruzinskly, sede del Politburó, para que le tramitara los visados y enlaces pertinentes al objeto de viajar a Toulouse. Al despedirse, Pasionaria insistió en que antes de marchar pasara por su casa para darle las últimas indicaciones y ánimos en su misión.

Tras la reunión con Alexei, a quien acompañó Oleg Petrovich Karev y Gervasio, fueron los cuatro a tomar unas copas a la *Bodega de Arbat*, a dos manzanas del famoso *Kulinariya Praga*. La escalera por la que se descendía al local era una prueba primaria para el mantenimiento del equilibrio. Estaba muy oscura, y Roberto pensó en beber con moderación porque, si tomaba más de dos copas, le sería imposible subir por esos lóbregos escalones al final de la reunión. Al llegar a la parte inferior le sacudió los sentidos el olor a tabaco y sudor y el excesivo calor húmedo, que le llevó a desprenderse de las distintas capas de ropa que llevaba como si fuera una cebolla. El humo había convertido las paredes blancas en unas de color pardo, y en la mugre que se había depositado algún cliente había escrito la fecha en la que había tomado unas copas. En el fondo, un pianista atacaba una melodía que no podía sobresalir por encima de la cháchara del personal.

—La ventaja del local es que sirven vodka –se disculpó Oleg Petrovich.

—Hubiese estado mejor haber cenado en el Praga –dijo Gervasio–, desde hace mucho tiempo, en España, vamos a comer con cartilla de racionamiento, si es que algún compañero nos deja compartir la suya.

—Yo creía que los guerrilleros se aprovisionaban de los *koljoses* cercanos a los lugares que operan.

—Lo que tú llamas *koljoses* no existen en nuestro país –contestó *Gervasio*, malhumorado–. Durante la República se montaron algunas cooperativas de los campesinos, sobre todo en Andalucía, pero en la actualidad siguen siendo latifundios de la burguesía en la que trabajan las familias campesinas a cambio de una parte de la cosecha. Si el año es malo, a pasar hambre.

—Pero esos campesinos son los que dan de comer a las Guerrillas.

—Si pueden. En muchos casos, si nos ayudan, son represaliados por la policía franquista. Incluso fusilados. Además, Roberto y yo vamos a vivir en Valencia, así que o los compañeros nos reparten algo de la comida de sus cartillas de racionamiento o lo dicho, a pasar hambre.

Gervasio se había opuesto a lo que él llamaba la legitimación de los sindicatos falangistas presentando en las elecciones a compañeros del partido. Había cedido de mala gana, pero todos sabían que el guerrillero era una persona muy disciplinada con el Comité Central y que realizaría su trabajo de forma concienzuda.

Alexei aprovechó la discusión entre los otros dos para hacer un aparte con Roberto. Recordaron sus aventuras en la última capital de la República. Hicieron memoria de viejos conocidos, lugares donde se divirtieron, refugios donde se ocultaron de las bombas italianas y las compañías femeninas de que disfrutaron.

—¿Te acuerdas de Amparo Miquel? –preguntó el ruso.

—Ayer mismo la recordé. Me gustaría mucho encontrarme con ella.

—Creo que si la República hubiera ganado hoy serías un director de cualquier Ministerio y tendrías dos o tres hijos con ella.

—Los chinos dicen que, si caes ocho veces, levántate ocho. La República se levantará mil veces, si fuera necesario.

—Y en la mil y una te casarás con ella.

—Eso será si ambos hemos sobrevivido.

El día dos de noviembre de 1948 Roberto entró, a eso de las cinco de la tarde, en el bloque de viviendas destinado a los miembros del Comité Central de PCUS en la calle Stanislavski, en donde le habían asignado una residencia a Dolores Ibárruri. Cuando entró en el apartamento ya estaban en él Gervasio y dos miembros más. La anfitriona había conseguido una botella de vino español, y desde la cocina llegaba el inconfundible olor de una tortilla de patatas. Dolores amenizó la velada interpretando canciones de su país vasco natal mientras Almudena, una de las secretarias de la delegación española, la acompañaba, con más ilusión que aptitud, con una guitarra española. Durante la cena, alguno de los presentes recordó que esa fecha se conmemoraba el día de difuntos. Otro afirmó que ésas eran tradiciones religiosas y debían ser desechadas radicalmente, pero Gervasio, que había viajado a Méjico al final de la Guerra Civil, comentó que en el fondo era una fiesta pagana que la Iglesia se había apropiado como eclesiástica. Todo el mundo estuvo de acuerdo con ello, quizás para tener excusa con la que recordar a sus muertos.

En la habitación se habían colocado, al menos, tres fotografías de Rubén Ruiz, el hijo de Pasionaria, muerto en la batalla de Stalingrado. Ella no quiso hablar de él, pero, cuando todos los demás recordaron a los amigos muertos en esos tiempos de turbación, notaron cómo a ella se le aguaban los ojos.

Después hablaron del viaje que los dos enlaces iban a iniciar el día siguiente. Todos sabían que el apartamento tendría instalados escuchas del KGB, por lo que estuvieron totalmente de acuerdo con las consignas oficiales del partido.

Al salir, Dolores le dio un fuerte abrazo de despedida. Mientras le apretaba con calor le murmuró al oído.

—El mejor guerrero no es el que triunfa siempre, sino el que vuelve sin miedo a la batalla.

Capítulo II

El mayordomo

Brígida se levantaba todos los días a las seis de la mañana, excepto aquellos en que el carbonero proveía de combustible para los menesteres de la casa. Esos días lo hacía una hora antes.

Desde que el marido y ella tuvieron que servir como domésticos para los señores de Salazar, se había habituado a la misma rutina de seis a diez de la mañana. Los dueños les habían acomodado en el semisótano del palacete que tenían en la calle del Mar, junto a la plaza de la Congregación, en una pequeña habitación y un anexo que hacía las veces de baño: pileta, polibán e inodoro en un reducido espacio de dos por dos. Se hallaban ambas dependencias junto a la carbonera de la finca.

Para Evaristo Orozco, su marido, las ocupaciones comenzaban a las siete. A esa hora se acercaba al puesto de periódicos de la Glorieta para comprar el Levante, el diario oficial del Movimiento. Luego se encaminaba al horno de la calle del Mar, esquina a la de Avellanas, al objeto de adquirir el pan de la jornada.

Don Eduardo Salazar, el señor de la casa, era persona de horario estricto. Se sentaba a las siete y media para desayunar un café con leche, tortas fritas con melaza, los días que se podía comprar miel en el mercado o de estraperlo, o en su ausencia con azúcar blanco, y algo de fiambre o quesos que se le servía en una bandeja.

Su mujer, doña Soledad, bajaba al comedor a eso de las ocho menos cuarto, recién arreglada, con la mantilla puesta y el misal en la mano. A las ocho acudía, acompañada de Brígida, a la misa de la parroquia de Santo Tomás Apóstol y San Felipe Neri para cumplir con su rito diario. Entre las obligaciones de la sirvienta estaba la de acompañarla, puesto que la señora, que sufría algunos achaques y mareos, no se atrevía a ir sola. Brígida se maliciaba que esa excusa la utilizaba para mortificarla, al saberla atea, dado que, cuando alguna tarde iba a la iglesia de la Compañía para hablar con su confesor, lo hacía sin necesidad de acompañamiento.

Terminada la misa, doña Soledad se quedaba rezando unas plegarias en la capilla del Santísimo, algunas veces acompañada del párroco don Fulgencio. La señora realizaba frecuentes donativos para las obras de caridad de la parroquia y era una de las feligresas más queridas.

Brígida esperaba en la puerta de la plaza. Aunque seguía la misa según la costumbre, arrodillándose cuando era menester y con un pañuelo haciendo las veces de mantilla; por lo que no pasaba era por adorar al Santísimo simulando rezar. Le costó meses que doña Soledad no le recriminara su actitud, camino de la compra diaria en la plaza de Nápoles y Sicilia, donde estaba ubicado el mercado del barrio.

Una veintena de casetas de madera color verde marchito exponían sus productos, principalmente vegetales. También paraban dos carnicerías, una casquería y un puesto de pescado, sobre todo de salazones. La señora elegía algo de verdura, fruta y carne para el guiso o el segundo plato. Las vendedoras, en su mayoría mujeres, le marcaban el peso dándole una nota con el precio. Doña Soledad pagaba indicando que más tarde la criada iría a recogerlo. Cuando Brígida le manifestó la posibilidad de ir ya con la compra a casa para evitarse un nuevo desplazamiento, la señora le indicó que "hasta ahí podíamos llegar. Parecerías una asistente cargada de bolsas y yo no tengo pinta de ser ningún militar, ni tan siquiera general".

De vuelta a casa, Brígida preparaba el almuerzo de la señora, pues ésta debía guardar ayuno antes de la comunión en misa. El almuerzo era mucho más ligero que el de su marido. Se conformaba con un café con leche y alguna pasta o galletas.

Después de desayunar, don Eduardo pasaba a su despacho, en el entresuelo de la casa, para terminar la lectura del periódico y preparar las reuniones que ese día tendría en las distintas empresas a cuyos Consejos de Administración pertenecía. A las nueve y media aparcaba junto al palacete el coche que le había asignado, chófer incluido, el Banco de Valencia, del que era consejero. Pero aquel día pidió a Evaristo que lo despachara porque no lo iba a necesitar. Iría caminando más tarde hasta la sede del banco. También le ordenó que subiera al despacho del entresuelo porque tenían algo que comentar.

El gabinete de don Eduardo tenía un inconfundible aspecto renacentista, con la librería corrida a lo largo de todas las paredes de la estancia, excepto la que daba a la calle. La ventana enrejada quedaba a la altura de un metro y poco de la acera por lo que, cuando las cortinas estaban abiertas, muchos peatones se paraban a contemplar la magnífica estancia. El suelo era de madera noble y en los anaqueles se podía contemplar una excelente colección de relojes de sobremesa. Cuando llegó el mayordomo, le invitó a sentarse en uno de los sillones para que pudieran hablar con tranquilidad.

—¿Sigue teniendo conocidos en la Jefatura Superior de Policía? –le espetó a modo de saludo.

Evaristo Orozco había sido funcionario de policía desde la época de la dictadura de Primo de Rivera. Dada su militancia de antiguo en el Partido Socialista, había sido muy valorado por el gobernador civil durante la República, que le había recomendado como Comisario del Cuerpo de Investigación y Vigilancia de la Dirección General de Seguridad.

Conoció a don Eduardo Salazar en junio del treinta y cuatro, cuando una manifestación de la CNT ocupó la sede central del banco de Valencia en la calle Alfredo Calderón, haciendo casi esquina con la plaza de Emilio Castelar. Los directivos del banco pretendían que la policía gubernativa llamara a la Guardia de Asalto para que dispersara a los manifestantes, pero don Eduardo, que se había entrevistado con los líderes sindicales, había llegado al acuerdo de que la manifestación se disolvería pacíficamente una vez hubieran hablado los oradores que estaban programados.

A partir de entonces surgió una pequeña complicidad entre ambos, dado que el señor Salazar también había salido electo como concejal del ayuntamiento por la CEDA. El banquero había sido uno de los fundadores de la Derecha Regional Valenciana.

Las relaciones fueron a más porque el once de julio del 36 la sede del partido regional fue incendiada, y se le encargó a don Eduardo presentar la correspondiente denuncia ante la policía. Mientras la tramitaba, poco antes de la diez de la noche, se conoció que un grupo de falangistas habían asaltado, pistola en mano, la sede de Radio Valencia, en la calle de Don Juan de Austria, para difundir la proclama de que en breves días se iniciaría en todo el país la revolución nacional sindicalista. Como reacción al asalto, al día siguiente, domingo, los partidos del Frente Popular y los sindicatos impulsaron una multitudinaria manifestación en la Alameda, frente a los cuarteles del Lusitania 8 de Caballería y el de Infantería de Guadalajara 10, en contra de cualquier intento de levantamiento armado. Don Eduardo creyó más pertinente posponer la denuncia ante tales hechos.

A las nueve de la mañana del día veintiuno, pudieron comunicarse telefónicamente. Don Eduardo tenía miedo de salir de casa, puesto que el día dieciocho los sindicatos de la CNT y la UGT habían proclamado un paro general indefinido y habían creado un comité de huelga revolucionario. El domingo diecinueve, después de asistir a misa, supieron que los miembros del llamado Comité Ejecutivo Popular habían colocado barricadas en los barrios céntricos, y que la iglesia de los Santos Juanes había sufrido un virulento incendio. Le rogó que se vieran en su casa. A la vista de los acontecimientos y dado que era de todo punto imposible que una denuncia se tramitara fuera de las dependencias policiales, el comisario le indicó que buscarían la forma de tramitarla sin necesidad de firmarla, a la espera de que pudieran reunirse con normalidad.

Debido a la rapidez con que se desarrollaban los acontecimientos, la denuncia quedó en el olvido hasta que un día, a principios de agosto, en una esquina de la calle Samaniego, donde estaba la Comandancia Provincial de la Dirección General de Seguridad, Don Eduardo abordó al comisario.

—Necesito su ayuda urgentemente –le suplicó empujándolo de un brazo para apartarse de la vista de los transeúntes–. ¡Hemos tenido que huir de nuestra propia casa!

El empresario vestía con ropa prestada: unos pantalones que le venían demasiado anchos, camisa blanca sin cuello, chaleco abierto y gorra plana.

—Un trabajador de *Talleres Edetania* me ha acogido, junto con mi mujer, en el almacén de los aperos de su caseta en el puerto de Catarroja. Soy accionista con representación en el Consejo de Administración de esa empresa, donde, como podrá comprobar, no todos los trabajadores pertenecen a esa canalla de las hordas marxistas.

El comisario hizo caso omiso a la imprecación. Quiso adivinar qué le pediría.

—El miércoles pasado pudimos comulgar por última vez en una celebración a puerta cerrada en el Pocito de San Vicente, pero, al volver a casa, nos encontramos con que la incautaban para ser sede de un sindicato o de un partido político, no recuerdo lo que me dijeron –miraba a un lado y otro temiendo ser reconocido–. Nos dejaron dormir en el semisótano, con la amenaza de que si al amanecer seguíamos en la casa nos darían un paseo, ya sabe usted lo que significa, así que pensé que lo mejor era ir a casa del hijo de un antiguo casero de nuestra masía en la Albufera. Fuimos padrinos de su boda –dijo, como justificando la confianza– y es una persona de bien. Además, le encontré trabajo en los talleres. Tardamos doce horas en llegar, porque no me atreví a usar un taxi, si es que alguno circulaba, y los servicios de autobuses estaban en huelga.

—¿Y qué sabe de sus hijos?

—El pequeño estaba pasando unos días en casa de unos amigos en Mallorca y, gracias a Dios, en la isla ha triunfado el alzamiento. Estoy seguro de que se habrá unido a las tropas nacionales.

De improviso se dio cuenta de que estaba hablando con un republicano de sentimiento y cambió de color.

—Quiero decir…

—No se preocupe –le interrumpió el comisario–, entiendo lo que quiere decir.

—Usted me parece un hombre de principios. No creo que esté de acuerdo con los asesinatos que se están produciendo –se atrevió a comentar.

—Creo que lo que usted llama "tropas nacionales" son unos traidores a la patria y al gobierno legalmente constituido, y serán los responsables de todo lo que va a ocurrir –don Eduardo abrió la boca de par en par, pero el comisario le hizo callar–. Dicho esto, el pueblo ha condenado enérgicamente esta sublevación militar, y en su enfado ciertos depravados han cometido unos actos totalmente reprobables. La policía está para evitarlo, pero nos supera la situación. El pasado veintiuno el gobierno civil prohibió expresamente los registros domiciliarios. Hacemos todo lo posible por mantener la cordura. Por ejemplo, desde el pasado día tres han vuelto a circular los tranvías. Poco a poco, todo volverá a la normalidad.

—Eso dígaselo a todos los que han "paseado" durante las últimas noches.

—Pero usted no ha venido para que discutamos sobre esto…

Evaristo Orozco dejó la frase en suspenso esperando que la cerrara su interlocutor.

—Tengo otro problema aún mayor –comentó éste al fin–. Mi hijo Carlos estaba destinado en el cuartel de la Alameda, el Lusitania 8 de Caballería, y ahora le están acusando de que durante los primeros días posteriores al alzamiento se caracterizó en apoyo de las fuerzas nacionales, cuando la guarnición militar de Valencia se mostró indecisa entre apoyar o no el alzamiento.

—Los mandos y la tropa de los acuartelamientos nunca alentaron el golpe de estado –contestó bruscamente Evaristo–, sólo los oficiales, muchos de ellos hijos de la aristocracia y la burguesía valenciana, fueron los que apoyaron la sublevación militar.

—A lo que íbamos –interrumpió nervioso don Eduardo–. El pasado uno de agosto las milicias y los Guardias de Asalto atacaron los cuarteles de la Alameda, asesinando a muchos de los oficiales de la guarnición.

Por suerte mi hijo no estaba entre ellos, por lo que supongo que pudo huir.

—¿Está con usted?

—¡Ojalá! No tengo ni idea de dónde puede haberse ocultado. Igual ha tenido la suerte de poder haber pasado al bando nacional.

—Caballero –intentó concluir el comisario–, estoy a punto de detenerlo por colaboración con los criminales que han perpetrado el golpe de estado. O me dice para qué me ha abordado o nos vamos juntos a la comisaría más próxima.

Don Eduardo estuvo a punto de derrumbarse. Dos lagrimones se asomaron a su rostro sin tener reparo en no intentar ocultarlos.

—¡Tengo una edad muy avanzada y mi mujer sufre de una enfermedad nerviosa galopante! –lloró abiertamente–. Tenemos que salir de este infierno, y usted es la única persona que conozco con relaciones suficientes para encontrar una vía a través de la cual poder hacerlo. Me parece una buena persona, y no querrá tener sobre su conciencia la muerte de dos inocentes como somos mi mujer y yo.

El hombre gimoteaba de tal manera que Evaristo lo empujó al fondo del portal para no llamar más la atención de los transeúntes.

—Usted sabe que yo era muy condescendiente con los derechos de los trabajadores. Acuérdese de que impedí que la Guardia de Asalto cargara contra los manifestantes ante el banco; en la empresa metalúrgica de la que soy miembro del Consejo de Administración, nunca hemos despedido a ningún líder sindical ni hemos tomado ningún tipo de represalias tras una huelga, aunque algunas de ellas fueron totalmente arbitrarias. El ejemplo de ello es que un obrero de la empresa me tiene acogido en su casa.

Se calmó, reflexionando unos instantes. Entonces expuso aquello por lo que le había abordado.

—El ferrocarril a Madrid aún funciona. Dicen que en Albacete a veces tiene que demorarse hasta un día por los ataques de la aviación nacional, pero al final llega a la capital. Braulio, el que me tiene acogido en su casa, es miembro de un sindicato y tiene que asistir a una reunión en la sede central. Me ha dicho que puede conseguir dos billetes más, uno para mi mujer y otro para mí, y podríamos ir como acompañantes.

¡Necesito ir a Madrid! Allí tengo amigos y parientes que me podrían alojar, y pasaría más desapercibido porque soy menos conocido que aquí. Lo único que necesito es que me dé usted un salvoconducto por si me paran las patrullas de vigilancia de los ferrocarriles.

—Pero Madrid estará muy pronto asediada por los golpistas. Ayer mismo los aviones del ejército nazi bombardearon las afueras de la ciudad. ¿Cómo se le ocurre salir de la sartén y caer en las brasas?

—¡Se lo ruego! –gimoteó–. Deje que vaya con mi familia a la capital. Mis familiares me han prometido que estaré bien resguardado.

Mientras se sonaba los mocos, Evaristo se quedó reflexionando. Nunca supo por qué tomó aquella decisión. Tampoco perdió mucho tiempo en pensar en ello hasta muchos años más tarde. Posiblemente su interlocutor esperaba que la capital cayera en manos de los rebeldes a los pocos días. Quizás tenía razón.

—Deme los datos de su mujer y pásese por la comisaría dentro de una hora. Le tendré preparados los salvoconductos.

—¡Muchísimas gracias!, ¡que Dios se lo premie!

—¡No me sea gazmoño! Estoy seguro de que no me premiará por esto, como por ninguna otra acción.

El comisario no volvió a saber de él hasta bien entrado mayo de 1939. Dos días después de la entrada de las tropas franquistas en Valencia, Evaristo había sido citado por la superioridad en el colegio del Sagrado Corazón de Jesús, en la calle del Muro de Santa Ana. Lo detuvieron nada más entrar en el edificio, habilitado como cárcel preventiva. Fue denunciado por dos compañeros que intentaban medrar al lado de los victoriosos. Uno de ellos, Jacinto Martín Gabarda, era el que más empeño puso en denunciar las aparentes atrocidades del comisario Orozco. Quizás porque, cuando fue conveniente, fue uno de los más encarnizados defensores de la República.

Más tarde, una vez le hubieron trasladado a la Cárcel Modelo, se enteró de que Brígida, su mujer, había corrido la misma suerte. Estaba encarcelada en el Convento de Santa Clara, también habilitado como cárcel preventiva de mujeres.

Pasaron varias semanas en la Modelo. Cada siete días, en la jornada que apodaban "el día de la saca", llamaban a entre veinte y treinta presos. Si en la citación, junto con el nombre y apellidos, se le comunicaba la coletilla de "con todo", el individuo sabía que era uno de los elegidos para que lo trasladaran a la valla del cementerio de Paterna para ser fusilado. En las oficinas sabían los nombres desde el día anterior y casi siempre se filtraba la lista, por lo que los condenados conocían su destino horas antes de la llamada. Evaristo se imaginó repetidamente cómo actuaría en ese caso. Unos agachaban la cabeza y marchaban al paredón sin rechistar, otros salían de las celdas puño en alto cantando *La Internacional*. Incluso alguno dio un pequeño mitin emplazando a los compañeros a que se vengaran el día que se reinstaurara la República. Pero la mayoría marchaba en silencio, con el porte digno, la desesperanza en el alma, solicitando a los carceleros que entregaran la carta que, esa madrugada, habían escrito a las mujeres, a los padres, a los hijos, como despedida de quien pudiera ser memoria viva de su tragedia. Evaristo escribió alguna de esas cartas a unos pocos analfabetos que no sabían escribir. "Maruja, mi buen amigo Evaristo me escribe estas líneas la última noche que pasaré en esta prisión". Así comenzaba la carta de un labrador, alcalde de su pueblo, cuyo mayor delito fue el de haber colectivizado, junto con los otros regidores de los pueblos vecinos, todas las tierras de los municipios. Evaristo le preguntó si anotaba "la última noche de mi vida" en lugar de lo escrito, pero contesto: "déjalo así, no vaya a ser que piense que he pasado toda la noche en pena".

Un día, después del recuento de las once, uno de los guardianes le comunicó que le mandaban presentarse en los locutorios. Se encontró con don Eduardo, junto con un militar, grado de teniente, arma de caballería y correajes recién abrillantados. Tendría unos veinte y muchos años.

—No sé si te acuerdas de mi hijo Carlos. Estaba en el bando nacional al inicio del alzamiento y se presentó en la academia de alféreces provisionales de Burgos.

Evaristo desconocía la causa de la visita. Había asimilado que a los vencedores les gustaba escucharse y ser atendidos, así que optó por esperar.

—Nos hemos enterado de que estabas en la Modelo y queremos ayudarte a salir con bien –continuó don Eduardo–. Mi hijo, que es abogado, me ha comentado que podrían liberarte si diéramos testimonio de que no participaste en ningún crimen de sangre, si nos comprometiéramos como fiadores tuyos y estuviese acreditado que encontrarás un trabajo con el que puedas vivir sin peligro de caer en la mendicidad.

Evaristo se fijó en que había pasado del tratamiento de usted al tuteo. Ventajas de la victoria, pensó.

—Por supuesto, también seríamos fiadores de tu mujer.

Puso más atención. Pero se temió alguna encerrona.

—Y cuáles serían las condiciones.

—La primera de ellas –don Eduardo se sintió ofendido– es que, por lo menos, des las gracias, ¿no?

—La última vez que nos vimos me pidió un favor y se lo facilité sin poner reservas, pero me temo que esta vez usted no será tan desprendido. Seguro que pondrá alguna condición.

Eduardo Salazar conminó con una mirada a que su hijo les dejara a solas.

—Es un buen hijo –afirmó cuando se hubo marchado sin replicar. De inmediato se puso tan serio como un sacerdote en un funeral–. No sé a qué ha venido recordarme el favor que me hiciste...

—Por lo que veo –le interrumpió Evaristo bruscamente–, la victoria le ha dado permiso para tutearme.

—Y la derrota te debía bajar eso orgullo que demuestras.

Alzó tanto la voz que un funcionario se acercó para comprobar que todo iba bien. Realizó rápidamente una señal nerviosa para que volviera a su sitio.

—Es lo único que nos queda, don Eduardo. No es orgullo, es dignidad. En esta guerra el orgullo pertenece a los fascistas victoriosos y la dignidad a los vencidos.

—¿Qué dignidad pueden tener unos comunistas que mataron únicamente porque la gente iba a misa?

—Como dijimos en nuestra última conversación, la República no fue culpable de ello. El levantamiento en armas contra el gobierno legítimo creó en la gente tal ofuscación que fue terreno propicio para los incontrolados. Además, no nos puede dar lecciones de dignidad un gobierno como el de Franco que todas las semanas mata junto al cementerio de Paterna a una treintena de presos de la Modelo por el simple hecho de no pensar como ustedes. Estoy seguro de que harán lo mismo con los presos de San Miguel de los Reyes y no sé en cuántas prisiones más.

—Quiero recordarte que los primeros fusilamientos fueron los de la barbarie republicana en lo que llamabais el Picadero de Paterna y en el Saler, además de los "paseos" que se realizaban desde las checas del Convento de los Dominicos, o en los barcos "Mar Cantábrico" o "Legazpi", que enviaban al paredón a decenas de militares, inclusive a los chóferes, ¡vete a saber qué culpa tenían los pobres!

—A la vista de ello, la Santa Cruzada del glorioso alzamiento nacional aplica el ojo por ojo, ¿no?

—Por lo menos, los detenidos tienen un juicio imparcial, no como los asesinatos de ilustres empresarios, a los que se sacaba de madrugada de sus casas, con la conmoción de la familia de ver cómo eran arrastrados por la canalla, únicamente por el simple hecho de serlo.

—¿Llama usted "juicio imparcial" a ejecutar por acusaciones tales como que tenían "ideología confusa"?

Callaron. Esa conversación no transitaba hacia ningún fin.

—Me temo que usted quiere que yo le suplique, tal como hizo usted en el 36, pero no lo voy a hacer. No tenemos nada que nos haga querer seguir viviendo a cualquier precio. Nuestro hijo murió por la República defendiendo el frente de la Ciudad Universitaria de Madrid, la misma ciudad donde usted estuvo escondido hasta que pudo colgar la bandera fascista el día veintiocho de marzo pasado en el balcón de la casa de una barriada burguesa donde, seguro, estuvo escondido. Y ahora está con la victoria, sacando rédito de permanecer escondido durante casi tres años. Una bala explosiva regalada por los nazis tuvo a mi hijo agonizando horas. Después de eso, ¿cree que vamos a arrastrarnos como miserables para seguir viviendo?

—¿Quieres decir que yo me arrastré?

—Cada uno debe saber de qué madera está hecho, y luego le toca apechugar con ese conocimiento. Usted y yo no somos iguales, y por eso estamos cada uno a un lado de esta reja. Le pregunto de nuevo: ¿cuáles son las condiciones para salir mi mujer y yo de prisión?

Don Eduardo estuvo a punto de darse la vuelta y abandonar a su suerte a la persona que tenía enfrente. Iba a hacerlo cuando una pregunta le dejó confundido.

—¿Y su hijo mayor? –quiso saber Evaristo–. ¿Por fin consiguió pasar al lado de los sublevados?

—Mi hijo Juan está desaparecido –contestó con rencor.

Don Eduardo le contó que, después de esconderse en casas de amigos, Juan consiguió por fin, a través del doctor Canellas, un viejo conocido de la familia, contactar con una persona que le pasaría a Francia. Al parecer, el tal Marcos Ferrer Izquierdo, que se hacía pasar por militante de la CNT, a su vez jefe de la agrupación de la Federación Anarquista Ibérica llamada "Columna Iberia", que actuaba desde la provincia de Gerona, junto con otros camaradas, se dedicaba a facilitar la salida de España de elementos perseguidos a cambio de cinco mil pesetas.

Quedaron en casa del doctor Canellas a principios de febrero del treinta y siete. Ferrer había conseguido para Juan una documentación falsa, al objeto de que pudiera moverse con cierta tranquilidad. Se trataba de una nueva cédula de identidad y un salvoconducto que le reconocía como militar republicano con la misión de comprar armas y material para el ejército rojo

El día convenido, un coche del servicio de sanidad le pasó a recoger. Al volante iba un tipo bragado, con pinta de matón, acompañando a Marcos Ferrer.

—El doctor Canellas, que haría de avalista del pago de los servicios, puesto que mi hijo no podía hacer frente a semejante cantidad, abonó la mitad al sindicalista, comprometiéndose a la otra mitad una vez Juan estuviera en territorio francés. La primera etapa la realizaron hasta

Olot, donde mi hijo y Marcos se echaron al monte, dando orden al chófer de regresar a Valencia. Días después pude ponerme en contacto telefónicamente con el doctor Canellas, que me indicó que el chófer había vuelto con una nota de mi hijo comunicándole que todo iba viento en popa. El doctor le había dado a Juan las señas de Madrid donde me ocultaba y el falso nombre que me habían asignado, con la recomendación de que, cuando estuviera libre, me enviara una postal desde el punto más cercano a la frontera francesa. Unas semanas después recibí una postal desde San Juan de les Fonts, en Gerona, diciendo que el parto había resultado muy bien y que la niña y la madre gozaban de buena salud. Iba firmado por José Sánchez Palacios, el nuevo nombre que le habían dado en la documentación falsa, tal y como se había convenido.

Don Eduardo se quedó en silencio unos momentos. Se sacó el pañuelo del bolsillo de la chaqueta para enjugarse los ojos.

—Pero desde entonces no hemos tenido noticias –concluyó–. No sabemos si lo asesinaron antes de cruzar la frontera, si todo era un montaje de la FAI para descubrir a los que querían pasar a la zona nacional o si tuvo un encontronazo con las fuerzas de la República. No hemos vuelto a saber de él y, como comprenderá, tanto su madre como yo hemos movido Roma con Santiago para dar con su paradero. Por lo menos para que nos digan dónde encontrar su cuerpo y poder darle cristiana sepultura.

Ambos habían perdido un hijo en la guerra. Evaristo lo miró mezcla de compasión y recelo. Se dio cuenta de que le había vuelto a tratar de usted, aunque fue por poco tiempo.

—Los rojos han dejado destrozado el palacete de la familia en la calle del Mar. Los incunables de la biblioteca han desaparecido, posiblemente los habrán quemado. Menos mal que no se han atrevido a destrozar la vidriera policromada de la claraboya sobre la escalera principal. Si la hubieran despedazado, te juro que vendo la casa. He pensado que tú y tu mujer vengáis a mi casa como servidumbre. No prometo salario; con las obras que hay que afrontar y cómo han quedado la zona de cultivos de las masías y las empresas donde tengo intereses, no puedo pagar salarios, pero estaréis vestidos, comidos y con un buen techo bajo el que cobijaros. Conseguiré que os den cartillas de racionamiento el día que las implanten, que será muy pronto, pero de los cupones me encargaré yo para que todos los de la casa puedan alimentarse correctamente; unos tienen más necesidades que otros.

Evaristo lo miró a los ojos y sonrió. "Por lo visto, tendré que aceptar el tuteo, don Eduardo", dijo con sorna, y así fue como firmaron el contrato de servidumbre.

Llevaban diez años en esas condiciones y ahora, por primera vez, le había vuelto a hablar de usted para preguntarle si tenía relación con la policía franquista.

— Capítulo III. —

El orgullo engendra al tirano

Brígida siempre comentaba que el señorito Carlos era una persona desdichada a causa de todas las cosas que le habían ocurrido en los veintinueve años que tenía. Vivió toda la guerra apartado de los suyos, aunque luego se supo que fue para bien, dado que no sufrió persecución como el resto de la familia. Su hermano mayor desapareció perseguido con sentencia firme de muerte por el gobierno de la República y a buen seguro que estaba muerto, en alguna fosa común, o en mitad de un bosque de los Pirineos, aunque su madre estaba convencida de que algún día volvería a la casa paterna. Carlos resultó ser un falangista ortodoxo. Desde los veinte años, recién terminada la guerra, se unió al grupo de los llamados "hedillistas", un grupo de falangistas que afirmaban que Franco y el Movimiento habían usurpado el nombre y los signos de la Falange, desacreditándolos totalmente en beneficio del dictador. En agosto del cuarenta y dos, tras una disputa contra los carlistas en presencia del general Valera, el falangista Juan José Domínguez Muñoz lanzó una granada de mano a las puertas de la Basílica de Nuestra

Señora de Begoña, hiriendo a más de sesenta personas. Todo comenzó cuando un grupo de falangistas, entre los que se encontraba Domínguez, gritaron frente a la Basílica "¡Viva el rey!"; "¡Abajo el socialismo de estado!" y "¡Muera Franco!". El señorito Carlos estaba presente y, más tarde, aunque pensó que indultarían a su compañero cuando el propio Adolf Hitler le concedió la Orden del Águila Alemana, se desafectó del sistema franquista al saber que Domínguez murió frente a un pelotón de fusilamiento. El señorito Carlos creía a pies juntillas la leyenda urbana que propagaba el rumor de que el reo murió frente al pelotón cantando las primeras estrofas de *Cara al sol*.

A partir de ese día dejó de frecuentar el grupo antifranquista queriéndose convencer de que era por dejadez. En el fondo de su mente se sabía un rajado. Eso sí, como muestra de rebeldía, devolvió el carnet de la Falange al entonces Gobernador Civil y jefe Provincial del Movimiento, un camisa vieja que había pasado toda la guerra en los despachos de Salamanca. Cuando al señorito Carlos le preguntaban si había combatido junto a Franco, contestaba invariablemente que "Ojalá lo hubiera hecho; él estaba en retaguardia con los lameculos que ahora lo acompañan en buenos puestos y sueldos, y yo estaba en vanguardia, con compañeros cuyo premio, cuando no la muerte en la batalla ha sido el paredón".

En el año cuarenta, vistiendo el uniforme de teniente de caballería, se presentó en la Facultad de Derecho al examen de las últimas asignaturas que le faltaban para licenciarse y, tras una breve prueba oral, consiguió el título. Licenciado del ejército en el cuarenta y cinco, se tomó un año sabático de veinte meses hasta que su padre, en enero de ese mismo año del cuarenta y nueve, le encontró acomodo en el departamento jurídico de la empresa creada dos años antes, Valenciana de Ferrocarriles (VAFESA), nacida de la fusión de los antiguos Talleres Edetania y Can Sagrera, una sociedad de ferrocarriles de Barcelona. Como accionista y miembro del Consejo de Administración de la empresa por su vinculación con Talleres Davis, don Eduardo consiguió para su hijo menor un puesto de poca relevancia, pero con un estimable sueldo.

Brígida también sabía que el señorito Carlos era un asiduo a la vida nocturna de la ciudad. Muchas mañanas, cuando estaba a punto de levantarse, oía cómo el hijo pequeño, con una cogorza de mediano tamaño, intentaba dar con la cerradura de la puerta de entrada a la casa, tras haber aparcado mal que bien su pequeño *Eucort Sedán*, un coche fabricado en Barcelona que, aunque no muy popular, era suficiente para los trayectos dentro de la ciudad. Un día, Brígida se enteró en la lechería de que el señorito Carlos había volcado el coche en el Puente del Real, a eso de las seis de la mañana, cuando tomó a demasiada velocidad la curva en bajada que hay entre la salida del puente y la entrada a la plaza de Tetuán. El coche quedó para el desguace, lo que le sirvió de excusa para que don Eduardo le comprara un *Citroën 11* cupé dos puertas negro de importación.

Junto con otros dos compañeros de parranda, el señorito Carlos había fundado lo que ellos llamaban "la patrulla del amanecer", no se sabía muy bien si era en honor a la película de Errol Flynn o porque se prometieron volver a sus hogares cuando se hubieran marchado los serenos. Después de cenar cada uno en su domicilio, tomaban una copa en el Navarra, un bar de moda en la esquina de la calle de la Paz con Poeta Querol. Más tarde, si no quedaban con una señorita, se dejaban caer por el Lara, en la esquina de la misma calle con el Parterre, o, si pactaban el servicio con las muchachas, en cualquiera de las dos o en la barra circular de Barrachina, marchaban directamente al pequeño *meublé* de doña Remedios, a mitad de la calle. Otras veces iban a la casa de citas que había en la calle de Játiva, y doña Mercedes les señalaba las mejores chicas que pasaban por el salón. No es que tuvieran todas las noches una fiesta sexual, el bolsillo no daba para tanto y el alcohol no invitaba a excesos galantes, pero al menos una vez por semana era lo habitual.

Salían de juerga un mínimo de tres días a la semana, fijos los sábados. Algún domingo Carlos se cruzaba con su madre cuando ésta iba a la parroquia a comulgar. En una ocasión le exigió acompañarla a la iglesia para tomar confesión, so pena de insistir a su marido para que le embargase el coche. Doña Soledad comulgaba en el servicio de las ocho, como todos los días para poder hacerlo guardando el precepto del ayuno, y más tarde, acudía a misa de una, acompañando a su marido en el precepto dominical. A la salida, tomaban el vermú con sus amistades en la Sociedad Valenciana de Agricultura de la calle de Comedias.

Casi todas las noches que la patrulla de amigos salía, esperaban a que amaneciera en Mocambo, el *night club* más famoso de Valencia, en el pasaje de la calle de la Sangre. Mercedes Viana sabía que casi todos los días en que se presentaban sólo tomaban una copa y poco más, y las chicas del descorche estaban avisadas. Algún manoseo por si sonaba la flauta y poca atención, excepto el día que se encontraban rumbosos. Los aguantaba como una parte más del decorado a partir de las dos o tres de la madrugada. Hacían bulto cuando se empezaba a vaciar el local y no había que sacarlos a rastras cuando tocaba la hora de cerrar.

Esa mañana, don Eduardo quería hablar con Evaristo Orozco sobre las andanzas de su hijo menor.

— Estoy muy preocupado por Carlos –comentó al antiguo Comisario de la policía republicana–. Me gustaría saber si pudiera tener contacto con algunos de los antiguos policías que sigan en el cuerpo.

— Sabe usted que a todos mis compañeros los depuró el franquismo al terminar la guerra. Muchos de ellos acabaron en prisión y algunos fueron condenados a muerte.

— Pero usted no tenía fama de sectario, no colaboró con las checas ni con los paseos que las milicias realizaban contra las personas de bien.

Hizo una pausa para comprobar qué reacción tenía el mayordomo, pero éste permaneció callado, pensando en la magnitud del favor que le iba a pedir a la vista de que seguía cambiando el tratamiento.

— ¿Cómo se ha enterado usted de estas circunstancias de mi actividad como policía? –preguntó al fin.

— Me informé detenidamente antes de ser garante de usted –repuso instintivamente–. No pensará que fuera a responder por ninguna persona con delitos de sangre.

Don Eduardo se abochornó al instante, pero superó la vergüenza y continuó con la petición sin reparar en lo dicho.

— Usted ya trabajaba en la policía antes del treinta y uno, cuando la monarquía –reanudó–, seguro que conocerá a alguien de aquella época.

Evaristo hizo caso omiso.

—Lo que me confunde es que usted –contestó como si hubiera oído llover–, teniendo las buenas relaciones que sé que tiene con el presidente de la Diputación, un falangista muy vinculado al régimen, o con el Gobernador Civil, otro falangista camisa vieja, tenga que pedirme a mí, un rojo represaliado, el favor de hablar ni más ni menos que con la policía fascista.

—Me gustaría que no aprovechara la circunstancia –se opuso con desazón don Eduardo– para volver con ese vocabulario que ya está pasado de moda. Si le pido el favor a usted es porque mucho me temo que Carlos tiene problemas gravísimos. Se lo puedo explicar.

Estuvo a punto de ordenar al mayordomo que le sirviera una copita de oporto, pero recordó a tiempo que estaba pidiendo un favor, por lo que se levantó hasta la mesa de centro ovalada estilo victoriano donde estaban las botellas de licor y la cristalería correspondiente y le ofreció una copa a Evaristo. Éste declinó la invitación y el señor, después de tomarse, puesto en pie, una primera medida, se sirvió una segunda y volvió al sillón.

—Ya sabe usted que mi hijo tuvo algunas relaciones con los "hedillistas" contrarios al régimen –continuó–. Me han comentado que estuvo en la presentación del libro *España como problema*, de don Pedro Laín Entralgo, y hubo disturbios entre falangistas y agentes del orden. Mucho me temo que pudieran haberle incluido entre los desafectos al régimen, con todo lo que eso conlleva.

—Pero sigo sin ver qué pinto yo en todo esto –respondió Evaristo.

—Déjeme terminar. A esto se le une que, al parecer, mi hijo está traspasando las malas costumbres, desde un punto de vista de la moral tradicional, para entregarse de lleno a hábitos que pueden estar tipificados como delitos penales –dijo, poniendo énfasis en palabras como "entregarse" y "delitos"–. Me han comentado que frecuenta unos lugares de la Malvarrosa donde se trafica con heroína.

—Por eso no se preocupe –le intentó calmar el excomisario–. El consumo de heroína no está penalizado, sólo es un hábito de los señoritos burgueses y la policía fascista no quiere reprimirlos. ¡Estaría bueno meter en la cárcel al hijo de un marqués!

—Por favor –insistió don Eduardo–, no se aproveche de este momento de preocupación con ese vocabulario.

—De acuerdo –se excusó Evaristo–. Es la costumbre de cuando trataba en mi antigua ocupación de estos asuntos. Pero sigo sin explicarme por qué recurre a mí y no a sus amigos fascis... –se reprimió con una sonrisa– en el poder.

—Porque no sé si esas sospechas son ciertas o están infundadas –se levantó para servirse otra copita–. Si son ciertas, me avergonzaría ante quien hubiera pedido su mediación, pero si mis sospechas están injustificadas y usted lo verifica, entonces podré actuar de cara frente a mi hijo rogándole que deje de provocar esos rumores con su actitud.

—¿Y en qué nos beneficia todas estas averiguaciones a mí o a mi mujer? –preguntó Evaristo, no sin un aquél irónico.

—Me temo que no he pensado en nada –contestó sin disimulo–. Pero estoy abierto a cualquier tipo de propuesta.

Evaristo pensó en la respuesta. No podía reintegrarse a la vida civil a no ser que don Eduardo le consiguiese algún trabajo lo bastante intrascendente como para que no influyeran sus antecedentes como servidor de la República y lo suficientemente retribuido como para poder emanciparse.

—Tanto a mi mujer como a mí nos interesaría que nos proporcionara un trabajo estable, a ser posible lejos de la ciudad –observó la cara de incredulidad de dos Eduardo–. Tal vez en la RENFE, como guardeses de alguna estación o apeadero. Nuestro hijo murió y, solos como estamos, nos gustaría pasar el resto de nuestras vidas lejos del bullicio. Usted tiene relación con los ferrocarriles por su cargo en VAFESA y puede conseguirlo.

—Será difícil con vuestros antecedentes –objetó don Eduardo– pero si mi hijo sale bien parado en este tema le aseguro que haré todo lo posible para conseguirle lo que me ha solicitado.

Se quedaron en silencio. Uno porque dudaba de que esa promesa se hiciera algún día realidad, y el otro porque se impacientaba por conocer los detalles de la estrategia que iba a realizar el antiguo comisario para averiguar los posibles conflictos con la policía en los que se podría haber involucrado su hijo, tanto en el terreno político como en otras actividades delictivas.

— Conozco a don Agustín Arnau Vilaseca –contestó al fin Evaristo–. Fue mi mentor en el año veintiséis cuando entré en la policía monárquica. Una buena persona. Se jubiló en el treinta y dos, y sé que su hijo se ha incorporado hace poco como inspector en la policía franquista. Don Agustín se jubiló, con la excusa de que ya cumplía una cierta edad, aunque tan sólo tenía poco más de cincuenta años. Todos sospechábamos que era por su conocido rechazo a la República como buen monárquico incuestionable. Podría contactar con el padre, explicarle la situación y ver de poder entrevistarme con su hijo.

— Me gustaría que el tan Agustín creyera que no es cosa mía –insinuó el padre–. Podría hacerle creer que está preocupado por el chico, al que le ha cogido cariño dado el trato diario que tienen, y que es un favor personal hacia usted.

Evaristo recordó a Sócrates: *El orgullo engendra al tirano*. El egoísmo de don Eduardo era tal que no podía rebajarse a pedir un favor.

— Dados mis antecedentes políticos –expuso Evaristo– y la inclinación de su hijo por los "hedillistas", creo que sería más provechoso que la petición saliera de usted, aunque sea yo quien contacte con él. Don Agustín podría pensar que su hijo y yo queremos conspirar contra el régimen o que soy una mala influencia para Carlos.

— Puede que tenga razón –tuvo que aceptar–. ¿Cuándo podrá contactar con el señor Arnau?

— Podría intentarlo a lo largo de la mañana. Miraré en el listín telefónico. Lo que debo elegir es si le llamo previamente por teléfono o voy directo a su casa; don Agustín vivía en la calle de los Derechos, frente a la tienda de Las Ollas de Hierro.

Evaristo llamó a mediodía al antiguo comisario, exponiéndole su situación. Trabajaba de mayordomo en casa de los Salazar y el hijo podría tener problemas, dado su peculiar estilo de vida de señorito calavera. Nada anormal debido a la edad y a que aún permanecía soltero y sin compromiso. Pero lo que más le 'preocupaba eran las compañías, tanto masculinas como femeninas, que frecuentaba. Se había metido en algunas peleas en garitos de mala fama, y sus compañeros de farra trajinaban con algo de heroína y mantenían ideas políticas de desafección al régimen. Como antiguo policía sabía que a lo peor estaría fichado fuera por una cosa o por la otra. Tanto si era cierto como si no, quería advertirle para que cesara en esa actitud y, en caso de mayores complicaciones, sobre todo en lo referente a posibles problemas de índole político, ofrecerse a la policía para colaborar con ellos en lo que fuera menester.

Cuando dijo estas últimas palabras, el viejo republicano se avergonzó de sí mismo. Estaba ofreciendo a Carlos como delator.

Arnau quiso saber las razones del interés de Evaristo por el hijo de sus señores. No le cuadraba su actitud con las ideas que siempre había manifestado contra los señoritos burgueses, "más siendo un falangista de primera hornada", matizó. El fingido leal sirviente confesó que el chico era muy cordial tanto con su mujer como con él, que en el fondo era muy buena persona y que su padre estaba muy preocupado, por lo que le había pedido que mediara ante Arnau, dadas sus antiguas relaciones profesionales.

Cuando Evaristo le propuso una reunión en la casa de don Agustín, éste se opuso de forma rotunda. Quedaron a la tarde siguiente, a la hora de la merienda, en la granja Larruy de la calle de la Paz.

Esa tarde, el establecimiento estaba bastante concurrido. Era sábado, veintitrés de abril, y la semana de Pascua tocaba a su fin. El lunes siguiente se celebraría la fiesta de San Vicente y, ante dos días festivos, el personal había salido a la calle para las compras de última hora. Evaristo llegó primero, y esperó en la puerta de la granja la llegada de su antiguo superior. Cuando éste apareció se saludaron con cortesía, pero sin aprecio, y pasaron a una mesa del fondo. Arnau pidió uno de los famosos yogures de la granja. El otro eligió un café con leche.

Hablaron de los viejos tiempos en época de la monarquía, cuando el policía novato encontró en el viejo comisario una figura protectora en sus inicios. Evaristo quiso creer que don Agustín guardaba buenos recuerdos de aquella época. Sobre el periodo desde el treinta y uno hasta el treinta y nueve prefirieron no hacer comentarios. Parecía un pacto acordado previamente.

Cuando entraron en materia, Arnau derivó el tema a su hijo, sin querer involucrarse absolutamente.

— He hablado del asunto con mi hijo Lorenzo. Está destinado como inspector en la calle Samaniego. Sería interesante que fuera el propio Salazar para verlo. Por lo que me he enterado, Carlos puede tener problemas si no cambia de actitud, sobre todo en lo referente a algunas compañías. Tanto en lo político como en lo social –y añadió una mueca mientras decía esta última palabra.

— Si es posible, a don Eduardo le interesaría primero que yo fuera quien se informase.

— ¿Por qué? –replicó, molesto.

— ¿Puedo ser algo imprudente y que quede entre nosotros lo que diga? –se atrevió a contestar.

— Vale por una vez –fue la primera sonrisa que apareció en su rostro durante la velada–. Pero me temo que adivino las razones.

— Don Eduardo tiene muchos amigos entre la gente poderosa de Valencia. Si los informes sobre Carlos son muy inquietantes, tendría que pedir la mediación de uno de ellos, y si antes se ha entrevistado con la policía, en este caso con su hijo Lorenzo, pondría en una situación muy incómoda a sus amigos al tener que interferir en un procedimiento iniciado. Si la cosa pintara mal, el señor Salazar no iría personalmente. Dejaría que enterrase el asunto un mandamás.

— ¡Estaría bueno que el Gobernador Civil dijera qué expediente hay que tramitar y cual suprimir!

— Estoy totalmente de acuerdo con lo que acaba de decir. Pero usted mismo me enseñó que la labor policial es descubrir la verdad, sin dejarse presionar por los poderes políticos. Yo estoy convencido de que Carlos no tiene ninguna vinculación con movimientos antipatrióticos y que sus devaneos nocturnos son totalmente inocentes, más allá de los desórdenes propios de su edad y soltería. Pero usted sabe que Don Eduardo tiene mucha influencia en la sociedad valenciana, aunque sin afanes políticos. Algunas personas han querido que les apoye como candidatos a algún puesto de prestigio en el ayuntamiento, e incluso como procurador en Cortes; como lo ha rechazado de plano, algunos de los personajes que quieren medrar en política, sabiendo de la oposición de don Eduardo, desearían verle estigmatizado por un juicio a su propio hijo. Por eso creo que sería muy conveniente asegurarnos de que no intervengan factores ajenos al expediente policial. Creo que debería alertar a su hijo de ello.

Evaristo se asombró de su capacidad en tejer esa sarta de mentiras. Arnau se quedó en silencio unos instantes hasta que salió por peteneras.

—¿Cómo es que me dices que nunca me dejé presionar por el poder político?

Estaba orgulloso de que le recordaran su independencia. Aparte de negarse a servir a quien había obligado a abdicar a Alfonso XIII, una de las causas por las que dejó la policía fue la de temer que el gobierno de la República quisiera influir en los procedimientos policiales.

—Porque me acuerdo de que cuando entré bajo sus órdenes usted estaba muy interesado en descubrir a los asesinos de don Francisco Maestre, conde de Salvatierra.

—Eso fue en el año veinte. Usted no se puede acordar.

—Pero cuando me incorporé en el año veintisiete mantenía abierta la investigación. Usted sustentaba que los políticos contrarios al conde conocían el peligro que corría la víctima y, a pesar de ello, no ordenaron nada para que la policía le ofreciera alguna medida preventiva de protección. Además, según creo recordar, a la casa de socorro de la Glorieta, donde lo llevaron para morir, no se acercó ningún investigador policial hasta varias horas más tarde, cuando el conde había muerto. Usted siempre pensó que, detrás de la versión oficial de que el asesinato lo habían cometido unos obreros anarquistas de Barcelona a causa de la represión que el conde había realizado en la provincia, estaba una conspiración de otras fuerzas políticas.

—¿Y qué tiene que ver eso con lo que nos atañe?

—Recuerdo su enfado cuando desde las altas instancias le obligaron a abandonar el caso. Por eso le he indicado que desde siempre se ha enterrado aquello que interesa a los grupos de presión poderosos.

—Veo que usted es tan radical como siempre. Creo que debería cambiar de actitud si pretende ayudar a Carlos Salazar.

El antiguo subalterno calló, como tantas veces lo hiciera en su etapa de novato. Además, estaba pidiendo un favor.

—La semana próxima mi hijo Lorenzo estará todas las mañanas en la calle Samaniego, excepto el lunes por ser festivo. Me ha dicho que la mejor hora para atenderlo es de doce a una del mediodía.

El viejo Arnau ya tenía preparada la entrevista y a pesar de ello se había hecho de rogar.

El martes siguiente, Evaristo se dirigió hacia la calle Samaniego dando un paseo por el centro de la ciudad una hora antes de la cita, en cuanto recogió la mesa del desayuno de doña Soledad a eso de las once. El chófer de don Eduardo había sido tan puntual como siempre. A las diez en punto lo recogió, esta vez para ir a ver unos naranjales que estaban junto a la masía de Moncada. El precio era interesante y la masía tendría más valor si se le añadían algunas "*fanecadas* de navel", según le había dicho el intermediario de la compra. Aunque sabía de su cita con la policía, no quiso hacerle ningún comentario al mayordomo. Era su manera de mantenerse al margen.

Evaristo sabía que Lorenzo Arnau conocería al dedillo sus antecedentes políticos y policiales. Le extrañaba que permitiera mantener la entrevista en la comisaría. Subió por la calle de la Paz hasta la calle de Zaragoza para tomar un café en El Siglo. Hacía tiempo que no paseaba por Valencia a esas horas de la mañana.

Después, por la calle del Miguelete llegó hasta la plaza de la Virgen. Aunque no era creyente, tuvo un pronto de entrar a saludar a la Virgen de los Desamparados, pero rechazó la idea al momento. Lo comentaría con Brígida porque sabía que, aun atea como él, cada vez que pasaba por esa plaza, encontraba unos instantes para saludar a la *Cheperudeta*.

Cuando entró en la comisaría retrocedió en el tiempo diez años. El mobiliario y la distribución de las dependencias seguían siendo las mismas que en marzo del treinta y nueve, la última vez que había puesto los pies en aquel recinto. El agente que le atendió era muy joven como para acordarse, lo que le evitó la inquietud de ser reconocido. Le indicó que el inspector Arnau tenía su despacho al fondo a la derecha, pero que la Brigada Político Social sólo atendía visitas programadas.

—He quedado con don Lorenzo –se excusó–. Vengo de parte de su padre.

—Si es así, podrá pasar a verle. Pero antes debo tomar su filiación.

A Evaristo le habían dado una cédula personal que le había consegui-do Salazar para que pudiera transitar libremente cuando lo reconocieran como antiguo policía republicano, cosa que ya le había ocurrido un par de veces. El agente la analizó detenidamente varias veces, dado que en el documento quedaba explícito que su validez sería temporal, a renovar cada seis meses. Tomó nota y marchó al fondo de las dependencias con la cédula en la mano.

Volvió pasados varios minutos, y le indicó que lo acompañara hasta la puerta del despacho.

Lorenzo Arnau tendría unos cuarenta años muy bien llevados en lo físico. Vestía traje color gris marengo con raya diplomática, un pañuelo blanco perfectamente doblado que sobresalía del bolsillo superior de la chaqueta, camisa blanca y una corbata pasada de moda; los zapatos eran de punta con cordones, el pelo corto con un poco de brillantina, y lucía un fino bigote tan de moda entre los de su clase. Evaristo se acor-dó del eslogan que se había hecho famoso en la prensa de años atrás anunciando que "los rojos no llevaban sombrero" cuando advirtió una mala copia de uno estilo *Fedora* en la percha de pie que estaba tras la puerta. Antes de nada, Arnau quiso presumir de antecedentes como persona afecta al régimen.

El inspector había huido de la zona republicana, junto a su padre, en el treinta y siete, y ambos se pusieron a las órdenes del Servicio de Información del Noreste (SIFNE) de la España franquista. Tras la contienda, lo adscribieron a la Brigada Político Social, donde era muy reconocida su capacidad para reprimir los movimientos sindicalistas que la CNT había intentado implantar en algunas de las empresas va-lencianas y barrios marginales de la ciudad. Además, le habían dado recientemente un premio, con varios miles de pesetas de recompensa, a la labor de apoyo, dados sus conocimientos sobre el terreno en los años pasados en el SIFNE, y de colaboración con los *Renseignememts Généraux* franceses en la desarticulación de varias agrupaciones del PCE al norte de los Pirineos. El gobierno de París había prohibido las actividades de cualquier partido comunista en su país, a excepción del Partido Comunista Francés. Su carrera prometía.

—Cómo podrá comprobar –remató la presentación–, mi carrera en el cuerpo no tiene nada que ver con la de mi padre.

Evaristo calló. Era más prudente esperar a ver qué camino iba a tomar la entrevista. Lorenzo sacó un legajo del cajón superior de su escritorio. Lo abrió por la mitad empleando un tiempo excesivo en estudiar la página por la que lo había desplegado.

—El señor Salazar hijo tiene un expediente digno de hacerle pasar unos días en la comisaría –comentó con sorna–. Sabemos que paga a prostitutas varias veces al mes, ha consumido droga, como muchos señoritos que van a la moda, todo sea dicho, sabiendo que tal cosa está perseguida, y, junto con esa panda de señoritingos con quienes sale una noche sí y otra también, ha alterado el orden público en muchas ocasiones. Si quisiéramos resumir este expediente en una sola frase, podría ser la de que el señorito Carlos es un *dandi* de derechas, con querencias de izquierdas y conductas abiertamente contrarias al Régimen. Sabemos por gente interpuesta que ha contactado con elementos terroristas falangistas, esa facción que no son otra cosa que unos chulos de algaradas, y ha participado en alguna de sus revueltas contra el Movimiento. Creo que el comisario jefe no pondría ningún inconveniente a que le metiéramos en un calabozo durante una buena temporada. No sólo a él, sino que de paso atornillaríamos en chirona a toda esa gentuza de desafectos al Régimen.

Evaristo sabía lo que significaba eso de pasar unos días en una comisaría. Él mismo lo había padecido al final de la guerra. Podían dejar al prisionero hasta varias semanas sin contacto con el exterior, soportando toda clase de vejaciones, incluyendo la tortura. El inspector Arnau, "el francés" como lo llamaban los compañeros, era quien mejor sabía provocar a los prisioneros para justificar su crueldad. Insultaba, amenazaba a los familiares del detenido, les chuleaba dándoles pequeños golpes en la cabeza y en la espalda, alardeando de cómo había sonsacado información a otros prisioneros, contándoles lo que le iban a hacer a sus hermanas y novias caso de no confesar las actividades que habían realizado. Incluso las que no había cometido. Cuando el detenido le contestaba airado o con insultos, encontraba la excusa perfecta para golpearlo en las ingles, tirarlo al suelo pegándole patadas en los riñones, en el estómago y en la cara. Si el interrogatorio se alargaba demasiado, encargaba unas botellas de brandy hasta conseguir emborracharse junto con sus compañeros para seguir machacando inmisericordes al detenido.

—Quisiera tener una entrevista con los señores Salazar –continuó–. No se preocupe, no los vamos a interrogar. Me interesaría llegar a un acuerdo con ellos.

—Ya sabe usted que don Eduardo no desea tener una entrevista en un lugar público como éste. Me solicitó encarecidamente que intentara que este problema pudiera solucionarse de forma reservada.

—Señor Orozco, usted no es la persona más indicada para decirme qué debo hacer. Con sus antecedentes –señaló con el dedo otra voluminosa carpeta a un lado del escritorio– y aceptando que se presente en su nombre, ya he hecho demasiado por los señores Salazar. Sólo le aclararé una parte de lo que será nuestra conversación para demostrar a sus señores que no deben temer personarse en esta comisaría. Dado que don Eduardo es consejero de una empresa de fabricación de ferrocarriles y su hijo es abogado de la compañía, quiero solicitarles información sobre algunos aspectos laborales de la misma. Dígales que, si llegamos a un acuerdo, este montón de imputaciones –señaló con el índice el legajo de Carlos– desaparecerá como por arte de magia.

Evaristo se levantó para salir a la calle, pero el policía siguió sentado. Tras un momento de turbación, volvió a sentarse.

—Sabiendo de sus antecedentes ideológicos –le indicó, mostrando una sonrisa hiriente–, si lo que acabo de contarle llega a oídos de los malditos subversivos de la empresa, le prometo que su mujer se quedará viuda y viviendo de la caridad.

Se levantó para abrirle la puerta del despacho.

—Dígales a sus señoritos –le susurró cuando traspasaba el dintel– que los quiero aquí mañana sin falta.

A la salida de la entrevista, en la otra acera de la calle Samaniego, medio deslumbrado por el sol de mediodía, Evaristo creyó ver la figura de un antiguo conocido, un joven de buen ver vestido elegantemente. Era la viva imagen de Roberto Elizondo Bowes, un antiguo enlace del Partido Comunista con la Oficina de Cultura y Propaganda. Le había tratado en el 37, cuando el gobierno de la República se trasladó a Valencia. Pero no podía ser. No podía estar libre en la dictadura franquista aquella persona. Volvió a mirar al otro lado de la calle, protegiéndose los ojos con la palma de la mano como visera, pero el individuo había desaparecido.

Camino de vuelta a casa, no habría podido decir si dedicó más tiempo a pensar en la entrevista que iba a tener con don Eduardo o en recordar el tiempo en que el camarada Elizondo Bowes le atosigó constantemente pidiendo que pusiera vigilantes suficientes en las Torres de Serranos o en el Colegio del Patriarca, donde se albergó parte del tesoro artístico trasladado desde el Museo del Prado de Madrid.

— Capítulo IV. —

El batallón Saklatava

Roberto Elizondo Bowes había vivido los primeros dieciocho años de su vida en Inglaterra, concretamente en Saint Helens, una ciudad en el condado de Merseyside, al este de Liverpool. Su padre, José Antonio Elizondo Zabala, era el tercer hijo de uno de los tantos emigrantes vascos que se desplazaron a Liverpool en el siglo XIX.

El abuelo de Roberto, emigrado a Inglaterra en 1881, pudo entrar a trabajar en los *shipchandlers* y armadores Arrotegui & Soberon, de Liverpool, recomendado por la naviera donde había trabajado en el puerto de Bilbao. José Antonio, que llegó a Inglaterra cuando apenas había cumplido seis meses, realizó los estudios primarios para terminar su preparación laboral en un pequeño instituto de estudios profesionales. A los dieciséis años pasó a trabajar como mecánico en la empresa St. Helens Crow Glass Company, en la vecina ciudad de Saint Helens. La empresa, dedicada a la fabricación de vidrio, era proveedora de los astilleros donde trabajaba el abuelo de Roberto, que, gracias a ciertas amistades logradas por razones del trabajo, pudo conseguirle un puesto en la fábrica.

A la edad de diez años Roberto observó de primera mano las revueltas sindicalistas donde participó su padre. El crac del 29 afectó a la economía de todo el país, pero más a la compañía de vidrio, que se había especializado en la fabricación de cristales para la pujante industria del automóvil, y la recesión de los mercados envió al paro a varios cientos de trabajadores de la empresa. Al igual que en las huelgas de diez años atrás, el inicio del paro general se produjo en el sector del transporte, especialmente en los ferrocarriles y las actividades marítimas. Estos sucesos infundieron en el joven unas ideas revolucionarias que fueron asentándose en el transcurso de los años, pasando a la acción sindical cuando se alistó a un sindicato marxista formado por trabajadores de la anterior Liga Nacional Corporativa, en oposición al Trades Union Congress tradicional.

Años después, en el verano de 1936, padre e hijo asistieron en el campus de la Universidad de Liverpool a una conferencia de los profesores de Cambridge Kim Philby y Anthony Blunt. Roberto acudía a las clases nocturnas de economía política en un centro respaldado por el Partido Comunista Británico a partir del cierre del *Central Labour College*. La conferencia de ambos profesores era en apoyo del *Batallón Saklatvala*, nombre oficial del Batallón Británico de las Brigadas Internacionales que combatían en favor de la República Española durante la guerra civil. Shapurji Saklatvala fue un diputado del ala izquierda del Partido Laborista Independiente y, más tarde, del Partido Comunista de Gran Bretaña, que ocupó su escaño en la Cámara de los Comunes dentro del grupo del Partido Laborista.

Roberto se alistó al batallón semanas después, y entró en combate en febrero de 1937 en la batalla del Jarama. Su bautismo de fuego lo pasó en la 2ª Compañía de Ametralladoras, donde se encontraron con la adversidad de que el mando les envió cintas de munición de un calibre 7,62 cuando la necesaria era de 8 milímetros. El enfrentamiento contra las fuerzas de Regulares con el único armamento de sus fusiles para defender la línea de la senda Galiana, en la que más tarde se conocería como la "Colina del suicidio", costó la vida de unos doscientos brigadistas, la mitad de sus miembros. Roberto resultó herido en un muslo, por lo que lo evacuaron al hospital Clínico de San Carlos de Madrid.

★ ★ ★

En enero de 1949, Roberto había viajado de Moscú a Toulouse vía Londres. Meses atrás le ordenaron trasladarse hasta la capital de la Unión Soviética para recibir de la dirección del PCE el encargo de viajar hasta España para contactar con la Agrupación Guerrillera de Levante y Aragón (AGLA) al objeto de reorganizar las acciones militares y promover los movimientos antifranquistas tanto desde la lucha armada como con la introducción de miembros del Partido entre los sindicatos falangistas, las organizaciones cívicas y los grupos de la iglesia más socialmente comprometidos.

Necesitaba una nueva identidad para la misión que le habían encomendado, por lo que intentó contactar con Kim Philby, con el que había mantenido una extensa correspondencia a partir de la charla en la Universidad de Liverpool, tanto durante la guerra civil, como durante la europea y la posguerra. Sabía que Philby trabajaba para un ministerio del Gobierno y podría ayudarle. A través de él pudo conseguir una nueva identidad y una excusa adecuada para realizar una visita comercial a España. A partir de ese momento se llamaría Andrew Cedric Hemsley, nombre de un niño nacido en 1919 muerto a los tres meses de su nacimiento, y su trabajo consistiría en ser el *Purchasing Manager* de esencias de importación. Llevaba consigo un certificado de representación de la empresa *Floris of London* y poderes bancarios para la compra de esencias en España.

Durante su estancia en Toulouse, Roberto acordó con Gervasio, Laski y Adelino Pérez Salvat, Teo, el plan de acción a seguir según lo acordado en Moscú. Éstos dos últimos pasarían desde Francia por los Pirineos, con el apoyo de enlaces a través de las sierras de Santo Domingo o de Carbonera en Huesca. José Gómez, Laski, se reuniría con los guerrilleros del Sector 17º, concretamente en la zona del Gúdar, y Teo se acercaría a la zona cubierta por lo que quedaba del Sector 5º, intentando una primera aproximación en los Henarejos, en la provincia de Cuenca. Ambos conocían los suficientes "puntos de apoyo" que les podrían indicar los posibles paraderos donde encontrar a los compañeros.

El primer cometido de estos dos enlaces era entregar el dinero y el material que se iba a introducir desde Francia, así como revistas del Partido y la propaganda que se debería repartir. El segundo era más difícil de cumplir. Deberían proponer a los distintos grupos un plan estratégico con dos objetivos.

El primero sería que unos grupos se acercaran a las localidades de mayor población para cometer actos de fuerza con que visibilizar la fortaleza de la Guerrilla.

Los del Sector 17º deberían bajar cerca de Tarragona y Castellón para efectuar acciones de sabotaje, con el mayor estrépito posible, en las líneas de ferrocarril, los tendidos eléctricos y las carreteras nacionales más transitadas. Se debería planificar alguna acción tan cerca de las ciudades que la prensa del régimen tendría que hacerse eco de ella. Quizás un acuartelamiento pequeño, edificios oficiales o centros de comunicaciones.

El segundo objetivo de este plan estratégico era el de ir planificando una retirada selectiva de los distintos grupos de la Guerrilla hacia el litoral o hasta los Pirineos para preparar la salida hacia Francia o a la África francófona.

Los del Sector 5º deberían tener los mismos objetivos en las comarcas situadas cerca de Valencia, llegando incluso a las afueras de la ciudad.

Gervasio tenía una especial querencia por el cuartel de Arrancapinos, en Valencia. Había preparado el plan desde hacía tiempo para destruir lo más posible un lugar muy activo en la represión contra los guerrilleros. Uno de los capitanes de la Guardia Civil más crueles, Cristino Salamanca, se jactaba de que ningún guerrillero dejaba de vomitar toda la información que pudiera revelar. Era un especialista en el uso de palizas, corrientes eléctricas y las formas más crueles de torturas. Se decía que el teniente tenía un álbum con la fotografía de todos los guerrilleros a los que había abatido. A los que había matado directamente o dado el tiro de gracia tras la aplicación de la ley de fugas, los señalaba con una orla dorada y, a los que habían matado los agentes de su unidad, los señalaba con una orla plateada. Era famosa la cámara fotográfica *Leica* 3ª, como la que usaba Robert Capa durante la contienda, que había arrebatado a un teniente "rojo" al final de la guerra civil y siempre llevaba consigo.

Roberto consintió en que Teo se reuniera con *"Grande"* y su partida para preparar una acción contra el cuartel sin consultarlo con el Consejo, siempre y cuando no pusiera en peligro los objetivos que se habían marcado.

Una vez decididas las actuaciones y trasmitidas al Consejo Central de Resistencia para su aprobación, esperaron la respuesta. Dado que el Consejo residía en París, tuvieron que esperar varios días.

El día 7 de febrero de 1949, lunes, Roberto tomó el tren de Toulouse a Perpignan. El consulado británico en esa ciudad le proveería de un visado para entrar a España. Laski, Gervasio y Teo marcharon hasta Tarbes para, desde allí, pasar la frontera por la Sierra Mayor en los Pirineos oscenses.

Cuando llegó a Valencia, lo primero que hizo fue buscar un hotel habitual para los hombres de negocios. Le habían recomendado el Reina Victoria, en la calle de las Barcas. Cuando se registró en el hotel, mientras el recepcionista le daba siete vueltas al visado y al pasaporte, recordó que, cuando la ciudad fue la capital de la República, al nombre del establecimiento le habían eliminado el título de "Reina", y había sido el lugar de hospedaje habitual de figuras tan señaladas como John Dos Passos, Ernst Hemingway o Robert Capa. Se cuidó muy mucho de comentarlo.

Mientras le tomaba la identificación, comunicó al recepcionista, en un correcto castellano, pero con el inconfundible acento *scouse* de Liverpool, que, por su trabajo de *Purchasing Manager*, debería visitar a algunos proveedores de fabricación de esencias en el límite de la provincia con la de Cuenca y en la de Castellón. También le preguntó por los posibles hospedajes que podría utilizar en Utiel o Requena, cuando tuviera que marchar a esa zona, y en Burriana, cuando viajara hacia el norte. Se lo comunicaba para solicitar una rebaja en la factura, caso de no pernoctar alguna noche, y también para proporcionar su paradero si "alguien" preguntaba por él, mientras estaba ausente. Por supuesto, entre esos *"alguienes"* podrían estar los agentes de la policía. El recepcionista les preguntó a qué diantres se dedicaba en realidad, a lo que Roberto respondió con un lacónico "representante". Lo de la factura ni se comentó. El precio de la habitación era por noche, estuviera ocupada o no.

En Londres le habían proporcionado un listado de empresas de esencias, tanto de lavanda o de romero como de manzanilla, en la comarca de Utiel-Requena e inclusive en la comarca de La Manchuela, en la provincia de Cuenca, así como de cítricos en la provincia de Castellón.

Durante su estancia en Inglaterra no había podido entrevistarse con Philby, al estar éste comisionado en Washington, pero el profesor de Cambridge y diplomático había dado orden telefónica de que le atendieran en todo lo posible. Nunca supo la manera como la oficina de Philby lo había conseguido, pero, además del pasaporte, la visa que le entregaron en el consulado de Perpignan y el documento de representación de la empresa, también le habían proporcionado un listado de fabricantes de esencias para perfumería en las provincias de Valencia y Castellón y, en papel membrete de la compañía, diferentes cartas de presentación, tanto en inglés como en español, para las empresas del listado.

El primer día de estancia lo dedicó a dejarse ver, como cualquier otro extranjero que llegaba a la capital para negocios. Se pasó por el antiguo bar Wodka, que ahora llamaban "Navarra" por razones muy parecidas al cambio de nombre del hotel. Un taxi lo condujo hasta el puerto, donde visitó a un consignatario a quien le llevaba una carta de presentación al objeto de conocer el procedimiento y coste de las expediciones de los lotes de esencias. Ya que estaba cerca de la playa, comió en La Pepica, un famoso restaurante muy frecuentado por la burguesía valenciana. Tras la comida, echó una cabezada en su habitación del hotel para, luego, asistir a la función vespertina de la obra *Un señor dentro del armario*, que la compañía de Paco Martínez Soria representaba en el teatro Serrano. A la salida, convenientemente asesorado por el recepcionista del hotel al que solicitó un bar con las típicas tapas de la tierra, se tomó el vermú en la tasca Ángel, un lugar fundado dos años antes, y terminó la jornada con una cena en la Fonda de España, casi enfrente de su hotel. Si alguien le había seguido, además de aburrirse, no le habría distinguido de otro extranjero paseando por la ciudad.

La obra de Martínez Soria le pareció banal, típica de la cultura promovida por el dictador, pero tuvo que presenciarla en su totalidad porque su enlace con la Guerrilla había quedado con él en los lavabos del teatro en el primer descanso de la función. Era un lugar convenientemente reservado para averiguar si alguien los seguía. Roberto fue a comprar un paquete de chocolatinas, a fin de comprobar si los estaban siguiendo. Creyó ser observado por dos personas, por lo que una vez hecha la compra volvió a su asiento. Una de las dos fue tras él. A los pocos segundos de sentarse en su localidad, cuando el posible informador se había arrellanado en su butaca tres filas más atrás, marchó velozmente hacia los urinarios. Debió parecer un apretón repentino porque el agente se quedó en su lugar, ya que se delataría si se levantaba inmediatamente.

Martín Pérez Tortolá, el Feo, estaba meando en un urinario de pie, con la gorra en el bolsillo trasero del pantalón, tal y como habían acordado. Roberto se puso al lado y únicamente dijo "mañana a las nueve en la esquina de Colón con Marqués de Estella". El Feo se marchó sin ni siquiera lavarse las manos y él espero dentro de una cabina con inodoro a que avisaran del comienzo de la sesión. El apretón debería aparentar mayúsculo.

Al día siguiente, el enlace con la Guerrilla apareció en un taxi en la esquina de la plaza dedicada al dictador Primo de Ribera. Era un antiguo Citroën en bastante buen estado. El Feo iba de uniforme, al parecer con todos los papeles en regla, incluyendo la tarjeta de aprovisionamiento de gasolina. Puso en marcha el taxímetro en el momento en que Roberto subía al automóvil. El taxista se volvió aparentando que preguntaba la dirección.

—Iremos a una travesía de la calle de la Visitación donde hay un almacén de productos químicos. Uno de los nuestros quiere mantener contigo una entrevista personal –le dijo, asintiendo con la cabeza como si conociera la dirección que aparentemente el usuario le indicaba–. Me han dicho que tienen una pequeña sorpresa para ti.

Giraron por la plaza para dirigirse a la plaza de Tetuán, y siguieron recto por el margen derecho del río hasta llegar al puente de Serranos para cruzar el Turia y embocar la calle de la Visitación. Poco antes de llegar al tendido de la vía hacia Liria y Bétera de los ferrocarriles de vía estrecha, el taxi dobló a la derecha para llegar a su destino.

La calle donde habían aparcado estaba constituida por casas de dos o tres alturas, de una edificación cercana al barraquismo propio de los sectores marginales. Al fondo de la calle se encontraba un almacén.

Roberto, con su indumentaria inglesa, no pasaba desapercibido, pero, para su suerte, en ese momento nadie paseaba por la calle. El Feo aparcó el taxi a la puerta del almacén y no paró el taxímetro.

— Espera un poco para comprobar que nadie nos ha seguido y luego puedes entrar en el almacén. Te esperaré aquí leyendo el *Levante* –le dijo, mientras cogía el periódico.

Dejaron pasar cinco minutos para cerciorarse de que nadie los seguía. La puerta del almacén estaba entornada y Roberto se introdujo en el local. La oscuridad del lugar, en contraste con la luminosidad de la calle, le dejó sin visión durante unos momentos. Pasados uno segundos vio que, al fondo del almacén, subiendo por una escalera metálica, se podía acceder a un altillo acristalado que hacía las veces de oficinas. Un grupo de cuatro o cinco personas estaba en sus mesas trabajando.

Subió al despacho. Al entrar, uno de los empleados se le acercó con desconfianza.

— ¿Mister Hemsley de *Floris of London*? –preguntó.

— *Yes. I come to check the quality of the products of several Spanish companies dedicated to the manufacturing of essences.*

Pareció sorprendido.

— Perdone, pero aquí nadie habla inglés.

— Lo siento –se disculpó Roberto, enfatizando su acento de Liverpool–. Me llamo Andrew Cedric Hemsley y soy el representante en España de la compañía *Floris of London*.

— Aunque en realidad te llamas Roberto, ¿no?

No supo que contestar. Se temió una encerrona; quizás el enlace del taxi era un confidente de la policía. El tiempo que duró el silencio se le hizo eterno.

— ¿Y cómo queremos ganar la guerra con unos señoritingos como éste? –dijo entre risotadas quien le estaba conversando–. ¡Salud, camarada!

Todos los demás se levantaron entre carcajadas, acercándose hasta la puerta, menos una mujer que se quedó en su escritorio.

—Estamos a la espera de órdenes –le comunicó Antonio Paredes García, apodado el Menda por la costumbre de autonombrarse así–. Creíamos que vendrías con Gervasio.

—Yo me he adelantado, él llegará en unos días. Ya sabéis, debe traer el material consigo –contestó, aún con suspicacia.

—No te preocupes, camarada –el que parecía jefe del grupo le tendió la mano–. Me llamo Justino Robles, y todos nosotros somos la mitad de lo que ha quedado del Sector 5º. Sabíamos de tu llegada y el Feo hizo las comprobaciones pertinentes.

Uno de ellos se fue hasta la puerta del almacén para vigilar si alguien aparecía de improviso. El Feo estaba apoyado en el taxi leyendo la prensa y se hicieron una seña. En el despacho, Roberto estaba intrigado por la mujer que no se había movido del escritorio, donde estaba leyendo un informe.

—El almacén sólo se usa muy de tarde en tarde porque no hay materia prima. Ya sabes, hasta hace pocos meses la autarquía no permitía importar la mayoría de los productos químicos necesarios. Los dueños quieren montar una empresa de lejías y otros productos de limpieza, pero aún no tienen los permisos correspondientes.

—¿Y los empresarios saben que usáis las instalaciones?

—Los propietarios tienen una finca de grandes dimensiones en la carretera de Utiel a Ademuz, cerca de Talayuelas. Vid, ovejas, algo de trigo y olivos. En la propia finca tienen hornos para la extracción de esencia de espliego y de lavanda. Es una de las empresas a las que tienes que ir. Desde allí podrás contactar fácilmente con nosotros.

—¿Un terrateniente está a favor de la Guerrilla? –insistió.

—Por lo menos no nos denuncia –comentó la mujer desde el fondo. Se levantó y caminó hacia él–. Toda su familia vive en Valencia, menos un hermano que lleva la finca y que vive allí con su mujer, su suegra y tres hijos. Sabe muy bien lo que les podría pasar si se les ocurre delatarnos. Además, era de la Derecha Republicana, y el segundo de los hermanos murió en la defensa antiaérea en el Grao de Valencia. Amigo de Franco no es.

Mientras se acercaba la fue reconociendo. Con bastante menos peso, su rostro había envejecido prematuramente, lleno de arrugas. Al caminar se le notaba una leve cojera. Habían pasado poco más de diez años desde la última vez que se vieron, pero ella había envejecido más del doble.

—¿Tan cambiada estoy que no me reconoces? –dijo Amparo Miquel cuando llegó a su altura.

Roberto no supo cómo actuar y cuando le iba a tender la mano ella lo estrujó con fuerza.

—Éstos son unos machistas –dijo, aún abrazada– y no me dejan actuar en campo abierto, pero les ayudo en lo que puedo desde la ciudad y no hubiera permitido dejar de darte un achuchón.

—¿Sabes una cosa? –la contemplaba de arriba abajo–, en Moscú, el último día que vi a Alexei, cuando supimos que me enviaban a Valencia, te recordamos con todo el cariño del mundo. Me dijo que seguro que lo primero que haría sería ir a visitarte.

—¡Mi buen Alexei! ¿A qué se dedica ahora?

—Es un burócrata, como la mayoría de nuestros antiguos camaradas. Luchamos juntos en el frente alemán, sobre todo en la Ofensiva del Vístula-Óder. Luego seguimos juntos hasta las puertas de Berlín. Desgraciadamente no fuimos los elegidos para entrar en combate durante la batalla final.

Ella se apartó dos pasos para poder observarlo con detenimiento. Llevaba un traje color plomo carbón, camisa blanca, una corbata azul oscura estrecha sin diseño y unos zapatos Oxford.

—Él será un burócrata, pero tú te has convertido en un pequeño burgués.

—Cuando termine la reunión, ¿podremos comer juntos en algún restaurante del centro y recordar tiempos mejores?

—¿Y qué dirían al ver a una proletaria en taxi acompañada de un *gentelman* inglés? Lo siento, pero no podrá ser.

—El nuevo régimen no tiene proletarios, eso es de rojos, ahora son productores –contestó con sarcasmo.

—Trabajo en un pequeño bar en la calle de la Tapinería. Si quieres, vente a comer mañana, a eso de la una y media o dos. Tenemos "arros amb bledes", pero las acelgas se pueden contar con los dedos de una mano, tiene poco tomate, mucho caldo de restos y el arroz justo. Si hay suerte, encontraremos en el colmado de al lado cebolla, dientes de ajo y pimentón. ¿Hace?

—Mañana me tienes allí.

—Y, por favor –hizo una mueca señalando el atuendo–, vístete un poco menos aparente, que si no vas a dar el cante entre los parroquianos habituales.

A continuación, hablaron del operativo a seguir. El grupo debería señalar los puntos neurálgicos donde se podría realizar un sabotaje. La línea de ferrocarril a Albacete, la cementera de Buñol y la carretera de Madrid, además de varias fincas de la comarca, podrían ser los objetivos.

—Yo me encargaré de planificar el ataque al cuartel de Arrancapinos o en sus proximidades. Es un objetivo personal de Gervasio.

—Eso va a ser muy difícil –comentó Amparo–. Me tuvieron encerrada allí más de una semana en el año 40, y te aseguro que me entusiasmaría que no quedara una piedra sobre otra de esa maldita sala de tortura, pero el cuartel está blindado.

—Gervasio quiere, sobre todo, ejecutar a un capitán, un tal Cristino Salamanca.

—Ése fue el culpable de mi cojera, las marcas en los pechos y la imposibilidad de tener un hijo –comento con repugnancia.

Justino Robles les recordó que la reunión estaba durando demasiado y debían terminarla lo antes posible.

—Dentro de unos días, dos o tres, te avisará el Feo de que hemos podido planificar el viaje hasta Utiel –le dijo–. Deberás ir en tren hasta allí y te alojarás en la pensión de la señora Encarna. La mujer alquila el piso de arriba de su vivienda a los representantes, y en la época de la vendimia a los jefes de equipo. La señora no tiene relación con nosotros y enseguida te pedirá los papeles para llevárselos corriendo al puesto de la Guardia Civil. ¿Algún problema?

—No te preocupes, los tengo en regla y con una carta de presentación para los dueños de las fincas.

—Para ir a ellas deberás contactar con el veterinario del pueblo, Matías Amorós. Tiene un coche que va mal que bien, pero es el único que lo alquila cuando es menester. Colabora con nosotros, pero está muy bien visto por la Guardia Civil. Te voy a contar una anécdota.

Justino se sentó para narrar la historia. Sus compañeros sabían que le gustaba contarla con todos los pormenores, a pesar de las prisas que había considerado momentos antes.

—Hace varios años, el sargento del puesto llamó al veterinario del pueblo para que atendiera a un prisionero, supuesto enlace del maquis, con el que se les había ido la mano. Por lo visto, al final de las tremendas palizas que le dieron, tenían que trasladarlo ante el juez y no deseaban que lo viera en semejante estado. ¡Imagina cómo habría sido el castigo! Don Matías le curó mal que bien, dejándolo bastante aparente, pero al salir del cuartel el guardia previno al veterinario de que no debía hacer constar en su parte diario la cura ni, evidentemente, comentarlo con nadie de la localidad. Por supuesto, la sugerencia contenía un gran trasfondo de amenaza. Dicho y hecho, el veterinario no se lo comentó a nadie, excepto a algunos muy íntimos. A los meses, don Matías tuvo que ir a una finca para poner una inyección a una persona muy mayor, cosa que hacía una vez a la semana, ya que la señora tenía una patología que le hacía necesitar ese medicamento cada siete días. Esa mañana nuestro grupo tuvo un enfrentamiento con la Guardia Civil cerca del lugar, y uno de nuestros compañeros fue herido por un tiro en el abdomen. Como sea que conocíamos la visita del veterinario justo ese día de la semana, nos acercamos allí y, cuando volvía al pueblo, lo interceptamos para que atendiera al compañero. Don Matías se ofreció gustoso a ello. Durante el camino al escondite, nos contó que estaba a favor de nuestra lucha por unas razones personales que sería largo enumerar. Curó al compañero, pero la intervención fue larga por la abundante sangre que le brotaba. Al terminar la operación, guardó sus útiles, le acompañamos donde había dejado el coche y le despedimos con total agradecimiento. Nos juró una y mil veces que nunca sabrían ni en el cuartel ni entre sus allegados nada de ese suceso. Le creímos. Desde entonces nos ayuda cuanto puede.

Hizo una pausa. Roberto creyó que la anécdota se había terminado, pero los demás siguieron quietos, sabían que Justino hacía una larga pausa en este punto para resaltar la moraleja final de aquella aventura.

—Pero el veterinario –al cabo de unos instantes retomó la narración– al llegar a los aledaños del pueblo se encontró con un control de la Guardia Civil. Por lo visto estaban registrando a todo el mundo, buscando colaboradores del enfrentamiento que había ocurrido horas antes. Inspeccionaban a todo dios e inclusive habían acercado un autobús desde una población vecina para introducir en él a todo sospechoso de haber colaborado con la Guerrilla. El vehículo estaba casi al completo. Registraban con escrupulosidad a todas las personas, cacheándolos, abriendo sus hatillos, buscando por los lugares más peregrinos de los carros y deshaciendo los paquetes que transportaban. Don Matías llevaba dentro de su maletín todo el instrumental médico con el que había operado al herido, así como las gasas y vendas empapadas en sangre para, posteriormente, limpiarlas en casa. Los agentes sabían que había ido a una finca a poner una inyección, así que no tendría ninguna excusa para justificar la sangre del instrumental y las vendas. Se daba por arrestado y encarcelado durante una buena temporada, temiéndose que, confesara antes o después, la paliza no se la quitaba nadie. En el momento en que llegó a la altura del agente, el sargento del puesto pasó en una camioneta y se paró junto al coche del veterinario. "A ese señor no hace falta registrarlo", dijo en voz alta, "es de los nuestros". Resultó ser el sargento que le pidió que sanara al detenido.

Todos los compañeros resoplaron con ganas. Habían escuchado la historia más de una docena de veces y sabían que ahora tocaba dar un consejo al compañero, pero a solas Justino con Roberto. Le cogió del brazo, apartándose unos metros de los demás.

—Como comprenderás, después de eso, don Matías es una persona muy de fiar –le dijo en el aparte–. Cuando llegues al pueblo, preséntate en la comandancia y les preguntas quien puede llevarte a la finca. La propia Guardia Civil te recomendará al veterinario; es el único que tiene un coche para compartir. Además, el hombre hace las veces de confidente de los agentes y creerán que te mantendrá vigilado.

Terminada la narración, de repente, todo fueron prisas. Le recordaron que en dos o tres días le indicarían cuándo ir a Utiel. El Feo le informaría cruzándose casualmente con él por la calle. Una vez contactado con el veterinario, irían a la finca para negociar la compra de esencia y contactarían con la Guerrilla, bien en el camino de ida o en el de vuelta.

Al día siguiente, cuando iba hacia el bar de la calle Tapinería, se quedó sorprendido al pasar frente a la comisaría de la Calle de El Salvador. En el momento de pasar ante a la puerta, observó que de allí salía Evaristo Orozco, el comisario con el que trabajó en tiempos de la capitalidad republicana de Valencia. Aunque se había quitado la barba que tenía en aquella época, vestía ropas de importación y llevaba un sombrero panamá clásico, temió ser reconocido y se escurrió por una calle lateral antes de que se fijara en él.

Le extrañaba mucho que Orozco trabajase para la policía franquista, dados sus antecedentes. Tendría que preguntarle al Feo sobre las actividades actuales del antiguo policía.

Poco antes de llegar al bar donde trabajaba Amparo, se quitó el sombrero y la chaqueta, llevándolos en la mano y se desalió los botones de la camisa. Como le había dicho su amiga, no quería desentonar entre el resto de los parroquianos.

Se sentó en una mesa al fondo de la sala, pidiendo una cerveza y algo que picar.

—Después de la comida, cuando esto se vacíe, nos vemos en el cuarto que hay junto a los servicios. Todos los días mi jefe, ése que está ahí –Amparo señaló a un hombre de unos cuarenta años–, cuando termina su plato, se pone en la barra y me deja ir al cuartito a comer lo que sobre. Le he dicho que eres un pariente lejano que se fue de niño antes de comenzar la guerra y quiero sacarte algo de dinero apelando a nuestro parentesco. El jefe sabe que me hace mucha falta.

— Capítulo V. —

La patrulla del amanecer

En lugar de ir directo a casa, Evaristo se dirigió al edificio de la Telefónica en la Plaza del Caudillo. Por el camino sopesó la conveniencia de llamar a Carlos antes de conversar con su padre. Cierto que la entrevista la había ordenado don Eduardo, sin que nadie más tuviera conocimiento de ello, pero al final creyó más oportuno hablar primero con el hijo, ya que las exigencias del comisario involucraban más a éste que a su padre

Cuando le explicó que había visitado a Lorenzo Arnau y los motivos de la conversación, Carlos montó en cólera, amenazándolo con todo tipo de represalias. El mayordomo no quiso explicarle por teléfono los resultados de la visita, porque era mejor comentarlo previamente cara a cara, antes de que su padre supiera lo que le había pedido el comisario. Por ello era preciso reunirse tan de inmediato, rogándole que se vieran antes de la comida. Al final consiguió quedar con él a las dos de la tarde en el bar Amorós de la calle En Llop.

—Pudiera ser que me siga un policía después de haber conversado con Arnau –comentó Evaristo– y no quisiera que supieran que me he entrevistado inmediatamente contigo. Si cuando llegues al bar Amorós me ves en la puerta puedes acercarte, no me habrán seguido. Si me ves dentro sigue tu camino y nos vemos en casa.

Llegaría tarde para servir a los señores la comida, pero luego se excusaría por haberse retrasado de la mejor manera que supiera ante don Eduardo, pensó mientras cruzaba la plaza. Carlos llegó en taxi minutos antes de la hora fijada. Evaristo lo esperaba a la puerta del local. Ambos entraron y se sentaron en el interior en una mesa algo apartada.

Después de que el camarero les sirviera dos cervezas y unas papas, Evaristo le explicó los deseos del inspector. Antes, tuvo que exponerle la preocupación de su padre. Enfadado por la intromisión paterna, pero sobre todo por la pretensión del policía, Carlos elevó tanto el tono de voz mientras maldecía que todo el personal del bar volvió la mirada hacia ellos. Callaron unos momentos hasta que la curiosidad de los otros se fue disipando.

Ya más calmado, Carlos dijo que denunciaría al inspector ante sus superiores, pero Evaristo le advirtió que *el francés* obraba al dictado de sus jefes. El chico esgrimió como credenciales para que el policía le dejara en paz su participación en la guerra civil y la militancia en la Falange desde el inicio mismo de su implantación en Valencia.

Evaristo intentó hacerle comprender que el Régimen se había desembarazado de lo que unos cuantos desconsolados llamaban la Falange Auténtica. Sus representantes en las altas esferas se habían perdido, sobre todo a partir de las propuestas radicales de algunos de ellos para la reforma agraria, del intento de promover una mayor intervención del Estado en la economía o de formular una reforma tributaria al objeto de conseguir una distribución de la renta más equitativa. Esa facción *"joseantoniana"* había desaparecido de los cargos políticos de segundo, tercer y hasta décimo nivel. Lo que ellos afirmaban como "puros ideales falangistas" eran totalmente distintos a los arquetipos de la autarquía franquista, y lo serían mucho más en los años siguientes, en los que, estaba seguro a raíz de las últimas tensiones Este-Oeste, los países occidentales reconocerían el régimen por necesidades geoestratégicas frente al bloque comunista.

—Carlos, esa Falange ha desaparecido –comentó Evaristo al término de la entrevista–. Estáis fuera del sistema. Es más, creo que quieren apartaros de la vida pública, aunque sea a puntapiés. Ese sindicato vertical que ha creado el Movimiento es una burla, inclusive para vosotros. Imagínate para las personas con ideas republicanas. Tanto la dirección política del sindicato como los poderes públicos están ocupados por camisas viejas reconvertidos en franquistas y, sobre todo, de camisas nuevas con estómagos agradecidos y tragaderas inmensas. Ahora aquella unión bastarda de la Falange y las JONS se ha convertido en el Movimiento, y ya sabes lo que dice el chiste. "A Franco le han dado el premio Nobel de Física porque ha conseguido la inmovilidad del movimiento".

—¡Pero los trabajadores tienen derecho a reclamar un salario más justo! ¡No pueden apresarlos por exigirlo! Y, sobre todo, no me pueden pedir que yo sea el chivato de la empresa.

—Pero esos trabajadores son, según la policía, comunistas. Vosotros, los falangistas, fuisteis los primeros que quisisteis abolir el comunismo.

—Sabes que nuestro lema es "ni capitalismo, ni comunismo, sino nacionalsindicalismo", porque ambas ideologías son totalmente indignas. Del capitalismo te podría decir muchísimas monstruosidades, empezando por las empresas en donde mi padre es accionista importante, pero, respecto al socialismo bajo la influencia soviética, te diré que estar bajo un régimen comunista significa ser observado siempre, espiado hasta en los espacios más privados, regulado por un estado sin espíritu, perdida la identidad individual y dirigido desde un gobierno perverso en lo público y en lo personal durante toda tu vida.

—Lo que ha conseguido vuestro "Movimiento" es que cualquier oposición al franquismo sea considerado comunista. Y cualquier reclamación contra el Régimen se califica de conspiración judeo-masónica y pro soviética.

Carlos, cortó la conversación cuando se le acabaron los argumentos.

—Estoy seguro de que mi padre me alentará para que señales a los cabecillas del sindicato clandestino y no pienso hacerlo –dijo, concluyendo esa parrafada.

Quedaron en la estrategia a seguir. Evaristo se adelantaría para explicarle al padre el resultado de la entrevista. Lo haría a grandes rasgos, sin profundizar en las medidas a tomar tras la velada amenaza del inspector. Carlos llegaría una media hora más tarde para intentar calmar a su padre y, ya los tres, decidir qué postura adoptar.

De acuerdo con ello, Evaristo dejó a Carlos en el bar y se fue paseando hacia casa. Por el camino se preguntó si merecía la pena involucrarse en esa refriega. Al fin y al cabo, lo que le pedía el inspector al abogado de la empresa era denunciar a trabajadores que luchaban por lo que era justo; posiblemente personas que habían pertenecido durante la República al mismo sindicato que él. Participar en esa confabulación era tanto como traicionar a sus compañeros.

Cuando llegó faltaba poco para dar las tres y Brígida salió de inmediato de la cocina para advertirle que el señor había mandado que se reuniera con él nada más llegar. Ya habían comido, y don Eduardo lo esperaba en la sala de fumadores del primer piso. Doña Soledad se había retirado a su habitación.

El dueño de la casa se encontraba escuchando el parte diario hablado de las dos y media de la tarde. Cuando entró Evaristo estaban informando sobre las previsiones meteorológicas para el día siguiente, la última de las noticias que debían ser radiadas a la misma hora y en todas las emisoras del Estado. Don Eduardo apagó la radio cuando terminó la noticia, ocupó un sillón y ofreció otro al mayordomo. Llevaba una copa de coñac en la mano. Antes de que se sentara, lo primero que hizo fue preguntar por su tardanza en volver.

—La entrevista ha tenido que retrasarse más de una hora porque el inspector tenía unos asuntos apremiantes –mintió– y ha terminado hace cosa de veinte minutos.

—Pero ¿ha ido bien –preguntó con inquietud– o me tengo que preocupar por algo en concreto?

—Sería mejor que le explicara todo desde el principio.

Evaristo comenzó relatando el contenido del grueso expediente que el inspector tenía con una descripción muy prolija de las andanzas del hijo. Lo primero que enumeró fueron los posibles cargos que podrían imputarle, según los hechos que constaban a la policía, a causa del consumo de estupefacientes, la incitación a la prostitución o los desórdenes públicos. Los integrantes de ese grupo se hacían llamar *La patrulla del amanecer*. Según se decía, la pandilla era una leyenda urbana en la mayoría de los ambientes de ocio de la ciudad.

En lo tocante a la droga, una moda entre los jóvenes de clase alta, se proveían de ella en las casas de citas de postín. Evaristo creía que la sanción no pasaría de ser una infracción leve. La policía no actuaba casi nunca porque, además de ser un vicio casi exclusivo de las clases altas, el Código Penal no contemplaba como delito su uso personal y sólo cabían sanciones administrativas en lo tocante al tráfico de esas sustancias.

El mayordomo ampliaba la información que le había dado Arnau con el objetivo de disminuir la gravedad de los posibles cargos. Por consumo de droga, a lo máximo que podrían condenarle sería a una multa, pero el revuelo social sería de mayor calado. En el tema de la prostitución, cosa que todo el mundo aceptaba, pero nadie quería que se le señalara, el tema sería algo parecido.

— ¿Quién de los jóvenes señoritos no ha pasado una noche de juerga en una casa de citas? –preguntó retóricamente el antiguo policía–. En mis tiempos de inspector más de una vez tuvimos que presentarnos en *El Chalé Rosita* de la Avenida del Puerto porque un grupo de señoritos se habían pasado de copas, o teníamos que acudir al *Ba-Ta-Clan* de la actual calle Ruzafa porque unos clientes se querían marchar sin abonar los servicios prestados, aparte de las consumiciones. Hoy día no existen esos locales, pero con toda seguridad existirán otros. Aunque una cosa es que todos los jóvenes, antes o después, se desvirguen en uno de esos garitos y otra es que sepamos quién, cuándo, dónde y, ¡ya sería lo escandaloso!, con quién. De igual modo que, cuando sean mayores, estén casados y sean respetables, tendrán sus queridas, oficiales o no, y todo el mundo lo sabrá, pero nadie se dará por enterado.

Don Eduardo tenía una. Se llamaba Escolástica, aunque todo el mundo la llamaba Gracia, por el primero de sus apellidos. Viuda de la posguerra, su marido murió en la cárcel al principio de la década. Vivía con su madre y un hijo de ocho años, en una casa alquilada por don Eduardo en una travesía de la calle de Quart extramuros, cerca de Tránsitos. Salazar tenía también en propiedad un pequeño apartamento en la calle del Grabador Esteve y mantenían cita, como mínimo, una vez a la semana. Gracia tenía que ir tres horas antes del encuentro para comprar bebidas y algún aperitivo, limpiar la casa, asear el dormitorio y acicalarse para recibir. A veces, cuando apretaba la necesidad, don Eduardo la reclamaba entre semana.

Gracia temía que su puesto peligrara porque, en las semanas que no había encuentro supletorio, notaba que la casa había sido utilizada. Pequeñas cosas: el lugar donde encontraba los útiles de limpieza, la forma de hacer la cama, el olor de la ropa planchada y cosas parecidas denotaban que era otra persona quien lo había hecho. Quizá, se decía, tenga otra más joven que le viene a visitar.

—El tema de la prostitución nos debe afectar lo mismo que el de las drogas –retomó la exposición el excomisario Orozco–. Todo quedaría en una multa administrativa, como mucho, pero con el consiguiente escándalo que marcaría el futuro de su hijo.

—No es eso lo que me preocupa –zanjó don Eduardo–. La verdad es que tienes toda la razón, no tienen argumentos para encausar a mi hijo. En esa pandilla de tarambanas sin oficio ni beneficio, hay hijos de gente con excelentes cargos públicos, muy del régimen. Si denunciaran a Carlos deberían hacer lo mismo con los otros, y el tal Arnau no se atreverá. Eso no me preocupa.

—Entonces, ¿a qué viene tanta ansiedad? –preguntó, deseando que el tema se olvidara.

Evaristo pensó que, si el padre quedaba satisfecho y sin deseos de investigar más, intentaría quedar con Arnau para que sólo se entrevistara con el hijo sin que don Eduardo se enterara.

—Porque me temo que el inspector tiene algo más contra mi hijo –comenzó a irritarse–. Y sospecho que es muy grave por tu dilación en contármelo.

—Tiene razón –se dio por vencido–. Al parecer su hijo ha participado en algunas de las algaradas de los *hedillistas*, y la policía tiene testigos de su participación. Y este problema se puede agravar si la brigada político social realiza una cadena de detenciones de todos los participantes. En ese grupo no hay parientes ni amigos de personas del régimen, todo lo contrario. A todos los allegados, incluyendo por supuesto a sus familiares, los podrían acusar de desafectos.

Quedaron en un silencio incómodo. Ninguno de los dos tenía nada que agregar. El uno porque estaba penado a trabajar gratis en la casa por culpa de ese gobierno golpista, y el otro porque, defensor a ultranza del sistema impuesto, sabía muy bien las consecuencias de oponerse a él.

Don Eduardo se temió lo peor: qué cosa iba a pedir el inspector a cambio de no arrestar a su hijo. Al cabo de unos segundos se atrevió a preguntarlo.

Antes de hacerlo oyeron subir por la escalera, a grandes zancadas, a Carlos. Ningún otro ascendería con esa premura y alboroto. Sin embargo, cuando entró en el salón se hizo de nuevas.

—Perdona que no haya podido venir a comer –se excusó–. Tenía trabajo en el despacho y no me fijé en la hora.

—Pues sueles tener buen apetito cuando comemos a las dos menos cuarto. Sabes que me gusta estar almorzado antes de que comience el parte diario de las dos y media. ¿No has notado hambre a esa hora?

—Es que he tenido una reunión con los encargados de personal a la hora del almuerzo y me he tomado un bocadillo y una cerveza con ellos.

El padre sabía que acababa de improvisar esa mentira, pero quiso ir directo al tema que le preocupaba.

—Un inspector de la policía quiere que le visitemos. Por lo visto tiene un expediente sobre algunas de tus actividades fuera de la ley.

—Todo es un invento, papá –se quejó Carlos, creyendo que Evaristo había omitido la parte política del dosier policial–. No negaré que mi pandilla se reúne a veces en cabarés, pero por suerte aún no he pagado por acostarme con una señorita, y lo de las estupefacientes es una falacia. Con el coñac y la ginebra de garrafa que nos proporciona el mercado negro ya tenemos suficiente droga.

—No me vengas con bromas en este asunto tan serio, ¡niñato! –gritó el padre, arrepintiéndose de inmediato al recordar la presencia del mayordomo–. Sé de tus hazañas nocturnas porque son la comidilla en las conversaciones de la Agricultura y en el Ateneo. Cuando voy a una de esas dos sociedades, la gente me mira con una mezcla insoportable de pena y reprobación. Además, en la empresa también lo saben y sé que están manteniéndote en tu puesto por no hacerme un feo.

El padre se acercó a grandes zancadas al lado de su hijo con el rostro incendiado de cólera. Evaristo se temió que lo fuera a abofetear.

—Pero eso va a cambiar desde ahora mismo. No te voy a consentir ni una más. Si me entero de que te metes en alguno de esos enredos, te juro que yo mismo ordenaré que te despidan y, por supuesto, de mí no vas a recibir ni cinco céntimos.

Carlos enmudeció y don Eduardo pareció que se calmaba. Volvió al sofá e hizo sentar a los otros dos en las butacas que formaban el tresillo. El padre fue el primero en hablar.

—Estaba preocupado por tus andanzas, y Evaristo, que conoce a un inspector de policía, hijo de un antiguo compañero de antes de la guerra, me ha hecho el favor de preguntarle si habían abierto algún expediente sobre tus hazañas –silbó con sorna esta última palabra–. Por lo visto están al día de tus fechorías políticas y las juergas que os corréis ese grupo de niñatos.

—No deberías habérselo pedido, papá.

Quería enfrentarse a su padre, pero supo al instante que sería en vano.

—No me extraña que opines así. Desde niño has actuado como los avestruces, escondiendo la cabeza cada vez que te encontrabas ante una contrariedad. El toro hay que cogerlo por los cuernos, y eso es lo que he hecho yo toda mi vida.

Enfadarse es lo más fácil, y padre e hijo no iban a salirse de ese estado de ánimo. Evaristo quiso que ambos se cabrearan con la persona adecuada, con el grado preciso y con un objetivo claro: fijar la estrategia a seguir cuando se reunieran con el inspector.

—Creo que deberían dejar de reprocharse –medió el mayordomo– y tratar de planear la reunión que deberán mantener con Lorenzo Arnau. Deberíamos buscar argumentos para convencerlo de que Carlos ha dejado de participar en movimientos políticos desafectos al Régimen y asegurarle que las salidas festivas con los amigos no tienen mayor transcendencia.

—Pero no creo que el inspector nos quiera preguntar por esos temas. Seguro que su interés por este desahogado será otro.

—Tal vez tenga usted razón, don Eduardo –repuso Evaristo tras unos segundos de silencio que no quiso alterar Carlos–. Como usted sabe, en la empresa de ferrocarriles hay mucha tensión por unas reivindicaciones de los trabajadores.

— ¡De unas coacciones provocadoras de comunistas infiltrados entre la gente sana de la empresa!

Evaristo hizo caso omiso de la interrupción, pero don Eduardo no iba a permitir que se diera por hecho que en su empresa se podía ejercer ningún tipo de provocación.

—El Consejo de Administración y la dirección de la empresa siempre han tenido buen cuidado en tratar con justicia a los productores, pagando sueldos más altos que la competencia. Si ése no fuera el caso, ¿cómo se explica que los asalariados rueguen constantemente que admitamos a sus hijos en cuanto cumplen la edad para ser aprendices? Excepto en el periodo en que la industria se convirtió en una cooperativa anarquista dirigida por delincuentes, la empresa siempre ha dado un trabajo estable y ha promocionado a sus operarios, pagando unos salarios muy dignos.

—Lo que quiere ese miserable de Arnau –interrumpió Carlos– es que yo sea un colaboracionista con la policía. Todo se reduce a eso.

—No es tan grave –respondió el padre de inmediato–, al fin y a la postre son enemigos de la empresa y lo único que desean es volver a los tiempos de las huelgas, los cierres de empresa y la anarquía.

Carlos pidió con la mirada ayuda al mayordomo, pero éste se mantuvo impávido. Esperaba a ver hasta dónde iba a ceder el antiguo falangista.

—¿Cómo que no es grave? –preguntó el hijo levantando la voz–. El descontento entre los trabajadores es general. ¿Para eso combatimos en la guerra? Si continúa este estado de cosas, con un aumento espectacular del precio de los artículos de comer y vestir, de los combustibles para el hogar, del transporte público, etcétera, el descontento de la masa trabajadora será imposible de parar. Franco ha traicionado a todos los falangistas auténticos que luchamos en el bando nacional para conseguir un cambio del estado de cosas anterior. El sistema autárquico y liberal del Régimen, que pronto se verá arropado por el capitalismo internacional, está en decadencia, y cualquier alternativa política que hable de socialización de los medios de producción tiene más viabilidad que el propio sistema vigente. Nosotros pensamos que a través de la sindicalización de la economía vamos a dar soluciones concretas a estas exigencias del momento. Por eso creemos que las tesis falangistas van a ser una solución para el mundo, no sólo para España.

— ¡Tú estás loco, hijo mío! Estas hablando igual que Largo Caballero cuando dijo que "Vamos a echar abajo el régimen de propiedad privada, no ocultamos que vamos a la revolución social". Tu hermano ha desaparecido por culpa de miserables como ese ministro que tu defiendes, sabe Dios cómo murió el pobre, posiblemente a manos de esa gentuza que ha provocado más de un millón de muertos. Familiares y amigos nuestros "paseados" por los rojos, y ¿te preguntas cómo es posible que la gente de bien quiera protegerse de los que quieren volver a un régimen de terror rojo?

Don Eduardo se había levantado, acercándose hasta su hijo mientras gritaba. Carlos estaba sentado, levantándose en actitud desafiante cuando llegó a su lado. Padre e hijo se miraron, uno con rencor, el señor de la casa con desprecio. Lo abofeteó con tal fuerza, que Carlos trastabilló hacia atrás hasta caer cuan largo era, golpeándose la cabeza con una pata de la mesa.

—Eres un señoritingo de mierda, malcriado por tu madre al ser el pequeño y mucho más consentido tras la muerte de tu hermano. A partir de ahora tienes dos alternativas: o me haces caso en todo lo que te mande o te marchas de esta casa llevándote sólo el traje que llevas puesto.

El anciano burgués tenía un aplomo que jamás habían conocido ni Carlos ni el mayordomo. Se quedó inmóvil junto al cuerpo caído del hijo, esperando una respuesta.

—Pero papá –fue lo único que acertó a decir.

—Mañana puedes hacer dos cosas –interrumpió el padre–. O le dices al inspector el nombre de dos o tres agitadores de la empresa, poniéndote a su servicio a partir de ahora, o te quedas allí encerrado a petición mía. Yo mismo te denunciaré ante el Tribunal Especial para la Represión de la Masonería y el Comunismo.

—Pero papá –esta vez pudo seguir con el ruego–; en primer lugar, no conozco a nadie de la empresa, casi no pongo los pies en ella y sólo visito los despachos y, en segundo lugar, si me dejas allí será mi perdición, porque no podré dar ningún nombre.

—Elige la desgracia que prefieras –contestó don Eduardo con una mueca de asco–. O te pones al lado de la gente honesta y denuncias a dos o tres sindicalistas, aunque sean al azar, o te unes a esos comunistas, con todas sus consecuencias. Si optas por lo segundo, sepas que habré perdido a los dos hijos que tuve. Si eliges lo primero, tienes una tarde para pasarte por la empresa y conocer el nombre de dos o tres indeseables.

— Capítulo VI. —

La búsqueda

Santiago Dalmás había montado su nuevo despacho en un tercer piso de una finca en la calle de las Comedias, muy próxima al viejo edificio de la Universidad.

Con treinta y cinco años, había comenzado su carrera de abogado quizá demasiado tarde. Tras la sublevación militar del verano del treinta y seis, en la que cuando pudo se unió a la causa de los rebeldes, Santiago había servido, desde el treinta y siete en que tomó el despacho de Alférez Provisional de la Academia de Granada, en el 10º Tabor del Grupo de Regulares Indígenas de Melilla nº 2, hasta el año cuarenta y cinco. Ésa era la razón por la que Dalmás estaba recién colegiado, a pesar de sus treinta y cinco primaveras y un más que notable expediente académico.

Su padre y las amistades de antes de la guerra le habían conseguido un puesto de trabajo como abogado en el Sindicato Vertical de la Avenida del Oeste pero, queriéndose fabricar un futuro en el ejercicio libre de la profesión, por las tardes atendía a los clientes particulares en la casa familiar de la calle de Avellanas, hasta que los padres, a la vista del trastorno doméstico que provocaban los cada vez más numerosos clientes, le adelantaron los primeros meses del alquiler y la compra de los muebles para que pudiera montar despacho propio.

Una de las visitas fijas, el último martes de cada mes, era la de doña Soledad Pérez-Collado, señora de Salazar. Llegaba al despacho a las cinco en punto de la tarde, acompañada de su hermana doña Isabel Pérez-Collado, Marquesa de Sanchidrián. La primera vez que se presentaron repitieron a la secretaria hasta tres veces nombres, apellidos, casamiento y título, para que las anunciara como es debido. Dalmás había contratado por horas a Angelines Ruiz, una joven de dieciocho años, hija de los porteros de la finca de sus padres, que se había sacado el diploma de mecanografía en la Academia Cots de la plaza de Mariano Benlliure hacía menos de un mes.

Doña Soledad seguía empeñada en agotar todos los recursos hasta encontrar a su hijo Juan. Al final de la guerra mandó a su marido a San Juan de les Fonts al objeto de saber la suerte que había tenido o, por lo menos, conocer el lugar donde descansaban sus restos. Don Eduardo se contentó con escribir una carta al Gobernador Civil de Gerona.

—Llevo siete años y pico sin tener noticias del paradero de mi hijo –lamentó doña Soledad–. Siete años de angustia, de un sin vivir.

Durante unos segundos, se hizo un silencio molesto en el que en el despacho sólo se oyeron los sollozos de la madre. La hermana y el abogado se sintieron tan incómodos que esperaron a que la señora continuase con su exposición. Dado que doña Soledad seguía gimoteando en silencio, intentando romperlo, aunque fuera con un inconveniente, Santiago Dalmás dijo una frase de la que se arrepintió antes de terminarla.

—Yo, de usted, me plantearía la posibilidad de no volver a ver a su hijo.

Ella redobló sus sollozos, por lo que el abogado trató de enmendar su error.

—Creo que debería ampliar el motivo de la búsqueda –continuó, intentando dejar atrás la frase dicha–. Si mandara buscar el lugar donde pudiera estar enterrado el cuerpo de su hijo, que Dios quiera que siga vivo, las fuerzas del orden empezarían indagando dónde se perdió su pista y tal vez pudieran seguir la ruta que tomó hasta dar con él quién sabe dónde.

—Es usted muy amable, pero no se esfuerce, creo que soy la única persona en este mundo que tiene esperanzas de encontrarlo vivo.

—Quizás su mayor posibilidad sería rogarle al general Alonso Vega que reanudara su búsqueda. Según una de las últimas notas que me ha leído, el tal Marcos Ferrer estuvo bajo sus órdenes como asistente.

—Tal vez don Santiago tenga razón –interrumpió la hermana–. Si fue asistente de Don Camilo, podríamos rogarle que dé orden a la Guardia Civil de reabrir la búsqueda del chico.

—Además –terció Dalmás–, creo que, como director general del Cuerpo, viene a Valencia dentro de unos días.

—Tu marido tiene muy buena relación con el Gobernador Civil, y éste a su vez con el General, por lo que podrías pedirle una audiencia sin ningún problema.

La marquesa de Sanchidrián encontró la excusa perfecta para terminar la entrevista, levantándose para coger la chaqueta.

Santiago no se movió de su sillón, rogándole con la mirada a doña Isabel que volviera a su silla.

—Creo que esa solución es la mejor porque, además, tengo algo que comunicarle sobre nuestra relación en un futuro próximo.

Doña Soledad, que estaba recogiendo todos los documentos, ordenándolos cronológicamente en la cartera, se paró de repente. Pensó que quizás iba a darle una terrible noticia. Se acordó de que le había comentado que a lo peor su hijo había muerto y pudiera ser que estuviese en lo cierto y no se hubiera atrevido.

—No es nada relacionado con su hijo –afirmó inmediatamente Dalmás, al ver la cara de consternación que observó en la clienta–. No se preocupe. Lo que ocurre es que, a partir de ahora, me va a ser imposible seguir atendiéndola porque tengo unos clientes que me impiden poder asesorar a ambos a la vez.

Las dos quedaron sorprendidas, pero doña Isabel preguntó con muestras de un visible enfado.

—¿Qué otros clientes pueden ser más importantes que mi hermana? –levantó la voz con irritación la marquesa de Sanchidrián.

—Como ustedes saben, por las mañanas ejerzo de abogado en el Sindicato Vertical del Metal y desde hace unos días asesoro a los trabajadores de la empresa Valenciana de Ferrocarriles, en la que don Carlos Salazar es el abogado, y su padre, el marido de usted –señaló con un leve movimiento de cabeza a doña Soledad–, es uno de los principales accionistas. Como ustedes comprenderán, esto me crea un conflicto de intereses del que debo prescindir.

—Y lo que hace es prescindir de mi hermana –contestó indignada la marquesa– en un caso de un mártir por la Patria, posiblemente asesinado por los rojos, en lugar de rechazar a esos comunistas desagradecidos.

La señora de Pérez-Collado terminó de archivar los documentos, cerró el maletín y se levantó para recoger su chaqueta mientras la hermana hacía lo mismo. Una vez preparada para salir a la calle, se encaró con el abogado con una determinación que nunca le había observado.

—Si mi hijo ha tomado algunas medidas contra esos desafectos sindicalistas tendrá sus buenas razones, y usted no es quien para ayudar a los enemigos de la Patria. Que les defienda es lo mismo que olvidar las penalidades que tuvimos que sufrir las personas de bien durante toda la maldita República y los asesinatos de gente honrada en los tres años de la guerra. No esperaba algo así de una persona como usted, de una familia tan honorable.

—Siento mucho que opinen así, señoras –cogió un libro que tenía sobre la mesa, lo abrió por una página en la que tenía un marcapáginas y leyó–, *"El contenido primordial de las relaciones laborales será tanto la prestación del trabajo y su remuneración como la ordenación de los elementos de la empresa, basada en la justicia, la recíproca lealtad y la subordinación de los valores económicos a los de orden humano y social"* –cerró el libro dirigiéndose de nuevo a sus clientas–. Es un escrito sobre el Fuero del Trabajo, que se legisló nada menos que en mil novecientos treinta y ocho, en plena guerra civil. Yo luché al lado de los nacionales, entre otras razones, para que pudieran legislarse y cumplirse normas como éstas. Y para que puedan subordinarse los valores económicos al orden humano y social, el Movimiento creó los Sindicatos Verticales, por lo que mi actuación como abogado de esos trabajadores, no sólo es mi derecho, ganado con mi participación a favor del bando nacional en la guerra civil, sino también mi obligación por juramento en el acto de nombramiento de letrado.

Las dos hermanas permanecieron en silencio hasta que Angelines asomó por la puerta, tras haber llamado, aunque sin esperar respuesta.

—Don Santiago, en la entrada está un trabajador de VAFESA, la empresa de los ferrocarriles, que me ha dicho que tiene una cita con usted –dijo, asomando la cabeza.

—Pásale a la salita de espera mientras termino con estas señoras.

—Podría enseñarle modales a esta muchacha –escupió la marquesa–. Aunque sería intentar sacar panes de las piedras. Enseñe a esa iletrada que antes de abrir la puerta no sólo tiene que llamar, sino que ha de esperar la venia.

Empujó a su hermana hacia la salida.

—Vámonos, Sole, que este caballero prefiere antes tratar con los rojos que con personas decentes.

Dalmás fue rápido hasta la puerta para cerciorarse de que el siguiente cliente había entrado en la sala de espera, haciéndose a un lado para que pudieran pasar. Al cruzarse con él, la madre de Juan Salazar Pérez-Collado se le enfrentó, con las venas del cuello a punto de estallar.

—¡No sabe usted el mal que me ha hecho! Todo este tiempo confiándole mis esperanzas y temores, y ahora prefiere defender a uno de los que posiblemente se alegraron cuando intentaron matar a mi hijo durante un paseo de los tantos que se hicieron, de noche y sin juicio, durante los primeros meses del Alzamiento Nacional, y que se tomarán unos vinos en cualquier tabernucha de mala muerte si, como me temo, se confirmara que el pobre Juan murió asesinado por esos criminales antes de alcanzar la frontera francesa.

—Muchos de los soldados que dieron su vida al lado de los nacionales fueron trabajadores como los que ahora represento. A usted y a su marido los escondió un jornalero de la fábrica a cuyos empleados, ahora, el Consejo de Administración en el que participa su marido quiere despojar de los derechos que, por la legislación del propio Movimiento, les corresponden.

—Es usted un maldito liberal, como aquellos de tiempos de la República que, viendo el caos comunista que se avecinaba, no hicieron nada –interrumpió doña Isabel–. Vámonos Sole, que este señor debe ser denunciado ante las autoridades competentes por abandonar la defensa de un héroe nacional por la representación de un atajo de rojos.

—Cuando hable con don Camilo Alonso Vega le informaré sobre su comportamiento –amenazó doña Soledad mientras su hermana cerraba la puerta del despacho con un tremendo estrépito.

—Nunca me hubiera imaginado que la señora marquesa fuera tan maleducada –dijo la secretaria.

—Cuando se pierde la razón se utiliza el insulto y las amenazas –contestó el abogado mirando su reloj–. Es un poco tarde, Angelines. Creo que deberías recoger y dejarme a solas con el nuevo cliente.

—Muchas gracias, don Santiago; hasta mañana.

En la sala esperaba Demetrio Gutiérrez, uno de los enlaces sindicales de la empresa Valenciana de Ferrocarriles, S. A. Le pidió que lo siguiera y, mientras ambos iban hacia el despacho, Dalmás se fijó en la carpeta que llevaba su cliente. En letras mayúsculas muy grandes, escrito con palillero escolar y plumilla plana con tinta de mala calidad, pudo leer "Despidos VAFESA".

Aunque eran varios los enlaces sindicales de la empresa, Demetrio era el único que, hasta la fecha, había ido a los locales de la avenida del Oeste. Según informó al abogado en la única reunión que tuvieron en el sindicato, los compañeros estaban muy preocupados por las posibles represalias que la dirección podría emplear contra los denunciantes; por eso iba él en solitario. Las directrices de la empresa eran que "todo se arregla de puertas para dentro", y así había sido hasta hacía unas semanas. Tanto el director de personal como el abogado de la empresa solían hacer la vista gorda cuando alguno de los trabajadores llegaba tarde o se ausentaba sin permiso, siempre que la faena estuviese terminada a tiempo y no se enterara el director general ni los palmeros que le acompañaban a menudo.

Pero, según le había comentado Demetrio días atrás cuando fue a visitarle al sindicato aprovechando que tenía turno de noche, el abogado de la empresa había comenzado a sancionar a muchos empleados por la más pejiguera de las faltas, castigándolos con una semana de salario, en el mejor de los casos.

A Eliseo Vergara, por haber perdido un martillo de perforación, le sancionó con el precio de la compra de uno nuevo, y a Justino Matamoros, por derramar el aceite de una máquina, le sancionó con dos días de haber por el tiempo que había perdido toda la cuadrilla en limpiar los puestos de trabajo. Todo ello sin carta de sanción, como es preceptivo entregar.

—Además –continuó Demetrio–, desde que don Carlos Salazar ha tomado el mando directo de la vigilancia del personal, ha despedido a algunos de los compañeros más significados en la defensa de los derechos de los trabajadores. Uno de ellos, Armando García Lasarte, hijo de un ugetista de tiempos de la República, fue detenido en las instalaciones de la fábrica por el simple hecho de ser hijo de quien es. Otros tres compañeros fueron apresados de madrugada a la puerta de sus domicilios cuando se disponían a marchar al trabajo. Se rumorea que el único delito del que los acusan es de ser desafectos al Régimen y de, supuestamente, haber participado, promovido y alentado a los más de mil compañeros que formamos la plantilla a repetir la huelga de brazos caídos del año cuarenta y cinco, para exigir mejoras salariales. En aquella ocasión se paralizaron algunas de las sanciones porque la mayoría de los trabajadores amenazaron con incendiar las naves, pero en esta ocasión no creo que estén por la labor de defender a los detenidos.

—Si no están dispuestos a tomar acciones efectivas, ¿qué pretendéis hacer los enlaces sindicales?

—Mire, don Santiago –Demetrio sacó unas notas de la carpeta–. Los compañeros me han encargado que entreguemos en los sindicatos una petición, de la forma legal que sea, para que se regule una jornada laboral semanal de un máximo de cuarenta y ocho horas, ocho horas cada día de lunes a sábado.

—Eso es lo que indica la ley.

—Pero no se cumple casi nunca. Hacemos por lo habitual dos horas extras diarias que no se abonan. La excusa que ponen es que desarrollamos muy poca actividad y que los pedidos no se terminan a tiempo porque alargamos demasiado el trabajo. Nos llaman holgazanes.

Se quedaron en silencio uno frente al otro. Dalmás pensó en las posibilidades de presentar una demanda colectiva o varias individuales.

—Necesitaré un listado con los nombres de los trabajadores, con las horas extraordinarias realizadas, día por día, de cada uno de ellos durante un periodo de tiempo cuanto más extenso mejor, máximo un año. Sé que es un trabajo muy farragoso, pero en Magistratura exigen que se explicite días y horas extras de cada uno de ellos.

—Pero eso es imposible –se inquietó el cliente.

—Pues es lo que hay. Por lo menos podrán recordar los días que han hecho horas extraordinarias las últimas semanas, los últimos meses.

Demetrio permaneció en silencio cavilando si pudiera sincerarse.

—Hay varios problemas, don Santiago. El primero de todo es el miedo que tenemos a las represalias.

—Tú nos lo tienes –sonrió el abogado.

—Yo lo tengo como el que más, no se equivoque –se movió inquieto en la silla hasta atreverse a desembuchar–. Fui a la avenida del Oeste porque tenía turno de noche y la empresa no se iba a enterar de la visita. Además, preferí venir a su despacho por la tarde porque así no me verían entrar en sindicatos, que siempre hay soplones.

Se interrumpió de nuevo como para darse fuerzas.

—Además, y perdóneme el atrevimiento, los compañeros saben que usted luchó en la guerra en el lado franquista y no se fían de usted.

—¿Tú sí que te fías?

—¡A la fuerza ahorcan! Me tocó en suertes entre todos los que teníamos turno de noche y porque vivo en el barrio de la Xerea, que está muy cerca de su despacho –por primera vez esbozó una sonrisa–. Pero, si quiere que le diga la verdad, creo que usted es de fiar. Por eso le quisiera hacer una propuesta.

—Muchas gracias por la confianza –Dalmás insinuó con una mueca su ironía–. Por encima de nuestras diferencias ideológicas está mi compromiso profesional con los clientes. Mientras no me pidan algo ilegal o me confiesen la intención de hacer algo ilícito, siempre defenderé sus intereses.

—Le creo.

—Es algo que no se podía hacer en la República –quiso zanjar.

—Esa última afirmación creo que sobraba. Sepa usted, don Santiago, que en mi familia siempre hemos sido asalariados, pero también buenas personas: mi abuelo trabajando en el campo andaluz, mi padre emigrando a Valencia y yo, porque la guerra me pilló con once años, ayudando a mi madre en su puesto de frutas del mercado cuando no estaba en el refugio de la calle de Gobernador Viejo en las fechas que bombardeaban sin discriminación de objetivos militares o civiles sus amigos italianos de la Aviación Legionaria. Sobre todo, el de febrero del treinta y ocho, cuando cayeron muchas bombas en la calle de la Paz, justo ahí al lado de donde estamos ahora. Ni mi padre, ni ninguno de sus hijos, ni siquiera de sus nietos hemos empuñado un arma, y menos contra alguien indefenso.

—Antes de tu visita, he tenido una reunión con unas señoras que intentan encontrar al hijo de una de ellas, represaliado y posiblemente asesinado sin ni siquiera juicio por los republicanos. Ellas me han acusado de defender a trabajadores rojos, según su opinión, y tú me acusas de todo lo contrario. No todos los que luchamos en el lado nacional éramos franquistas, y muchos de los que lo eran ya no lo son. No lo olvides.

La primera reacción de Demetrio fue la de continuar la discusión, pero prefirió ir al grano.

—Pues lo que queremos pedirle –continuó como si nada hubiera sido dicho– es que solicite una reunión con el abogado de la empresa, don Carlos Salazar, e intente llegar a un acuerdo sobre el horario semanal y el abono de las horas extras a partir de ahora.

—¡Pero eso es renunciar al cobro de las realizadas hasta ahora!

El sindicalista no quiso contestar, y continuó con las peticiones que querían trasladar a la empresa.

—Además, quisiéramos que la dirección reconsiderara las sanciones que ha impuesto y las anule.

—Lo lógico sería presentar una demanda colectiva e intentar llegar a esos acuerdos en el acto de conciliación previo.

—Si presentamos una demanda colectiva, no habrá acto de conciliación. La empresa sería capaz de apretar más las clavijas.

Demetrio hizo una pausa, sacando un paquete de *Ideales*. Le ofreció con la mirada y Dalmás aceptó uno. Fumaron en silencio varias bocanadas.

—Nos interesaría que la empresa diera marcha atrás. No será un reconocimiento explícito de su error, pero al menos nos repararía un poco el menoscabo de nuestra dignidad.

—Pero, repito, perderían las remuneraciones de las horas extras realizadas hasta ahora.

—En ocasiones como ésta, el obrero tiene más necesidad de respeto que de pan.

—Es una frase muy ejemplar, pero poco práctica.

—La frase no es mía –dijo orgulloso Demetrio–. Es de Carlos Marx.

—Pues además de poco práctica, te ruego que no la pronuncies en público a partir de ahora. Y mucho menos su procedencia.

—Pero ¿nos hará el favor?

Quedaron en que así lo haría. Para ello iba a necesitar un escrito de representación que le enviarían firmado por todos los enlaces, incluyendo las peticiones del caso. El abogado prometió que haría todo lo posible para que la empresa no se quedara el escrito por temor a las represalias. "Con que lo enseñe creo que habrá suficiente" comentó Demetrio Gutiérrez cuando se iba del despacho.

Dalmás pensó en la estrategia a utilizar: si celebrar la reunión en la sede de los sindicatos verticales, al fin y al cabo, la empresa también pertenecía a los mismos, o en los locales de la firma. Si Carlos Salazar era la mitad de drástico que su madre, la negociación iba a ser muy tensa.

Antes de marchar a casa, guardó en el expediente el nombre y el teléfono directo del señor Salazar, preguntándose si Demetrio conseguiría al fin que todos los enlaces estamparan su firma para tramitar un acuerdo en que no se realizarían más horas de las legales y, en el caso de que se hicieran horas extraordinarias, éstas se abonaran conforme ley y para que anularan las sanciones impuestas.

Mientras apagaba las luces del local, se dijo que igual cabía la posibilidad de no tener nunca dicha entrevista. Dudaba muy mucho de que todos los enlaces se atrevieran a firmar la carta de representación.

— Capítulo VII. —

El piso franco

La Agrupación tenía un piso franco en la calle Río Miño, en el distrito de Ruzafa. Habitualmente, ocupaba la vivienda un matrimonio con tres hijos. El marido trabajaba en una empresa de radiadores en la calle sueca, y la mujer ayudaba a su padre en las labores agrícolas en un pequeño huerto que tenía más allá de la Fuente de San Luis. Los martes y jueves montaba un puesto de estraperlo en el portal de una casa en la Carretera de Malilla, con sus productos y los de otros pequeños agricultores, exponiéndose, si la denunciaba un vecino o la sorprendía un policía de incógnito, a la célebre "quincena", quince días de cárcel por contrabando. Los tres hijos del matrimonio asistían a la escuela Balmes, cerca del mercado de Ruzafa.

La antigua casita, construida a finales del siglo anterior, constaba de la planta baja y un piso al que se accedía tras entrar por una pequeña puerta que daba a la calle, a través de una estrecha escalera bastante empinada para ganar metros al resto de la casa.

En la planta baja tenía su pequeño taller un mecánico dentista. En la entrada de la vivienda, separada del resto por una puerta cristalera, estaba ubicado el taller, con un pequeño mostrador. En la parte de atrás tenía la vivienda particular y, al fondo, un corral en el que, encerradas en un pequeño espacio cubierto de plancha metálica, con perchas para que las seis gallinas ponedoras y el gallo pudieran dormir, había habilitado un pequeño espacio al aire libre, de poco más de cuatro metros cuadrados, cercado por una malla gallinera.

El mecánico dentista aumentaba sus ingresos con la venta de los huevos de las seis aves y la reventa de algunas docenas más que conseguía de la inquilina del piso superior, que comerciaba con los pequeños agricultores vecinos del huerto de su padre. A causa de ello, no era extraño que en su taller entrara y saliera bastante personal, tanto con los arreglos de la dentadura como con alguna docena de huevos.

Los días que necesitaban el piso franco los guerrilleros de la AGLA, Amparo Miquel, haciéndose pasar por una clienta más, avisaba a Fulgencio Ruiz, el mecánico dentista, de que el día siguiente debería quedar, a una hora convenida, libre para ellos la casa del piso superior.

Fulgencio había pasado el inicio de la guerra en Madrid, trabajando para un dentista de la Puerta del Sol. A finales del 37, sin trabajo y con las penurias de una ciudad sitiada, había viajado a Valencia, a casa de su hermana Isabel, que tenía un puesto de trabajo en la Subsecretaría de Armamento de la calle Padre Rico. La hermana era una de las encargadas de coordinar la fabricación de armamento para la República, y desde el 38 la nombraron comisaria encargada de planificar la distribución del famoso "Naranjero", una ametralladora que se distribuía desde la fábrica de Alberique.

A finales de febrero del 39 Isabel se exilió a Francia, dejándole a su hermano en propiedad la casa en la que ahora habitaba. A finales de mayo del "año de la victoria", la policía fue en busca de Isabel y, al no encontrarla, arrestaron al hermano acusándolo, ante las autoridades de la República, de cómplice en la delación de personas de bien que habían sido apresados y muertos por los rojos durante los primeros años de la contienda. De poco sirvió que Fulgencio insistiera en que durante ese tiempo había vivido en Madrid; fue conducido a la cárcel de San Miguel de los Reyes, juzgado y condenado a quince años de prisión. La sentencia se rebajó cuando lo dejaron en libertad el 1 de octubre del 46, al beneficiarse de una amnistía decretada por el Ministerio de Justicia para festejar el décimo aniversario del nombramiento del dictador como jefe del Estado.

En la cárcel se encontró con José Álvarez Rubio, un antiguo compañero de la CNT, a la que ambos estaban afiliados. Estaba en el penal acusado de "auxilio a la rebelión", ya que, como sindicalista de la empresa en la que trabajaba en el 36, se alistó a partir de septiembre de ese año en la GPA, la Guardia Popular Antifascista, la célebre *Guapa*, que se hizo cargo del orden público en la ciudad. Durante el poco tiempo que estuvo en esa unidad, ya que en octubre marchó al frente de Teruel, no participó en ninguna acción armada, pero la mera pertenencia le supuso la condena a veinte años de reclusión, aunque pudo salir en mayo del 45.

José Álvarez estaba preocupado por la salud de su mujer e hijos, ya que vivían hacinados en casa de unos parientes lejanos, y Fulgencio se ofreció a dejarles el primer piso de la casa de su hermana. A través de uno de los funcionarios de la prisión, se mandó llamar a un abogado para legalizar el alquiler de la casa, y desde entonces vivían allí.

Aquel jueves 28 de abril de 1949, se reunieron en el pisito de la calle de Rio Miño para elaborar los distintos planes que deberían acometer durante las siguientes semanas. Tardaron más de tres cuartos de hora en juntarse, ya que, por precaución, llegaron cada uno con un margen de más de diez minutos. Entraban de uno en uno, como si fueran conocidos del mecánico dentista, aprovechando los momentos en que no había personal. Una vez dentro, pasaban al patio interior y subían al piso de arriba a través de una escalera de obra situada en un lateral. Llegaron en el orden previamente acordado. Laski fue el primero en presentarse, ya que conocía personalmente a Pepe Álvarez y a su familia, al objeto de pedirles que se marcharan si aún estaba alguno de ellos en casa. En segundo lugar, llegó Roberto Elizondo, y comenzaron a redactar el acta de la reunión. El tercero en llegar fue Teo, que traía un paquete de café de contrabando y una botella de brandy requisado quién sabe dónde, y se dispuso a hacer un café "de calcetín" con un colador que encontró en la despensa. Amparo, Gervasio y el Feo llegaron más tarde, y se sentaron todos en la mesa de la cocina con una taza de café y una copa de brandy que Teo calificó como "el mejor coñac que podéis probar en estos días". Antonio Paredes llegó, comenzada la reunión, visiblemente alterado.

—Tengo una buena noticia que daros –comentó el Menda antes de saludar–. Podemos atacar a los fascistas donde más les duele: en el bolsillo.

Laski le llamó la atención por no respetar el orden del día establecido. El viejo comunista era persona muy disciplinada.

—No sé si sabes que durante la guerra trabajé en el Servicio de Vías y Obras de la Red de Ferrocarriles del Norte –se dirigió a Roberto, obviando el reproche de Laski–. El otro día vi a un compañero de entonces, que sigue trabajando para la RENFE, y me aportó una información muy interesante.

Mientras los otros esperaban el resto del relato, el Menda cogió un vaso y se sirvió un poco de café, acabando de llenarlo hasta el borde con una generosa ración de brandy.

—Ya sé que las pocas veces que tienes algo que aportar te haces el interesante –se impacientó Laski–, pero no podemos esperar a que el señorito alargue la interrupción. Cada minuto que pasemos en esta habitación es mayor el peligro de que nos detengan.

—No te preocupes, *cagüendiez*, que lo que tengo que deciros es importante.

—Pues dilo de una puta vez –terció Roberto–. Tenemos mucho trabajo por delante y no podemos perder el tiempo en tonterías.

—¿Con que tonterías, ¿eh? –el Menda se puso serio y comenzó a informar–. ¿Qué os parecería robarle al Gobierno más de setecientas mil pesetas?

—Nos parecería muy bien, pero al grano, macho.

—Pues resulta que mi amigo, que se llama Justino Ojeda, trabaja como fogonero en los ferrocarriles y actualmente realiza la ruta de Valencia a Cuenca. Nos tomamos unos vinos en una tasca y me contó que realiza un servicio muy especial en un tren pagador que hace esa ruta.

—¿Qué es un tren pagador? –preguntó Roberto.

—Es un tren de mercancías en el que se ha incluido un vagón de tercera totalmente diáfano, dividido en dos partes separadas por un tabique de madera y una puerta con cerrojo de seguridad. En la mitad del tabique se le ha practicado una abertura para hacer las veces de ventanilla como la de las cajas de los bancos. Como en muchos pueblos no hay oficinas bancarias, el tren va recorriendo la ruta, parando en aquellos lugares donde la RENFE está haciendo obras, para pagar a sus trabajadores. En una mitad del vagón sólo está el pagador y en la otra mitad han dispuesto de un banco corrido adosado a un lateral en el que viaja una pareja de la Guardia Civil, armada con fusiles y pistolas.

— ¿Hay muchas obras en esa ruta? –preguntó Roberto–. Depende de la cantidad de trabajadores a pagar, el tren tendrá más o menos dinero.

— Aunque en noviembre del 47 el dictador inauguró la línea Cuenca Utiel, con reportaje del NODO incluido, las obras siguen funcionando porque no se remataron del todo. Además, también llevan la paga de trabajadores de la Cantera de Gramedosa y de otras empresas de la ruta.

A Laski empezó a interesarle la charla que había iniciado el Menda.

— ¿Y dónde sería el asalto?

— El vagón pagador se incorpora al tren de mercancías en la estación de Utiel y desde allí se trasladan hasta La Melgosa, que es el último apeadero donde pagan. Lo lógico sería asaltarlo en alguna de las estaciones del inicio. Mi contacto me ha dicho que el ideal sería en Mira, que es la primera parada donde se paga y la saca está con todo el dinero del viaje. Además, la estación está muy alejada del pueblo, y allí se paga a pocos trabajadores, unos cinco o seis, por lo que sería bastante fácil mantenerlos custodiados.

— ¿Y cuándo lo asaltaríamos? –preguntó Laski.

— Eso ya no es cosa mía –se excusó el Menda levantando lo hombros en señal de ignorancia–. Mi misión termina dándoos esa información. Os he traído un mapa ferroviario para que podáis ir planificando el asalto.

El Menda extendió sobre la mesa el mapa. Todos se acercaron a contemplarlo con detenimiento.

— ¿Y cuánto dices que podemos sacar? –preguntó Teo.

— Justino me comentó que llevan de inicio más de setecientas mil pesetas.

—Nos haría falta estudiar el tema sobre el terreno –comentó Amparo–. Además, faltan muchos detalles, como cuánto personal necesitamos, por lo menos para vigilar en las afueras, controlar al jefe de estación y al personal que va a cobrar, cuántos subirán al vagón pagador; quiénes y cómo inmovilizarán a los guardias civiles que custodian el interior; cómo llegaremos hasta allí y por donde, y con qué medios realizaremos la huida.

Ella se quedó mirando al resto de los compañeros, y todos echaron la mirada hacia Roberto. Éste pensó unos momentos mirando fijamente el plano que se extendía bajo sus ojos.

—Creo que Teo debería contactar con Justino Robles para investigar si es posible tener un apoyo del Sector 5º, ya que es en su zona donde deberíamos realizar el asalto. Siéntate con el Menda y que te dé toda la información que pueda tener. Si es necesario, reúnete otra vez con su contacto y ampliáis los datos lo máximo posible.

—Lo más positivo sería que fueras tú –manifestó Teo–. Últimamente es muy peligroso contactar con rapidez con los guerrilleros de ese sector porque todos los montes de la provincia de Cuenca y de Teruel están siendo muy batidos por los picoletos, y tenemos que ser precavidos. Sin embargo, tú vas a visitar esa zona y, a través del veterinario, podrías contactar con ellos.

—Yo creo que es lo mejor –terció Laski–. Como vas a estar varios días por esa zona, nada más llegar le puedes indicar a don Matías Amorós que intente contactar con la Guerrilla. Como visitaréis alguna finca, el veterinario podrá quedar con Justino en la visita de una de ellas.

Todos votaron a favor de esa propuesta. Roberto quedó en entrevistarse con el Menda y Justino Ojeda en el plazo máximo de dos días. Para el lunes siguiente, dos de mayo, ya tenía los papeles para poder transitar libremente por la zona visitando diversas fincas donde se recolectaban plantas aromáticas para esencias, y había sacado en la oficina de la calle de la Paz el billete de tren hasta Utiel y el de vuelta para cinco días después. Era peligroso pasar mucho tiempo fuera de Valencia, más allá de las visitas que tenía programadas y que le habían obligado a notificar. Durante esas visitas podría preparar la entrevista con los guerrilleros de la serranía de Cuenca.

Le tocó el turno de palabra a Laski. Presentó dos acciones que desarrollaría como enlace de la Guerrilla de la sierra de Gúdar. La primera era la de visitar a su tía, que vivía en Bejís, con la excusa de ayudarla en la siembra de legumbres, que el año anterior fue bastante buena. Desde allí caminaría hasta Albentosa a campo a través, pasando por El Toro y Manzanera, porque los del tricornio tenían muy vigilado tanto el puerto del Ragudo como la estación de Barracas. Ya desde Manzanera, encontraría la manera de llegar a la sierra de Gúdar y dar con el Sector 17º de la Guerrilla para preparar una visita de Roberto e informarles de las acciones que deberían realizar, tanto en la provincia de Castellón como en los límites de la misma ciudad.

La segunda acción que prepararía, en colaboración con Amparo, sería la de perpetrar un atentado contra la red eléctrica. Amparo presentó dos proyectos: uno contra la subestación eléctrica de Patraix, y un segundo contra la estación eléctrica de Torrente.

—Lo de Patraix es imposible –saltó Gervasio–. Todos sabéis que estoy preparando un asalto al cuartel del barrio de Arrancapinos, que está pegado al de Patraix, y un ataque de la Guerrilla a éste último pondrá más en estado de alerta a la Guardia Civil. Conocemos a ciencia cierta que en las próximas semanas va a visitar el cuartel el director de los picoletos, el general Camilo Alonso Vega, y queremos aprovechar la visita de ese cabrón para deshacernos de una vez del capitán Cristino Salamanca y del director.

—¿Cómo va ese plan? –preguntó Roberto, más que nada para que el otro se creyera que tenía interés en esa descabellada idea.

—Por ahora muy bien. Hemos hablado con varios camaradas que sufrieron el encierro y las torturas en el puto cuartel, y nos han indicado los puntos menos protegidos del recinto para iniciar el atentado. Además, como todos sabéis, Amparo pasó allí varios días y también conoce, desgraciadamente, el lugar. Me ha dado unos datos muy útiles.

Todos rehuyeron la mirada de Amparo.

—No quiero ni heroicidades ni una falta de planificación que nos lleve al desastre –ordenó Roberto–. Cuando vuelva del viaje a Utiel, me tendréis que presentar el plan totalmente detallado para darle el visto bueno. Recordad que una de mis obligaciones principales, a requerimiento del Comité Central en Toulouse, es la de preparar a las distintas agrupaciones para la evacuación de los guerrilleros a Francia.

—Irse en estos momentos es como rendirnos de nuevo –se lamentó Gervasio–. Habremos perdido tres guerras en nuestra lucha contra el fascismo: la de España, la de Europa, porque luego nos abandonó a nuestra suerte sin terminar con la dictadura franquista, y la derrota de la Guerrilla que ahora nos quieren ordenar, porque el padrecito Stalin no desea seguir apoyándonos.

—Esto no será una derrota –Roberto quiso elevar la moral–, sino un cambio de estrategia. El Comité Central entiende que, con los medios de represión con los que cuentan los fascistas, la Guerrilla no podrá conseguir los objetivos que se marcó en un principio, y debe ser a través de las instituciones populares, como los sindicatos y las asociaciones ciudadanas, tanto desde la clandestinidad en el interior como desde el exterior con la ayuda del socialismo internacional, como podremos concienciar a las clases trabajadoras para luchar contra la dictadura.

—No te engañes, Roberto, lo que tú llamas el socialismo internacional está bastante ocupado con luchar contra el liberalismo occidental. Hace unos días los países capitalistas han creado una alianza militar contra los países socialistas, creo que se llama OTAN, y no van a dejar que, en su propio territorio, en España, pueda triunfar el comunismo. Esta derrota de la República no será la última. Si nos quedamos en la Guerrilla, lo único que haremos será luchar por la comida y por conservar la vida. Para eso no hace falta ser guerrillero, se marcha uno a casa y en paz.

—Siempre nos quedará luchar desde el exterior.

—¿Qué hacemos? ¿Ayudar al gobierno republicano de Albornoz, que ni tan siquiera consiguió que la ONU realizara una condena efectiva del régimen franquista? ¡Si hasta en la Naciones Unidas hicieron una declaración, no oficial eso sí, de que abandonaban toda intervención activa en los asuntos españoles!

Roberto se enfurecía cada vez más. Los comentarios de Gervasio estaban hundiendo la moral de los compañeros.

—Tú mismo estuviste en la reunión de Toulouse mostrándote conforme con el plan de realizar algunas acciones contra objetivos franquistas durante uno o dos años y preparar a la vez la evacuación de guerrilleros a Francia. ¿Cómo es que ahora te muestras contrario a ello?

—Porque uno es fiel al Partido, pero no es un iluso. Tenemos que ser conscientes de que se ha terminado la lucha. Sólo nos queda huir al exterior, refugiarnos en el interior o morir como combatientes.

—Y el Partido ha elegido lo más conveniente para la causa antifascista –Roberto vio una rendija por la que terminar la discusión–. Hagamos lo necesario para que el pueblo sepa que el franquismo puede ser vencido, preparemos la lucha desde el interior y salvemos a cuantos más camaradas mejor.

Gervasio se sintió derrotado. Ningún compañero lo había secundado.

—¿Qué haremos primero, el asalto al tren, el atentado a la red eléctrica de Torrente o el ataque al cuartel? –preguntó, para terminar la discusión.

—Iremos por partes, según lo desarrollados que los tengáis.

Observó al compañero, queriendo dar el tema por zanjado.

—Oponerse a las directrices del Partido sólo consigue crear derrotismo entre las bases, camaradas. Los desviacionismos no caben en estos momentos tan transcendentales. Tenemos unas misiones muy importantes, y debemos estar unidos para llevarlas a cabo: preparar el camino para la lucha interna a través de las instituciones, efectuar golpes de mano que tengan la suficiente notoriedad como para que la prensa fascista no pueda ocultarlos y evacuar a cuantos compañeros puedan hacerlo. Y todo eso sólo se podrá hacer bajo las directrices de Partido Comunista.

El plan de evacuación lo realizarían Laski, como enlace con el Sector 17º de la sierra de Gúdar; Teo, que serviría de enlace con el Sector 5º de la provincia de Cuenca, y Roberto. Gervasio tendría la misión de preparar un esquema de las actuaciones en las que identificar, seleccionar y formar a los posibles candidatos para presentarse a las elecciones sindicales del año siguiente.

—Sólo pido un favor –señaló Gervasio, pero se acordó en ese momento de otra cosa–. Bueno, dos favores.

Todos lo contemplaron, expectantes.

—Se te harán si eso sirve para que te integres de corazón con los objetivos del Partido y si el Comité Central lo permite.

—Sea. El primero es que estéis seguros de que mi compromiso con este grupo y con el Partido es total. No soy un disidente, pero creo que tenemos la suficiente confianza entre nosotros como para mostrar libremente las opiniones. Cumpliré sin reservas con las obligaciones que se me asignen. Igual ha sido un momento de flaqueza y espero que no me lo tengáis en cuenta.

—Compañero –contestó Laski, el más antiguo del Partido–, todo el mundo puede tener flaquezas, pero lo que no se debe aceptar es, como tú has hecho, disociar la teoría de la praxis, que es una manera muy usual de atentar contra el Partido, cuya tarea consiste en la unificación de todos sus elementos verdaderamente revolucionarios. Si, como dices, has renunciado a esas dudas y te unes a la idea del Partido, seas bienvenido de nuevo.

La ortodoxia del discurso hizo recorrer una sombra de amenaza por todos los presentes.

—¿Y el otro favor? –preguntó Roberto con tal de terminar con la tensión creada.

—Si, gracias por recordármelo. Como he de preparar a los compañeros que se introducirán en el sindicato franquista, quisiera, cuando toque salir hacia Francia, quedarme aquí para apoyarlos en la lucha sindical. Va a ser un trabajo difícil dada la represión, pero me será muy estimulante. Ya he contactado con algunos compañeros del Partido que han podido librarse de las purgas fascistas y trabajan en algunas empresas punteras valencianas, e inclusive con algún antiguo falangista que, sin saber que coopera con el PCE, está al lado de la lucha anticapitalista. Sin ir más lejos, ayer me entrevisté con un compañero camisa vieja desde el año 33 que se encargará de alentar a los trabajadores de VAFESA a una huelga indefinida hasta que readmitan a unos compañeros sindicalistas y la policía libere a otros compañeros que se encerraron en la Jefatura Superior de Policía sin que ni sus familiares tengan noticia alguna de su cautiverio.

Laski y Roberto fueron a decir algo, pero Gervasio los interrumpió con la mano.

—Esto no quiere decir que no os apoyaré o no participaré como el primero en las acciones militares que debamos hacer. Todo lo contrario, estaré en primera línea hasta el final.

—Los que os quedéis vais a pasarlo muy mal –dijo Roberto–. No tendréis apoyo logístico y los fascistas no van a soltar la presa. Hasta matar o encarcelar al último guerrillero, no pararán.

—Veré cómo me puedo esconder de la policía. Si logro tener un trabajo asalariado en una pequeña empresa de un pueblo próximo a Valencia y vivir humildemente de mi sueldo, llamaría a mi mujer y pasaríamos como un matrimonio normal. Los dos tenemos papeles con otra identidad y podremos capear el temporal hasta que todo esto haya pasado. No creo que Franco dure eternamente.

—Lo comentaré con Toulouse, y ya te diremos qué se decide.

La reunión terminó con el compromiso de todos de tener preparados los planes de los atentados al cabo de semana y media, el domingo ocho de mayo. Era la festividad de la Virgen de los Desamparados, y la gente, junto con la policía, estarían en el centro de la ciudad para las celebraciones. Avisarían a Fulgencio para que él se quedara en casa, pero los vecinos del piso superior se fueran a la procesión de la tarde.

Al final se unió el mecánico dentista y terminaron entre todos con la botella de brandy. El propietario de la casa les comunicó que en la bodega Biosca tenían escondido, detrás de una falsa pared, "coñac del bueno" y que se encargaría de dejar una botella para el próximo día.

La conversación se estaba alargando en demasía, y Roberto recordó que era muy peligroso tener reuniones muy extensas. Pidió a todos los presentes que fueran saliendo de la casa de uno en uno con un *decalaje* de cinco minutos al menos. El Menda, siempre el más bromista, preguntó que era un *decalaje*.

—El camarada Roberto, que es inglés, ha pasado demasiado tiempo entre los gabachos y también en Moscú y ya no sabe en qué lengua habla –bromeó el Feo.

—*T'agüela quan pixa fa clotet*? –contestó el aludido, visiblemente cabreado–. Eso es para que sepas que también puedo hablar en valenciano.

Lo que quería decir es que saldréis uno tras otro con un margen de cinco a diez minutos. Lo haréis en el orden inverso a como habéis entrado. Primero Antonio –señaló al Menda–, luego el gracioso –señaló al Feo–, luego Gervasio, y así sucesivamente. Al final quedaremos Amparo, Laski y yo, que tenemos algo de lo que hablar en privado.

Cuando quedaron los tres, Roberto rogó a Laski que le dejara a solas con Amparo. Querían pasar los dos un rato recordando viejos tiempos.

—Yo comprendo más que nadie que necesitáis un rato a solas de esparcimiento –comentó el viejo comunista con una sonrisa de medio lado–, pero la familia que vive aquí está a punto de llegar y no sería bueno que os pillaran en la habitación a medio hacer.

Volvió a sonreír maliciosamente. Roberto fue a rebatirle, pero le interrumpió antes de que lo hiciera.

—Camaradas, yo he tenido vuestra edad y sé que deseáis estar un buen rato a solas para recordar el pasado y aprovecharos del presente. Memoriza esta dirección –la escribió en un papel y se lo entregó– en el barrio de Benicalap. Allí tenemos un piso franco de reserva que sólo lo usamos para imprevistos o cuando un guerrillero está de paso, y no tendréis ningún problema. En esa calle hay una fábrica de confección cuyo personal sale a la una de la tarde a comer –miró detenidamente a Roberto–. Tú deberás vestirte como un empleado de contabilidad, y si os mezcláis entre el personal que sale no tendréis problema. Detrás de la casa hay un callejón y al final de este una entrada secreta. La llave está en la ventana del fondo, debajo de una vieja maceta.

—No había hablado previamente con Amparo –comentó, azorado, Roberto–. Pero si ella quiere podríamos quedar mañana, que es viernes, a la una menos diez cerca de la puerta de la fábrica.

Amparo sonrió y Laski supo que irían.

— Capítulo VIII. —

Tiempos de escasez
y de miseria

Carlos había pasado la noche en duermevela, preocupado por la reunión de esa mañana en la empresa. Los representantes sindicales la habían solicitado para abordar un tema tan importante como era el de los horarios de trabajo. Como asesor legal y responsable de las relaciones sindicales, había contactado con los peticionarios para redactar el orden del día.

Sin embargo, bajo este epígrafe generalista de los horarios de trabajo, la realidad era otra. Durante la redacción de los temas a tratar, se había comentado de pasada que había un exceso de horas extraordinarias, incluso en domingos. Los trabajadores se quejaban de que dichas horas no se abonaban, así como de que el horario normal sobrepasaba con creces las cuarenta y ocho horas semanales, que era el tiempo de la jornada legal, trabajando los seis días laborables de lunes a sábado.

La reunión prometía ser muy problemática porque durante las últimas semanas la dirección de la empresa había despedido a varios trabajadores, precisamente los que más se habían significado por sus exigencias en cobrar las horas extraordinarias realizadas y aquellos que se habían negado a cumplirlas. Los representantes con los que había consensuado la redacción del orden del día le habían comentado que algunos de los trabajadores despedidos habían sido citados a declarar en la Jefatura Superior de Policía de la calle Samaniego sin que se supiera desde entonces nada de ellos.

Carlos sabía que muchos sospechaban de él porque días antes de los despidos había hecho demasiadas preguntas sobre los más descontentos. Durante varias semanas se había hecho con un grupo de soplones que, con la promesa de un aumento de categoría y bajo la amenaza de delatarlos como encubridores de los rojos, habían denunciado a los compañeros más revolucionarios. El que la comisión fuera sólo para tratar sobre los "horarios de trabajo" no era más que un eufemismo para negociar temas mucho más comprometidos.

A la reunión no iban a asistir los directivos de la empresa, ya que no querían comprometerse de inmediato con medidas más o menos arriesgadas para que Carlos pudiera alegar que debería consultar con la dirección antes de firmar cualquier pacto o incluso una ruptura. Esa falta de confianza de sus superiores le hacía sentirse abatido ante los trabajadores y sin adhesión por parte de sus directivos, por lo que, abrumado en demasía dada su poca experiencia en el terreno de las negociaciones, se durmió muy tarde, despertándose a las pocas horas cuando aún no había amanecido.

Durante el desayuno quiso charlar con su padre.

—A última hora de la mañana tengo una reunión con los trabajadores –con mucho esfuerzo de voluntad al final se atrevió a decirle– y me temo que me van a plantear una huelga.

—¡Las huelgas están prohibidas, por el amor de Dios! Lo que tienes que decirles es que la policía arrestará a los cabecillas si la hacen.

—En realidad, no harán una huelga abiertamente, pero mis fuentes me han dicho que los mil trabajadores de la fábrica se declararán en actitud de brazos caídos. Y la policía no va a entrar en la factoría pegando golpes a los mil productores para que trabajen con la diligencia debida.

Evaristo entró en ese momento para advertir a don Eduardo que el chófer lo esperaba en la puerta.

—Ha sido una putada lo que me ha obligado a hacer tu amigo Arnau –recriminó Carlos al mayordomo–. No sólo me ha obligado a delatar a alguno de los trabajadores, sino que ahora me manda descubrir a unos que, según él, colaboran con los comunistas. Incluso me ha comentado que el maquis está preparando alguna acción terrorista en la empresa.

—No es mi amigo, ni lo fue su padre ni lo será nunca él –Evaristo se le encaró con acritud–. Tu padre me pidió que le pidiera información sobre tus juergas y otras actividades más o menos incorrectas, por no llamarlas por su nombre, y le avisé de los riesgos.

—He investigado y, con los datos que he podido conseguir, ahora mismo podría delatar a uno de los míos y no sé cómo salir de ésta –se quejó Carlos, suplicando con la mirada qué solución tomar.

Don Eduardo estaba recogiendo la carpeta para ir al trabajo cuando quedó sorprendido.

—¿Cómo que uno de los tuyos?

—Papá, ¿cuándo te vas a enterar de que la guerra la luchamos los de la vanguardia y la ganaron los de retaguardia? En esta España no han vencido ni los falangistas ni los carlistas ni los nazis ni los fascistas italianos ni la gente que luchó, forzadamente porque estaban en la zona sublevada o de buena intención, al lado de los nacionales. La han ganado los franquistas, que se han agrupado en torno al dictador y a los que éste ha devuelto los favores que le hicieron antes y durante la guerra. A todos esos se han añadido los arribistas de última hora, los que se llaman "camisas viejas" sin haber pegado un tiro en el frente o que se escondieron en sus casas mientras los unos dábamos la cara y los otros perdieron la vida. ¿Eso era lo que quería José Antonio? ¿Estaría de acuerdo con la explotación de los asalariados, que cada día perciben una parte proporcionalmente menor del producto de su esfuerzo, o con el poder de los bancos, el cohecho de los funcionarios públicos, la impunidad para los delincuentes y capitalistas o el crecimiento de los grupos financieros que manejan los resortes del Estado para su beneficio?

—¡Esas personas son gente de bien que nos han salvado de la quema de conventos, de los asesinatos impunes y del saqueo de la propiedad privada! –Don Eduardo se encaró a su hijo–. Di, ¿también soy yo, como nos has llamado, un delincuente capitalista? Recuerda que soy accionista de varias empresas, una de ellas en la que tú trabajas, y del consejo de administración de algún que otro banco.

—¿Quién es ese amigo tuyo a quien debes traicionar? –interrumpió Evaristo queriendo cortar una discusión encaminada al fracaso.

—Un antiguo camarada de la Falange que trabaja en la fábrica. A través de amigos comunes sé que está rabioso con el Régimen. Su padre pertenecía a Izquierda Republicana y fue compañero de ideario y profesión del doctor Garijo y del padre del actual jefe de la Falange en Valencia, que es, a su vez, presidente de la Diputación. Una vez terminada la guerra, los tres compañeros del partido de Azaña fueron condenados a muerte, y el único que se salvó fue el padre del jefe provincial del Movimiento. Ni al doctor Garijo ni al doctor Almunia, que es como se apellida mi amigo, lograron salvarlos.

—Hizo lo que cualquier hijo haría en un caso como ése. Salvar la vida de su padre.

—Por supuesto que sí. Pero una vez hecho eso, gracias a su influencia como jefe de la Falange que era en ese momento, su obligación era dimitir del cargo, ya que se había aprovechado de él, en contraste con otros compañeros cuyos padres habían cometido el mismo delito que el suyo. Rafael Almunia me pidió que lo acompañara para exigirle la dimisión y, allí mismo, al no hacerlo, le tiró a la cara su carné de la Falange.

—¿Y cómo es que ese Rafael Almunia ha acabado de operario en la Valenciana de Ferrocarriles? –preguntó el mayordomo.

—¿Y por qué quieres saberlo? –objetó con recelo don Eduardo.

—Por nada en especial –se excusó Evaristo–, pero me extraña que un compañero de la universidad de Carlos termine de simple operario.

—Trabaja en la oficina de ingeniería. Estudió Ciencias en la Universidad, pero no llegó a licenciarse por lo que, al no tener título, es uno de los administrativos de la empresa.

—Lo que deberías hacer es encararte con esos miserables y demostrarles que la empresa nunca va a aceptar sus condiciones –zanjó don Eduardo–. Ahora mismo te vas a VAFESA y les dices que lo importante es terminar la construcción de las nuevas locomotoras eléctricas para RENFE. Estaría bueno que por culpa de unos saboteadores se impidiera modernizar esta nueva España. El país necesita del esfuerzo de todos, y no vamos a consentir que un puñado de rojos nos priven al resto de los españoles de mejorar las condiciones de vida como las que el Régimen nos está propiciando.

El padre se marchó poniendo punto final a su discurso, y los otros dos se quedaron mirando sin atreverse a comentar lo que acababan de oír.

—¿Cómo es que te has enterado de que el maquis quiere realizar un atentado en la empresa? –Evaristo rompió el silencio.

—Uno tiene sus contactos. Además de las entrevistas que mantengo con el comisario Arnau, me entero de cosas por los cuatro confidentes que tengo en la empresa. Sé que el maquis está preparando unos atentados como despedida de lo que ellos llaman la acción armada. Por lo visto han enviado a unos representantes de tu Comité Central en Francia para preparar la huida de todos los guerrilleros después de que cometan esos actos terroristas. Tengo conocimiento de que, en el norte, los maquis del Partido Socialista ya han emprendido su vergonzosa huida.

—¿Vergonzosa? ¿Tú crees que enfrentarse a la Guardia Civil en las condiciones que lo hacen puede durar mucho tiempo? Además, una cosa es el maquis y otra los derechos de los trabajadores de tu empresa. Es inadmisible que te escudes en las acciones de la Guerrilla para sabotear las reivindicaciones laborales.

—¿Sabes lo que te digo?; me está preocupando tu interés por conocer las actividades revolucionarias en mi empresa. ¿No será que tu pasado republicano no se ha extinguido con la derrota de los tuyos? Te advierto que no voy a consentir que pongas en entredicho la honorabilidad de mi padre si te pillan en una práctica ilegal, porque se hizo responsable de tus actos cuando dio la cara por ti. ¿Sabes lo que le debéis tu mujer y tú mismo a mi padre?

—¿Un trabajo de veinticuatro horas al día y no remunerado?

—¡Parece mentira que digas eso! Al menos deberíais de tener un poco de gratitud.

—Además, tengo que confesarte que nunca voy a renunciar a mi pasado republicano, como tú dices. Juré lealtad al Gobierno de la República. Cumplí e hice cumplir la legalidad vigente. Nunca castigué a ningún inocente, y muchísimo menos cometí delitos de sangre. Durante los primeros meses del golpe de estado de tu caudillo ayudé a personas de derechas, entre ellas a tus padres. Eso no lo puede decir ninguno de los jerarcas del Movimiento.

—Déjalo –remató Carlos–. Está visto de que no vas a comprender nada. La solución no es volver a la anarquía de tu querida República.

—¿Y es mejor delatar a los compañeros?

—En este mundo de hoy cada cual que se enfrente a su destino. Ni tú ni yo podremos elegir el nuestro. Y no lo olvides: ésta no será la última derrota que sufriréis.

★ ★ ★

La reunión con los representantes sindicales se realizó en el comedor de la empresa. Era una sala revestida de azulejos que alguna vez fueron blancos. La postilla que había en las juntas, como si fueran costras en las heridas del muro, sobrepasaba en un milímetro la superficie de la pared. El comedor tenía unas mesas de madera de pino con la superficie de formica y unas sillas desvencijadas en su mayoría. Una cocina económica, instalada en tiempos de la República, quedaba abandonada en un rincón. Posiblemente no se había utilizado desde tiempos de la guerra. Carlos ordenó a unos trabajadores que colocaran, en el centro del local, cinco mesas unidas y doce sillas a su alrededor para tener cabida todos los que se iban a reunir.

El lugar no había sido elegido de forma casual. Hasta entonces, todas las reuniones a las que solían asistir los representantes de los mandos subalternos, los de las oficinas y los de la dirección de la empresa se solían celebrar en la sala de juntas, en una mesa ovalada de seis metros de largo, con sus correspondientes sillones de cuero repujado. Pero esta vez no habían sido citados ni los representantes de las oficinas, ni los mandos subalternos, ni los miembros de la dirección de la empresa. Por supuesto, nunca asistía ningún integrante del Consejo de Administración. Esta vez tampoco acudiría Celia Mayordomo, la secretaria de dirección, que era la encargada de tomar notas y redactar las actas con los acuerdos.

Carlos se sentó en la cabecera de una de las mesas, extendiendo delante de él la carpeta con el acta y el bloc de notas. Los trabajadores llegaron puntuales, a la una de la tarde, por lo que la reunión duraría un máximo de sesenta minutos, ya que a las dos terminaba el horario de la mañana, pues se realizaba una pausa de una hora para comer.

El orden del día tenía dos únicos puntos: fijación de los horarios de trabajo semanales por turnos y el pago mensual de las horas extraordinarias. Era tan escueto que ni siquiera se había añadido el consabido punto final de ruegos y preguntas. Dada la crispación, tampoco se plantearía la lectura y aprobación del acta de la sesión anterior.

Los ocho representantes sindicales se sentaron en la parte más alejada de la cabecera, por lo que el abogado les instó a que se acercaran. Sólo lo hicieron dos: Alejandro Tolsada, perteneciente a la fundición, una sección que tenía fama de tener los trabajadores más reivindicativos, y Abdón Velasco, que, por su antigüedad en la empresa, era muy respetado por los compañeros. Carlos supuso que serían los dos portavoces de los asistentes a la reunión.

El primero en tomar la palabra fue Carlos. Estaba muy tenso porque sabía que cualquier argumento que diera al objeto de eliminar la actitud reivindicativa de los trabajadores sería ignorado.

—Esta empresa da trabajo a más de mil familias –quiso comenzar apelando al compromiso social– y a muchas más que trabajan para proveernos de materiales y servicios necesarios a nuestra fabricación. Sería una temeridad que las peticiones que he oído antes de esta reunión pudieran llevarse a cabo.

—No son peticiones sino exigencias para el cumplimiento de nuestros derechos –respondió Alejandro Tolsada–. El horario semanal legal es de cuarenta y ocho horas, y si trabajamos más horas deben ser compensadas con el importe que se estipula legalmente.

—Vosotros sabéis que las nuevas locomotoras están causando muchos problemas porque los productores no tienen los conocimientos que se necesitan para su construcción. La empresa tiene la obligación de enseñaros, pero no puede pagar como horas de trabajo las de formación. Estoy seguro de que, pasados unos meses, estaréis suficientemente formados como para no necesitar hacer esas horas de más.

—No son horas de más –insistió, terco–. Son horas extraordinarias que deben ser abonadas. Además, nos hacen trabajar los domingos, día en que, por ley, ni los panaderos tienen permitido hacerlo porque, según el Gobierno, las fiestas se deben santificar. ¿Por qué nosotros sí que podemos trabajar a pesar de esa prohibición expresa? Es día para ir a misa con la familia. ¿Acaso usted no lo hace?

Todos los reunidos sabían la impostura de ese razonamiento, pero la expresó con tal seriedad que no cabía tomarla a broma. Carlos estuvo tentado a tomarse a chanza el argumento, pero no quería romper el diálogo tan pronto.

—En caso de fuerza mayor puede trabajarse los días festivos, vosotros lo sabéis, y no hay mayor necesidad forzosa que mantener el trabajo para más de mil familias.

—Mire, Don Carlos –intervino Abdón Velasco–, he visto pasar muchos directivos en mis más de treinta años como trabajador de esta industria. Cada vez que hemos tenido que ampliar nuestra jornada laboral, se nos ha dicho que era por fuerza mayor, pero siempre, ya sea durante la Monarquía, en la República y ahora con el Movimiento, se nos ha pagado. En estos tiempos de escasez y miseria nos hace falta un sobresueldo más que nunca, y los nuevos contratos para estas locomotoras eléctricas que ha conseguido la empresa nos hace suponer que tienen dinero para poder pagar las horas de más. No sé si será con buena o con mala intención, pero el nuevo sindicalismo dice que estos problemas debemos afrontarlos todos los participantes de la empresa, patronos y trabajadores, y me duele mucho que, y perdone ya que no tenemos nada contra usted, ninguno de los empresarios se reúna con nosotros para tratar este tema tan importante. Podemos trabajar los domingos, hacer nueve o diez horas diarias de trabajo, pero queremos tener una compensación económica para trabajar sin tener que preocuparnos por cómo alimentar a nuestras familias.

—¿Y las vais a alimentar mejor trabajando menos horas?

Se produjo un revuelo entre todos los presentes. Se oyeron quejas de muchos de ellos e incluso algún comentario ofensivo. Toslada, uno de los más vehementes, se levantó como un resorte.

—Eso que acaba de decir es una provocación. Estoy seguro de que en su mesa no faltará ni carne de primera ni pescado fresco ni un buen vino, pero nosotros no podemos ni subsistir con las cartillas de racionamiento. Por eso tenemos que agenciárnoslas con el mercado negro, con los parientes que tienen algún pedazo de huerta, eso los que tienen suerte, con ayudas de los familiares o con algún trabajo extra tan miserable que nadie lo quiere hacer. Hacemos pucheros sólo de huesos, hojas de remolacha y vainas de las habas, enharinamos cortezas de patatas para freírlas sin aceite, hacemos tortillas sin huevos, nuestros hijos desayunan malta de recuelo con leche aguada, somos felices cuando tenemos para comer boniatos o algarrobas. ¡Y usted no nos quiere dejar ni que busquemos esos productos para quedarnos aquí haciendo más horas que un reloj sin cobrar una peseta!

—Me has entendido mal –se excusó Carlos–, no pretendía ofenderos. Pero lo cierto es que ya estamos en el año 1949 y la época en que se comía como tú dices ha pasado. En el mercado se encuentran muchos productos y la situación actual ya no es tan mala.

"¿Cómo qué no?", se oyó decir entre los asistentes. Otros comentaron que "sería en el barrio del señorito, porque lo que es en el barrio de la Cruz Cubierta habría que verlo". Otros manifestaron que "por supuesto, es hijo de uno de los principales accionistas de la empresa y pueden comer langostinos si quieren a costa de la sangre de los trabajadores". El tumulto fue a más hasta que Abdón Velasco pegó tres voces, haciendo callar a la concurrencia.

—Señor Salazar –dijo cuando consiguió silenciar a sus compañeros–, soy de los más veteranos de los aquí presentes y creo hablar en nombre de todos cuando le prevengo que hemos consensuado lo que le vamos a exponer.

El silencio se tornó en expectación. Todos le atendían como si asistiesen a una especie de sortilegio, como sucede cuando se escucha a un oráculo.

—Toda la gente de la fábrica tiene miedo de decir lo que piensa por temor a las posibles represalias. Estamos recelosos de ello porque en los últimos tiempos se ha despedido a varios compañeros, por cierto, muy buenos trabajadores, que se habían significado en la solicitud de contraprestaciones justas por las horas extraordinarias. Incluso alguno de ellos ha sido arrestado sin saber a ciencia cierta cuál es el motivo.

Abdón hablaba con mesura, intentando no herir susceptibilidades, pero solicitando lo que creían que era de derecho. Prosiguió tras una pausa donde parecía que habían cavilado cómo solicitar sin suplicar, pero tampoco sin exigir a través de una acción temeraria.

—No pretendemos ni reclamar nada que no sea legal ni tampoco promover acciones de fuerza que no conducirían a nada. No pretendemos cobrar las horas de más que hemos realizado hasta ahora, pero a partir del próximo primero de mayo desearíamos pactar el precio de la hora en consonancia con el sueldo diario actual.

—¿Por qué el uno de mayo? Me parece que habéis elegido aposta ese día para celebrar el triunfo del comunismo.

—Está visto que contigo no se puede llegar a ningún acuerdo –Rafael Almunia estaba en la otra parte de la fila de mesas–. El pobre Abdón se cree que con vosotros se puede negociar a las buenas y no es así. Os ha hecho una oferta de renuncia de todas las horas extras realizadas desde Navidad, cosa que no deberíamos aceptar, y le has contestado con un insulto. Sólo podemos plantarle cara a vuestra insolencia a las malas.

El viejo operario fue a hablar, pero Rafael lo paró en seco, situándose a su lado y poniéndole la mano sobre el hombro.

—No, Abdón, no. Estos capitalistas no aprenderán hasta que hagamos uso de la fuerza para defender nuestros derechos, la fuerza a través del cierre de la factoría, con piquetes si es necesario. –Se dirigió a Carlos–. Tú lo deberías saber mejor que cualquier otro de los directivos de esta empresa, dado tu pasado ideológico y las luchas en las que participaste durante la República. Ahora está pasando lo mismo que entonces, unos señoritos capitalistas defendiendo a la banca frente a los trabajadores.

—¡No me gusta que me amenacen! ¡No lo consentiré, Rafa! –se le escapó el término coloquial del antiguo compañero de Partido–. Estás alentando a la sublevación y esto te puede costar muy caro. Mi deber como representante de la dirección es la de notificar estas amenazas a la autoridad, pero, como creo que ha sido fruto de un momento de ofuscación, lo voy a pasar por alto.

Rafael hizo una pausa excesivamente teatral, abriendo los brazos como señal de impotencia.

—No te conocía ese papel de delator, pero en este país ya se puede esperar cualquier cosa. Mi deseo es que esta empresa sea la pionera en el Levante español en defender los derechos de los trabajadores con toda la fuerza sindical que sea posible. Te puedo asegurar que, si no aceptáis mediante documento escrito el abono de las horas extraordinarias a partir del mes de mayo, todos los obreros de la empresa se pondrán en actitud de brazos caídos.

—Eso es inaceptable –Carlos miró a los ojos de los asistentes uno a uno. Pocos mantuvieron la vista fija en él. Entonces creyó que podía lanzar un órdago–. Si hacéis eso os puedo asegurar que vosotros, como instigadores de esta huelga encubierta, seréis despedidos.

—Hasta ahora la única amenaza que ha habido es la de uno de nosotros que no está hablando en nombre de todos –Alejandro Toslada miró con acritud a su compañero–. Los demás, lo único que queremos es llegar a un acuerdo con ustedes para beneficio, tanto de la empresa, que necesita fabricar a tiempo las nuevas locomotoras, como de los trabajadores, con un salario digno de acuerdo con la dedicación complementaria que nos están exigiendo.

Rafael se apartó de los compañeros, como si fueran unos apestados. Caminó hasta la puerta y, al llegar al umbral, se volvió hacia ellos.

—Os merecéis los amos que tenéis. ¡Me dais asco! Todo es palabrería cuando nos reunimos a la salida de la fábrica, pero cuando os presentáis ante estos capitalistas os bajáis los pantalones poniendo el culo en pompa.

Volvió sobre sus pasos hasta colocarse frente a Carlos.

—Si crees que habéis vencido, estás muy equivocado. Esto no quedará así.

—Eres el único que quiere un enfrentamiento violento en lugar de mantener los puestos de trabajo de esta empresa. Menos mal que tus compañeros son más inteligentes, y llegaremos a un acuerdo que nos beneficie a todos.

Cuando Rafael se marchó, gritando una retahíla de calificaciones degradantes para con sus compañeros, Carlos quiso aprovechar el momento para cerrar definitivamente el problema que los había llevado a esa situación.

—Bueno, señores, como habrán podido comprobar, poner palos a las ruedas del progreso de esta empresa, como de tantas otras de esta España que está consiguiendo el reconocimiento internacional de nuestra noble causa en la lucha contra el comunismo y en la mejora de la vida de nuestros compatriotas, únicamente sirve para que los desafectos al Régimen aprovechen la oportunidad para crear malestar social y caos económico.

—Creo hablar en representación de todos –intervino Abdón Velasco, antes de que el abogado diera por terminada la reunión– cuando le digo que estamos de acuerdo con lo que nos acaba de exponer. Pero no debería consentirse que la intervención de un único trabajador impida a los demás obreros solicitar y conseguir unas prestaciones que son justas dentro del ordenamiento jurídico.

Cogió un papel que sacó de la carpeta y se pudo las gafas.

—Como dice el Fuero del Trabajo en su preámbulo, "el Estado mantendrá el descanso dominical como condición sagrada en la prestación del trabajo" y "el Estado limitará convenientemente la duración de la jornada para que no sea excesiva y otorgará al trabajo toda suerte de garantías de orden humanitario".

Vueltos al punto de partida, Carlos se quedó, de pronto, sin argumentos. El viejo trabajador venía con la lección aprendida, y quiso saber qué abogado lo había entrenado para poder argumentar las peticiones con tanto aplomo. Durante toda la conversación, Abdón había insistido constantemente en lo mismo que defendió con ardor Demetrio Gutiérrez en una anterior reunión. Demetrio era un enlace sindical al que los compañeros prestaban mucha atención. Posiblemente se habrían asesorado con el abogado del sindicato. Tendría que enterarse de quién era y por qué no le había prevenido o, cuanto menos, no había intentado preparar una reunión previa en los locales del sindicato para llegar a un acuerdo y haber evitar tantas tensiones. Se prometió que las actitudes de animosidad mostradas durante esa mañana, tanto por parte de Rafael como de Demetrio, quedarían reflejadas en el próximo informe que entregaría al comisario Arnau.

—Ustedes siguen sin comprender que estamos en un periodo de adaptación a nuevos procesos de fabricación que nos obligan a todos, tanto a la dirección de la empresa como a los productores, a tener que hacer unos sacrificios que, por lo visto, ustedes no quieren realizar. Así que, a la vista de que las posturas entre las partes siguen estando muy alejadas, propongo que terminemos la sesión sin levantar acta para que yo pueda informar a la dirección de la empresa de que siguen exigiendo lo mismo que al principio, incluso con ciertas amenazas, pues yo no tengo autorización para concederles alguno de los puntos que han solicitado.

—No es cierto que exijamos lo mismo ni que ninguno de los que nos hemos quedado hasta el final hayamos amenazado en nada –por primera vez se le encaró Demetrio–. Si usted quiere tergiversar lo que hemos solicitado y cómo lo hemos solicitado, hará mal. Ésa no es manera de intentar llegar a un acuerdo.

—¿Qué acuerdo quieren? ¿Que nosotros cedamos en todo?

—Usted no tiene que renunciar a nada, a lo sumo lo harían los propietarios de la empresa. Y ¡claro que hemos cedido! Hemos descartado cobrar las horas extraordinarias hasta el último día de este mes y, a cambio, sólo hemos pretendido que se nos reconozca lo que es de ley, como muy bien ha dicho Abdón: descansar los domingos y tener un horario que no sea excesivo, cobrando las horas extraordinarias con arreglo a ese orden social que usted mismo ha invocado.

Mientras Demetrio hablaba, el abogado de la empresa fue metiendo en su cartera la libreta, los documentos y los lápices que había esparcido sobre la mesa. Guardó su estilográfica en el bolsillo interior de la chaqueta y se levantó justo cuando el trabajador terminaba su exposición.

—Señores, tendrán noticias nuestras.

Fueron sus últimas palabras antes de abandonar el comedor.

— Capítulo IX. —

Las cruces de mayo

En algunas ocasiones, Evaristo huía de la ansiedad que le provocaba el trabajo iterativo en la casa de los Salazar acercándose a la Glorieta para deambular entre sus senderos o descansar en uno de los bancos. Con el buen tiempo, en ocasiones paseaba la cena a la luz de las antiguas farolas de gas, a las que habían añadido recientemente una luz eléctrica fluorescente que daba un cierto aire melancólico al jardín.

Por regla general pasaba el rato a solas, pero desde hacía unos meses había coincidido con un antiguo policía de la República, don Idelfonso Matías Trisante, con el que había trabajado en alguno de sus destinos. Don Idelfonso tendría bastantes más años que Evaristo, como mínimo quince primaveras, y paseaba su vejez por la Glorieta cuando se cansaba de que su hija, con la que vivía, yerno y cuatro nietos incluidos, le pedía estar al cuidado de los niños en su casa de la calle de Sorní.

Como es natural, al inicio de sus encuentros las conversaciones más habituales evocaban tiempos pasados. Procuraban eludir charlas sobre la actualidad del país. En la situación de aquella época, no era cuestión de significarse por una u otra ideología política, incluso se suponía que lo más prudente era ocultar las preferencias sobre lecturas, películas o revistas. Se conocían muchos casos de delaciones a la policía por un comentario soltado al azar o una confidencia sobre las opiniones del estado de las cosas. Ambos conocían casos de personas que por esta causa habían sido denunciadas como desafectas al Régimen.

Andando los meses, comenzaron a comentar las diferencias entre el tiempo en que trabajaron como colegas y la época actual. De manera natural fueron exteriorizando reflexiones personales. Habituados a una mayor confianza por el trato reiterado, ambos fueron dibujando sus respectivos pensamientos, tanto en el terreno de los gustos literarios o ideológicos como en sus preferencias políticas. Don Idelfonso había votado alguna vez al Partido Radical de Lerroux, aunque en las del 36 se había escorado un poco hacia la izquierda votando a Unión Republicana. Evaristo le confesó que él siempre había dado su papeleta a don Manuel Azaña. A raíz de estas confidencias se preguntaron qué sería de los compañeros más significados en su compromiso con la República. Evaristo sabía de varios de ellos por su época como recluso, y don Idelfonso le comentó que tenía contacto con algunos de sus antiguos compañeros.

Aquella tarde se entretuvieron en contemplar la cruz de mayo que la falla de Sant Bult había colocado en el lado de la Glorieta recayente a la plaza de Tetuán. Don Idelfonso le preguntó si conocía el origen de esta costumbre, pero, antes de que contestara, se dispuso a explicarla.

—Dicen que esta tradición tiene su origen en la Edad Media, cuando Constantino I el Grande venció a los seguidores de Majencio para dirimir quién de los dos sería nombrado emperador. Apuntan que la madre de Constantino, Santa Elena, le pidió que pusiera al frente de su ejército una cruz en recuerdo de la muerte de Cristo. Tras la victoria y para conmemorar el apoyo divino, Santa Elena mandó una tropa expedicionaria a Jerusalén para hallar la Cruz de Cristo. Encontraron tres cruces ensangrentadas y, para saber cuál era la verdadera, colocaron sobre ellas a tres enfermos incurables. Cuando uno de ellos sanó milagrosamente, supieron que sobre la que estaba el sanado era la "vera cruz". Así, para conmemorar la batalla, se inició la tradición de que, en el mes de mayo, se emplazaran en las ciudades esas cruces engalanadas de flores.

— Mi buen amigo –contestó Evaristo, dando excusa para manifestar su anticlericalismo–, estas fiestas tienen un origen mucho más remoto. Son una herencia de fiestas paganas en honor al mes de mayo, una consagración al disfrute de todo el esplendor de la vegetación y la naturaleza revivida en la primavera. Como siempre, los curas no inventan nada, se aprovechan de las antiguas costumbres de otras culturas para arrimar el ascua a su sardina.

Don Idelfonso se sonrío sin disimulo.

— ¡Es extraño! Viniendo el otro día, coincidí con un conocido de tiempos de la guerra, Roberto Elizondo, y hablando de la Pascua de Resurrección me contestó como usted, diciéndome que la misma fue originalmente una celebración en honor a Eostre, la diosa de la primavera, y que se celebraba el espíritu de renovación o resurrección de la naturaleza dormida durante el invierno. Me parece que gente como ustedes, aunque son unas magníficas personas, están muy obsesionados en reprobar cualquier celebración eclesiástica. ¡Por supuesto que en la antigüedad había fiestas en momentos señalados del año! La Iglesia de Roma lo que hizo fue conciliar una cultura con las celebraciones eclesiásticas…

Evaristo ya no escuchaba a su interlocutor. Recordó haber percibido la imagen de Roberto Elizondo cuando salió de la Jefatura de Policía de la calle Samaniego tras entrevistarse con el inspector Lorenzo Arnau. Entonces no le dio más importancia, creyendo haber visto a una persona de cierto parecido, ya que era prácticamente imposible que una figura tan relevante de la República, alto representante del PCE no estuviera muerto o en el exilio, y mucho menos que pudiera circular libremente por la ciudad.

— ¿Me está escuchando, amigo? –preguntó don Idelfonso al notar su actitud distante.

— Perdone usted, pero me he quedado pensando en lo curiosa que es la vida –quiso procurar un aspecto de normalidad a pesar de la sorpresa que la confesión le había producido–. Precisamente, hace unos días coincidí con Roberto cerca de la plaza de la Reina. Charlamos unos breves momentos en un aparte –mintió–, pero yo iba con don Eduardo y no era cuestión de que una persona tan del Régimen descubriera quién era él.

Don Idelfonso se dio cuenta de que había metido la pata hasta el corvejón y no quiso seguir con ese tema.

—Lo cierto es que estuve poco rato con él.

—Como le gusta a usted contar con tanto detalle los capítulos de la Historia Sagrada, estoy seguro de que anduvieron más de un cuarto de hora charlando. ¿Qué hace una persona como él aquí en Valencia? Posiblemente, si lo reconoce algún agente de la autoridad o incluso cualquier persona adicta al Régimen, dará con sus huesos en la cárcel en menos que canta un gallo. A mí me dijo que estaba en una misión especial para reagrupar los restos del Partido —volvió a mentir.

El viejo expolicía quiso demorar la respuesta, mientras aparentaba observar con detenimiento la cruz de mayo. En ese momento, algunos soldados, posiblemente integrantes del cuartel de Santo Domingo que se ubicaba en la plaza, observaban el monumento. Dudó unos momentos. Fue a comentar algo de la cruz, señalando con el brazo extendido la base de claveles rojos, pero don Idelfonso lo miró con tal gravedad que dejó de indicar lo que iba a comentar.

—La verdad es que no hablamos de gran cosa —dijo, sonando a un torpe intento de evasiva—. Usted sabe que yo no quiero meterme en líos y no me gusta hablar de política.

—Yo no he dicho que hablaran de política —contestó con malicia—, pero creo que usted se ha delatado.

Evaristo calló esperando la reacción de su amigo. Don Idelfonso lo cogió del brazo, apartándolo del monumento floral para cerciorarse de que no había nadie alrededor.

—Usted sabe que Roberto Elizondo tiene tales antecedentes republicanos que sería desastroso que las autoridades supieran que está aquí, en España. Preferiría no hablar del tema.

—Pero yo sí quiero comentarlo. Estoy convencido de que nuestro común conocido está aquí de forma clandestina y para apoyar a alguna fuerza antifascista.

—Yo no sé nada de eso —se apresuró a desmentir.

—No me importa si está apoyando la subversión general, a los sindicatos clandestinos o a la Guerrilla y, además, no viene al caso. Lo importante es que debo contactar con él porque tengo noticias sobre los peligros que acechan a cualquiera de esos tres tipos de acciones.

Evaristo sabía que era cuestión de días que arrestasen a todos los sindicalistas desafectos a la organización vertical y, con ello, llegarían las delaciones. La confesión de Carlos en el desayuno esa mañana sobre las acciones represivas que la policía iba a realizar con los trabajadores de la empresa le tenía muy preocupado.

—Es más –continuó fingiendo–, sé de buena fuente que Roberto Elizondo está preparando la salida de los maquis de Levante a Francia.

—¿Cómo lo sabe? –preguntó, sorprendido.

—Eso no importa. Lo que es necesario es que contacte con él.

—Pero ¿cómo se ha enterado de todo eso? –insistió don Idelfonso.

Evaristo lo observó con recelo. Estaba frente a una persona de la que no tenía suficientes datos como para fiarse totalmente. En alguna ocasión le había comentado que su yerno había combatido al lado de los nacionales y en la actualidad trabajaba en el ayuntamiento de Valencia, un cargo menor pero nombrado a dedo por las autoridades del Régimen. Por otro lado, el propio Idelfonso no se había mostrado como una persona sinceramente leal a la República. Recordaba que su trabajo en la policía republicana había consistido en labores administrativas. Quizás los mandos de aquel tiempo no tuvieran confianza en su fidelidad.

Necesitaba contactar con Roberto. Tenía muchas razones para ello: demostrarse a sí mismo que no había aceptado la derrota; apoyar a los que aún creían en el fin del franquismo; sentirse útil con los compañeros republicanos; reencontrarse con Roberto Elizondo, aquel joven inglés que luchaba generosamente por una causa noble; pararle los pies al desaprensivo de Carlos. Tenía muchas razones para intentar ayudarlos.

No supo muy bien por qué, pero la sordidez de Carlos fue el detonante para confiarse a Idelfonso.

—Usted sabe que trabajo en casa de los Salazar y que el hijo de éstos es el abogado de la industria Valenciana de Ferrocarriles. Además, el padre, don Eduardo, es uno de los mayores accionistas de la compañía. Por estas razones, sé que los más de mil empleados de la empresa van a hacer una huelga encubierta, unas jornadas de brazos caídos hasta conseguir varias reivindicaciones, como un horario justo, el abono de las horas extras que les obligan a hacer y la readmisión de los compañeros despedidos. Me he enterado de que Carlos ha conseguido que varios trabajadores, supuestamente miembros de un sindicato clandestino, hayan delatado a sus compañeros, y entre las denuncias que ha conseguido se ha enterado de que el maquis de la Agrupación Guerrillera de Levante tiene preparados algunos sabotajes en las cercanías de la ciudad. Por lo visto, quieren hacer estas acciones antes de que los miembros de la agrupación puedan trasladarse a Francia. Como entiendo que Roberto vive fuera de España, imagino que ha venido para preparar la salida de sus compañeros. Por eso es importante que pueda entrevistarme con él. Tengo que prevenirle.

Don Idelfonso parecía consternado. Era evidente que no esperaba esta declaración.

—No sabía yo que usted estaba tan involucrado en la causa de la República –acertó a decir mientras valoraba la sinceridad de su compañero de paseos.

—Hasta ahora no lo había estado. Bastante tuve con intentar salir de la cárcel y conseguir cobijo para mí y mi mujer.

—Entienda que esté turbado por su petición. Yo no tengo ningún tipo de trato ni con los desafectos del régimen ni mucho menos con los del maquis.

—Don Idelfonso –Evaristo comenzaba a irritarse–, no es tiempo de recelos ni de medias tintas. Yo me he mostrado con toda sinceridad, y de usted depende si me denuncia o me ayuda. Usted elige.

—¿Y quién me dice que no es usted el que me quiere descubrir? –argumentó, muy preocupado.

—Tendremos que confiar el uno en el otro. Por los antecedentes de ambos, usted es lo que en estos tiempos se puede llamar una "persona de orden". Sin embargo, yo tuve cargos muy importantes durante la República y me involucré en la lucha antifranquista mucho más que usted.

—Pero usted vive en la casa de un burgués muy reconocido por el Régimen. ¿Quién me dice que no ha sido por colaborar con él?

—Mi mujer y yo trabajamos sin salario dieciocho horas al día en casa de los Salazar, y nos ha acogido con esas miserables condiciones porque durante la guerra les salvé el culo a esos capitalistas.

Callaron un momento. En uno de los bancos estaba sentado un matrimonio de unos treinta y cinco años con dos niños. El mayor tendría algo más de año y medio y el pequeño era un bebé de apenas quince días. Debería ser el primer paseo fuera de casa aprovechando esa mañana más cercana a los calores de junio que a principios de mayo. El mayor jugaba con una pelota de playa que había caído en mitad del jardín. El niño fue a por la pelota, ganándose una reconvención del guardia por "pisar el césped". El padre salió en su auxilio, recriminando al guardia por no entender que un niño de dieciocho meses no podía ser responsable de esa acción, y que "además, con el poco peso que tiene, no puede dañar el césped".

El guardia mostró su chapa en la bandolera de cuero. "Estoy aquí para que se cumplan las normas, sea quien sea el que las infrinja", comentó. El padre se le encaró reprochándole que lo suyo era un abuso de autoridad evidente. "Iba a comentarle algo acerca de la equidad, pero veo que con usted eso sería perder el tiempo", comentó. El uniformado sacó un bloc de multas y preguntó el nombre del niño. "Ignacio", dijo el padre. En pocos segundos le tendió la multa en donde había anotado "ha satisfecho dos pesetas, por infracción a las Ordenanzas Municipales en parques y jardines". El uniformado extendió la mano.

—Son dos pesetas que me tiene que pagar ahora mismo o me da la filiación completa del niño y la de usted y paso la multa al ayuntamiento.

El padre sacó dos billetes de peseta, entregándoselos mientras le preguntaba el nombre del guardia. "Me llamo Castro", dijo con altivez. El padre cogió la multa y anotó el apellido. "No se preocupe, que sus superiores tendrán noticias de su comportamiento", fue lo último que le dijo, antes de sentarse de nuevo junto a su mujer y con el niño en sus brazos.

—¿Es ésta la sociedad en la que queremos vivir? –comentó con ironía Evaristo–. ¿Un guardia multando a un niño de año y medio por pisar el césped? Seguro que ese coronel de jardín será otro delator de este glorioso alzamiento nacional.

—Saca usted punta a todo, amigo.

Miraron alternativamente al matrimonio y al guardia, que en esos momentos advertía a unos adolescentes la prohibición de jugar al fútbol en el interior de la Glorieta.

—Si queréis jugar al fútbol tenéis que bajar al cauce del río –les advirtió.

—Don Idelfonso, lo único necesario para el triunfo del mal es que los buenos no hagan nada, y yo no quiero ayudar al éxito de este sistema podrido. ¿Puede ponerme en contacto con Roberto?

—De verdad, querido Evaristo, que no tengo ninguna relación con estos señores –insistió–. Lo siento mucho, pero mi encuentro el otro día con el señor Elizondo fue puramente casual.

Evaristo no insistió.

—Pero no se preocupe, esta conversación no ha existido, no tema usted –le consoló, poniéndole la mano sobre el hombro.

Caminaron hacia la zona este del parque, como solían hacer cuando se despedían. Fueron en silencio hasta llegar al lado que recaía a la plaza del Marqués de Estella. En el centro de la rotonda habían inaugurado dos años antes una réplica de la Puerta del Mar. En el arco central colocaron la cruz de los caídos y en la parte superior lucía una placa en honor al dictador, escrita en latín al objeto de darle mayor empaque: *"Francisco Franco Bahamonde Hispanium moderante Senatus Valentinus ad perpetuam memoriam qui ed patria citam deo devoverint hoc monumentum erexitanno"*. Ambos salieron a la esquina para despedirse, como de costumbre. Don Idelfonso cruzaría la plaza para adentrarse en la calle del Grabador Esteve hasta alcanzar la calle de Sorní, mientras que Evaristo volvería sobre sus pasos cruzando de nuevo la Glorieta hasta la entrada de la calle del Mar.

—Cada vez que paso por esta plaza –le comentó Evaristo antes de despedirse– recuerdo la placa que el ayuntamiento mandó poner en esta puerta. A mi manera la he traducido así: "El Senado Valenciano erigió este monumento a Francisco Franco Bahamonde, regidor de las Españas, para perpetuar la memoria del que ofreció su vida por Dios y por la Patria".

— ¿Se la sabe de memoria? –don Idelfonso estaba verdaderamente asombrado.

— ¿Sabe por qué la puedo recitar de memoria? –era una pregunta retórica; no esperó a la respuesta–. Porque no puede ser que este pueblo algún día pueda creer que este miserable dictador ofreció su vida a otra cosa que a su provecho y al de sus benefactores. No debería recordársele, ni como un regidor ni siquiera como un gobernante. Algún día se instaurará en la memoria histórica de este país el conocimiento de que, únicamente, fue un sangriento tirano.

— No se preocupe, Evaristo. Quizá uno de estos días reciba noticias de Roberto Elizondo.

Se dieron la mano, y don Idelfonso cruzó la plaza hasta llegar a través de los jardincillos al lado de la Audiencia Provincial a la calle de Colón. Evaristo, al borde de la acera, se quedó pensando en la frase de despedida. Tuvo el presentimiento de que posiblemente pudiera entrevistarse con el joven inglés con el que había coincidido en los días en que Valencia era la capital de la República. No se dio cuenta de que estaba al borde de la acera hasta que, asustado, pegó un pequeño paso atrás alertado por la campana del tranvía número 5 de circunvalación que pasó con estruendo junto a él.

— Capítulo X. —

Purchasing manager

Ese lunes dos de mayo, Roberto Elizondo Bowes, alias Andrew Cedric Hemsley, *Purchasing Manager* de la empresa *Floris of London*, tomó desde la estación del Norte el tren de las 10 de la mañana camino de Utiel. En el hotel había dejado la dirección de la pensión Casa Marifina de esa localidad. Acostumbrado a los ferrocarriles ingleses, nada más comenzar el viaje se percató de que el tendido era tan deficiente que el tren no podía alcanzar una velocidad normal a causa de una infraestructura ferroviaria que no se había modernizado desde su instalación, a finales del siglo anterior. La subida desde la estación de Buñol hasta la de Siete Aguas fue de una lentitud exasperante. Al ser un tendido de vía única, en esa localidad tuvieron que esperar más de un cuarto de hora a que pasara el tren que venía en dirección opuesta, por lo que el convoy tardó bastante más de tres horas en llegar a su destino.

Antes de llegar a Chiva pasó el revisor solicitando los billetes. Cuando alcanzó la altura de Roberto, observando que era una persona bien trajeada, con un magnífico juego de maleta y cartera de cuero, sombrero elegante y una gabardina muy poco habitual entre el resto de los pasajeros, le pidió la documentación. El empleado de ferrocarriles tomó entre sus manos el pasaporte de la Gran Bretaña, examinándolo cuidadosamente.

—Exactamente, ¿de dónde es usted? –preguntó–. Nunca he oído hablar del *United Kingdom*.

—Ustedes nos llaman ingleses, pero *United Kingdom of Great Britain and Northern Ireland* significa Reino Unido de Gran Bretaña e Irlanda del Norte, que lo constituyen Inglaterra, Escocia y Gales y la zona británica de Irlanda.

—Estaría bueno que en España tuviéramos un pasaporte donde tuvieran que figurar todas las regiones. Eso es lo que querían los rojos, dividirnos.

Roberto hizo una mueca aparentando asentimiento, y el revisor se fue mascullando contra los ingleses. Todo el personal del vagón se quedó observándolo. Él hizo lo propio. Las mujeres vestían faldas o vestidos largos, muy por debajo de la rodilla, casi todos negros, aliviados con grises o algún detalle en blanco, y el pelo recogido en forma de moño o tapado con pañuelos. Los hombres vestían con pantalones de baja calidad, algunos de pana, muchos de ellos con rodilleras de otro tejido para ocultar las roturas de la prenda original. La mayoría llevaba camisa sin cuello y gorra.

Por fin llegaron a Utiel. Dos años antes, el día en que el dictador había estrenado el tramo que unía esa localidad con Madrid, se había inaugurado la nueva estación, junto con una fonda acorde a la importancia del flamante nudo ferroviario, tal y como había dicho la propaganda. Cuando Roberto bajó del vagón se sonrío para sus adentros. Como en otras cosas típicas de este nuevo gobierno, ambos edificios aún estaban sin terminar y, a la vista del poco movimiento que comprobó, tardarían varios años en finalizarlos.

A la salida de la estación el único transporte que encontró fue una vieja calesa, pero, como le habían indicado la cercanía de la pensión, prefirió acercarse al centro por la calle de la Estación hasta llegar al cruce con la calle Doncellas. A los pocos metros giró a la derecha. En el primer edificio de la calle Bravo estaba la pensión de Casa Marifina. La señora Encarna le atendió en la planta baja.

—Aunque sólo tengo una habitación con un pequeño despacho y cuarto de baño que ocupa todo el piso de arriba, la Guardia Civil me obliga a tomarle la afiliación –se excusó–. Tendré que quedarme su pasaporte para enseñarlo en el cuartel.

Roberto recordó que debía parecer inglés de pura cepa, por lo que exageró su acento británico. Estaba muy incómodo en esa tesitura, pero había ensayado durante muchas horas para no contestar rápidamente, no quería traicionarse y hablar como lo había hecho con su padre desde niño, con los camaradas durante su estancia en la guerra o con los compañeros del exilio.

—Pero yo lo voy a necesitar. Tengo que visitar algunas fincas de la zona para poder comprar y será necesario que lleve la documentación.

—Será mejor que usted mismo vaya a la casa cuartel y les comunique que se va a alojar aquí –contestó después de meditar un momento–. Si tiene alguna documentación que justifique el motivo por el que va a presentarse en esas fincas, será lo mejor que se lo enseñe al comandante del puesto, porque así le darán un salvoconducto para poder visitarlas.

La señora Encarna le hizo rellenar dos fichas de entrada en el establecimiento. Debería presentarlas en el cuartel y devolverle una sellada por la Guardia Civil.

—¿Cuánto tiempo se quedará? –preguntó–. Creo que usted me envió un telegrama pidiéndome reservarle la habitación hasta el día siete.

—Exactamente, el próximo viernes tomaré el tren de las ocho de la mañana con destino a Valencia.

Dejó la maleta y la gabardina allí mismo. La dueña de Casa Marifina no se atrevió a que las dejara en el piso superior antes de dar parte de su llegada. Llevó consigo el maletín de trabajo con los documentos de su empresa y las cartas de recomendación para las fincas que iba a visitar.

La casa cuartel, que estaba a las afueras de la localidad, lucía en la entrada principal el conocido lema de "Todo por la Patria". Se trataba de un edificio más grande que los habituales en otras poblaciones, con una valla que lo protegía del exterior. Cuando Roberto preguntó al agente de la entrada por las oficinas donde debía entregar el pasaporte, le abrumó un desagradable olor a lejía y humedad. Le indicó el motivo de la visita, mostrándole el pasaporte y las fichas de alta de la pensión que le había entregado la señora Encarna. El guardia le señaló la puerta tercera a la derecha, avisando a otro número para que lo acompañara.

Al llegar a la altura del despacho que le habían indicado se encontró con que la puerta estaba abierta, posiblemente para que pudiera correr el aire en ese caluroso día de inicios de mayo, por lo que pudo ver al comandante del puesto, un brigada de mediana edad que estaba sentado tras una mesa atestada de papeles y que en ese momento mantenía una acalorada conversación con un cabo acerca de un telegrama que les había llegado dando orden de que dos parejas de la casa cuartel se incorporaran a la vigilancia de las obras de un puente de la nueva vía férrea cercana a Camporrobles. Al ver a un paisano en el quicio de la puerta, cesaron en la discusión, y el cabo se incorporó a su mesa en el lateral del despacho mientras ambos se abotonaban las chaquetas de los uniformes, ya que las tenían a medio abrochar. El número que lo acompañaba le ordenó que no traspasara la puerta, haciendo que se apartara unos metros. Entró en el despacho, cerrándola tras de sí para anunciar al brigada la llegada de un viajero inglés que iba a pasar unos días en la población.

Mientras aguardaba, Roberto caviló sobre la posibilidad de que la Guardia Civil tuviera que vigilar los puentes de la línea Utiel-Cuenca debido a amenazas de las acciones armadas de la Guerrilla. Si fuera así, por un lado, estaba contento; eso significaba que los compañeros del Sector 5º aún tenían suficiente capacidad estratégica como para poner en jaque a los del tricornio. Pero, por otro lado, si la Guardia Civil estaba excesivamente alerta, a lo peor tendría problemas para desplazarse a las fincas que pensaba visitar y, sobre todo, sería muy difícil contactar con Justino Robles para preparar el asalto al tren pagador.

El agente que lo había conducido le invitó a entrar. Roberto se reprimió a tiempo antes de contestar inmediatamente un "muchas gracias" con un acento español cien por cien.

—*Thank you* –dijo–. ¡Oh!, perdone, muchas gracias.

Una vez hechas las presentaciones, el comandante del puesto le preguntó el motivo de la visita. Andrew Cedric Hemsley entregó el poder como representante de la compañía de perfumes y las cartas confirmando las visitas a las fincas del entorno para comprar las esencias que presumiblemente deberían tener.

—Hasta bastante avanzado el mes de julio no se siega el espliego porque las plantas deben estar en plena floración –dijo el brigada–. No entiendo cómo va a comprar usted los aceites en esta época del año.

—Vengo por dos motivos, señor. En primer lugar, para comprar el aceite de lavanda de la temporada pasada que aún no han vendido y, en segundo lugar, para reservar las producciones de esta temporada.

El brigada lo miró sin fiarse del todo.

—En Inglaterra está muy bien valorado el aceite de espliego, de lavanda y lavandín de esta comarca –insistió–. Ése es el motivo por el que me han enviado aquí.

—Pero las calderas son de uso comunal –insistió el brigada–, por lo que usted debería dirigirse al ayuntamiento y no a los particulares.

—Tengo entendido que la caldera es de uso comunal, pero son alquiladas por los propietarios de las fincas que siembran espliego.

—Con el hambre que hay en la patria, no entiendo cómo esos señoritos se dedican a plantar espliego en lugar de trigo –se quejó–. Pero, claro, este Gobierno da libertad de escoger qué plantar.

—Como usted comprenderá, yo soy un extranjero que desconoce las leyes de este país.

El comandante del puesto tomó el pasaporte, el certificado del Gobierno Civil autorizándole a realizar los contratos de compras de esencia y aceites y las cartas de presentación, pasándoselas al cabo.

—Venga mañana a partir de las diez y tendrá hechos los salvoconductos –dijo, evidentemente enfadado, mientras sellaba las fichas de la pensión. Una se la pasó al cabo y la otra se la dio a Roberto–. No olvide entregársela a doña Encarna, y le advierto que no puede salir de la localidad hasta que no tenga de nuevo el pasaporte y los permisos correspondientes.

—Me gustaría pedirle un último favor. Como usted sabe, tendré que desplazarme a varios kilómetros de Utiel y no tengo vehículo. ¿Podría usted decirme si alguien quisiera alquilarme un coche?

—Aquí no se alquilan coches. Esto no es como en la capital. Además, usted desconoce el terreno y podría perderse.

—¿Y qué hago? –puso cara de impotencia.

El brigada pasó unos momentos cavilando hasta que encontró una posible solución.

—Vaya a teléfonos y busque el número de uno de los taxistas que hay en Requena. No se me ocurre otra cosa.

—Será lo mejor. Aunque el precio me saldrá muy elevado. Tendré que pagarle la ida y vuelta desde Requena, además de los kilómetros que hagamos.

—Una libra vale muchísimas pesetas. Ustedes los ingleses suelen atar los perros con longanizas.

Roberto fue a contestarle, pero recordó que debería aparentar no conocer los modismos del lenguaje.

—¿Qué es eso de poner longanizas a los perros? –dijo, modificando el dicho.

—Nada, usted no lo entendería. Lo que le quería decir es que ustedes viven muy bien, comparado con España, a la que han dejado a su suerte, pero pronto todos se darán cuenta de que somos los primeros que vencimos al comunismo.

—¡Ah!, ya lo entiendo. En mi país, cuando queremos expresar algo así decimos *"he thinks it's the land of milk and honey"*, que quiere decir algo así como que en ese país hay por todos los sitios leche y miel en grandes cantidades.

El guardia civil se rio con estrépito pensando que el extranjero estaba mal de la cabeza.

—¡Leches! Va a comparar usted una buena ristra de longanizas con la miel. Con esos gustos no entiendo cómo pudieron ganar la guerra.

Mientras se carcajeaba de la ocurrencia, pensó que lo mejor era tener bien vigilado al inglés, y se acordó de Matías Amorós. Siempre podría contar con él y le tendría bien informado de sus visitas a las fincas.

—Igual podemos encontrar una solución a sus desplazamientos –le dijo–. Aquí en el pueblo tenemos un veterinario, don Matías, que tiene un pequeño coche y a veces lo presta a algún vecino, pero siempre conduciendo él. Tiene su domicilio y su clínica en la plaza Puerta de la Eras. Vaya usted de mi parte y a ver si se pueden arreglar.

"Todo marcha según lo planeado", pensó Roberto. Tras despedirse, quedando para las diez de la mañana del día siguiente, lo primero que hizo fue colocar sus pertenencias en el primer piso de la pensión después de entregar el documento debidamente sellado. La señora Encarna le tenía preparadas las sobras de su comida, que había dejado en el pequeño saloncito del piso superior, un plato de guisado de patatas y dos manzanas. Eran casi las cuatro de la tarde y no se paró a estudiar la calidad de la carne que se encontraba en el guiso. "Lo que no mata engorda", pensó.

—La cena es a las nueve de la noche. La comida se sirve a las dos de la tarde, no lo olvide. Pase por esta vez el retraso porque ha tenido que acudir al cuartel, pero a partir de ahora deberá cumplir con el horario. De lo contrario deberá arreglárselas como pueda.

—Durante el día, posiblemente no vendré a comer porque voy a visitar las fincas de la zona –se excusó.

—Eso da igual –contestó, arisca–. El precio es el convenido, venga usted a comer o no.

Esperó hasta las seis de la tarde para acercarse donde el veterinario. Vivía en una casa compuesta de planta baja, dos alturas y buhardilla. La clínica ocupaba la mitad de la planta baja. Supuso que el pequeño Fiat Baililla de dos puertas que estaba estacionado en la acera frente a la casa era su coche.

En la entrada de la vivienda el dueño había puesto el cartel de "pase sin llamar", de modo que franqueó la puerta. Don Matías estaba sentado en un sillón leyendo un libro que parecía haber sido editado antes de la guerra. Se titulaba *Memorias sobre la respiración y transpiración de los animales*.

—Me llamo Andrew Cedric Hemsley –dijo a modo de saludo– y vengo de parte del cuartel de la Guardia Civil.

—Lo sé –contestó el veterinario–, el brigada Belarmo me ha avisado de su visita.

Roberto se quedó en medio de la estancia sin saber qué actitud tomar. Al percatarse de ello, don Matías se levantó rápidamente, con el libro en la mano izquierda, tendiéndole la derecha para saludarle.

—Perdone mis malos modos –dijo estrechándole la mano–, estaba ensimismado leyendo un libro de cuando estudiaba en la Escuela de Veterinaria de Madrid.

Le señaló un par de butacas que estaban en el lado opuesto, invitándolo a que lo acompañara.

—Tengo entendido –continuó don Matías– que usted tiene que visitar varias fincas de la zona y necesita un medio de transporte. Si me indica las fechas y horarios en las que quiere desplazarse, trataremos de llegar a un acuerdo.

—Yo preferiría ir mañana, a partir de la diez, a una finca que está a la entrada de la aldea de La Lorebuela. Avisé al dueño por carta de que uno de estos días pasaría por allí, pero me puedo amoldar al horario que usted diga. Lo malo de ir a deshoras es que quizás no encontremos a los propietarios. Otro día tendremos que ir a una finca ubicada en Mira, cerca de las Hoces de Mira. Si tuviéramos tiempo, también debo visitar otra que está cerca de Talayuelas. Tengo desde mañana martes hasta el jueves para poder visitar esas fincas. He pensado que bien pudiera ser una visita diaria, digamos que de diez de la mañana hasta las seis de la tarde; ocho horas en total. El viernes por la mañana tomo el tren a Valencia y me gustaría llevarme los contratos conmigo.

—Eso significaría dedicarle tres días enteros. Me parece demasiado, pero por ahora no tengo trabajo a la vista y las visitas las puedo hacer antes de las diez de la mañana o al volver. Si algún día tuviera una urgencia debería acomodarse a mi horario.

—Me parece muy bien. ¿Acordamos el precio? –Roberto echó mano a la cartera.

—No hace falta que me adelante nada –Don Matías le sujetó el brazo–. Tengo entendido que los taxis de Requena cobran alrededor de 60 céntimos el kilómetro o 17 pesetas la hora. Lo que usted diga estará bien.

—Pues si le parece bien, podríamos vernos mañana a las diez y cuarto en la puerta de la casa cuartel. Tengo que presentarme allí para que me devuelvan la documentación y me den el permiso correspondiente.

—Por mí, correcto. ¿Ha pensado dónde comer al mediodía?

—Pues la verdad no se me había ocurrido –contestó, sorprendido de no haber previsto esa circunstancia.

—No se preocupe por eso –el veterinario le ofreció una sonrisa cómplice–, tengo clientes por las zonas que vamos a visitar y en alguna finca nos ofrecerán comida a un precio muy modesto.

Cuando se despidieron, Roberto quedó indeciso. Según le había dicho Justino, don Matías colaboraba con la Guerrilla, pero en ningún momento había insinuado tal cosa. Tal vez la desconfianza era mutua y ninguno de los dos quería dar el primer paso para confiarse al otro. Decidió dejar correr el tiempo y elegir qué actitud tomar durante el viaje del primer día.

✳ ✳ ✳

A las diez de la mañana del día siguiente, Roberto estaba como un clavo a la puerta del cuartel. El guardia de la entrada, el mismo que el día anterior, lo reconoció de inmediato y le pidió que esperara más allá de la valla porque el brigada había tenido que salir para realizar unas diligencias. Se sentó en un banco de piedra desgastado por el tiempo con el objetivo de fumar mientras esperaba. La piedra del asiento estaba tan deteriorada que le llenó las posaderas del pantalón de pequeñas chinas como perdigones pegados a la tela. Se levantó al instante, sacudiéndose las piedrecitas y el polvo, y se quedó de pie para fumar un *Craven* que sacó de la pitillera. Antes de la hora fijada, llegó el veterinario, que aparcó el coche junto a donde se encontraba.

—¿Belarmo le está haciendo esperar? –le preguntó a modo de saludo–. Este hombre se cree que le da empaque retrasarse a la hora en que había quedado con el personal. No se preocupe, no tardará más de un cuarto de hora.

A las diez y cuarto en punto le avisó el guardia de que podía pasar.

—Si no le molesta, voy a acompañarle –comentó don Matías–. El brigada es muy desconfiado con los extraños y ve rojos por todas partes. Sabiendo que lo acompaño muy gustosamente, se quedará más tranquilo –Roberto tiró la colilla del cigarrillo antes de entrar en el edificio–. ¡Ah!, y le recomiendo que invite a Belarmo a uno de esos cigarrillos ingleses. Le entusiasma el tabaco de importación, aunque presuma de que como los *Ideales* no hay un tabaco más de hombre.

El comandante del puesto les recibió en su despacho. Al darse cuenta de que el inglés llegaba con un acompañante, saludó cordialmente al veterinario.

—Don Matías, ¡cuánto bueno por aquí! Espero que me guíe a este señor por las fincas que va a visitar para que no le ocurra ninguna mala incidencia. ¿A dónde se dirigen hoy?

—A la finca Buena Vista, en la Lorebuela, casi en el término municipal de Camporrobles.

—Me he fijado que *mister* Andrew tiene una carta de presentación para el dueño de la finca, don Francisco Baena, pero me temo que estará en Valencia. Los señores de las fincas sólo vienen algunas semanas en verano y durante las fiestas del pueblo.

—Pero usted sabe, mi brigada, que Antonio, el casero, tiene poderes para llegar a acuerdos de compra de víveres, productos para el cultivo e incluso para la venta de las cosechas –aseguró el veterinario–. Cuando he ido a atender los animales de la finca, él mismo me ha abonado la minuta.

—En eso tiene usted razón –contestó impaciente–, pero no se olviden de que al final quien tiene que dar el visto bueno de una operación de exportación es el dueño.

—No se preocupe –le tranquilizó Roberto sacando el paquete de *Craven*–, mi empresa tiene contratado a un prestigioso bufete de abogados de Valencia para hacer todos los trámites legales conforme a las leyes de este país.

Le ofreció un cigarro a Belarmo y otro a don Matías. Ambos lo aceptaron. Mientras se encendía el suyo, el guardia observó al cabo que, mudo, estaba en su rincón.

—¡Lo siento mucho! –se excusó Roberto, ofreciéndole otro, que éste aceptó con una sonrisa.

Mientras fumaban, el comandante del puesto le entregó los salvo-conductos junto con la documentación que le había facilitado el día anterior, dándoles las últimas recomendaciones.

—De aquí a la finca no habrá más de 30 kilómetros, eso tirando por lo alto. Una hora para ir, otra para hablar en la finca y otra para volver, como muy tarde ustedes estarán aquí a las dos y media, ¿no?

—Ya que estamos cerca, me gustaría enseñar las Hoces de Mira al señor Hemsley. Me ha comentado que es un apasionado de la pesca y quiero presumir de esa zona tan espectacular que, a buen seguro, no encontrará en su país.

—Pero eso es subir demasiado hacia la provincia de Cuenca y usted sabe que esa es una zona donde pueden tener cierto peligro.

—¿Peligro de qué? –preguntó Roberto.

—¡Eso no es cosa suya! –contestó muy molesto–. Don Matías no debe llevarle más allá de las fincas que ha de visitar.

—Pero yo es que tengo que visitar una cuadra en el pueblo de Mira y así matamos dos pájaros de un tiro.

—Sólo tienen permiso para visitar la finca Vista Buena. La zona está muy vigilada por fuerzas de este cuerpo, y le pedirán los salvoconductos en cuanto se desplacen un poco más lejos.

—He traído mi parte diario con el registro de esa visita –lo enseñó el veterinario–. Me gustaría que me lo sellara y me sirviera de permiso para circular libremente.

—Si hay algún problema, yo me quedo en la finca y espero la vuelta de don Matías –intervino Roberto.

El brigada Belarmo fue a contestar afirmativamente cuando cayó en la cuenta de que el inglés iba a estar demasiado tiempo a solas.

—Prefiero que vaya con don Matías. Así siempre estará...

—¿Vigilado? –le interrumpió.

El comentario enfureció al guardia civil.

—Ustedes los ingleses tienen un concepto totalmente equivocado de la situación actual en España. No pueden aceptar que somos el único país en el mundo que ha derrotado al comunismo. Ahora, media Europa está bajo el dominio de los soviéticos, y la otra media les tiene un miedo atroz. No, señor, mi obligación no es vigilarlo, la obligación de la Guardia Civil es que no peligre la vida y la hacienda de ningún español, así como tampoco la de los extranjeros que, de buena fe como espero que sea su caso, nos quieran visitar. Usted siempre deberá estar protegido por las fuerzas del orden; por eso quiero que vaya con el señor Amorós. Él conoce el terreno y podrá protegerlo si esa canalla que se esconde en los montes, unos cuantos que hacen más ruido que otra cosa, quiere atentar contra usted.

Belarmo aplastó contra el cenicero el resto del cigarrillo y sacó el paquete de *Ideales*.

—¡Y son una puta mierda estos pitillos para las señoritingas inglesas!

Don Matías se levantó, indicando a Roberto que lo siguiera.

—No se preocupe, mi brigada, que iremos directos a Mina sin pasar por las Hoces de Mina.

—¡Pueden hacer lo que les pase por los cojones!, pero no se olvide de presentarse inmediatamente después de su llegada e informarme de todo lo sucedido. En cuanto a usted –se dirigió a Roberto–, ya puede buscarse otro vehículo para los siguientes días si, por hacer de taxista, don Matías debe desatender su trabajo.

A la salida del cuartel, una vez en el coche camino de la finca, el veterinario le afeó la conducta.

—No se puede hablar así a un guardia civil, hombre de Dios. Va a echar todo al traste.

—¿Me va a prohibir visitar las fincas si tengo autorización del Gobierno civil? No puede hacer eso.

—Pero puede impedir que nos entrevistemos con quien usted ha venido a ver.

—¿A quién?, si pudiera saberse.

—Vale, amigo, dejémonos de fingimientos y descubramos nuestras cartas. Usted ha venido aquí a entrevistarse con nuestros amigos de los montes, y mi obligación es facilitárselo. Por ese motivo, cada día que visitemos las fincas de su listado, quería hacer creer a Belarmo que le enseñaría parte de la sierra. Justino, el jefe del Sector 5º, tiene conocimiento de dónde iremos cada día y contactará con nosotros de la forma que crea más conveniente.

Tomaron la carretera hacia Camporrobles sin ninguna prisa. Don Matías le preguntó si conocía a fondo el cultivo del espliego y la lavanda. Dado que Roberto comentó que había leído muy poco sobre ello, el veterinario le dio una somera clase sobre lo más básico que debería saber.

Lo primero que le explicó es que los costes de producción, tanto a la hora de cultivarlo como de segar las ramas florecidas, son mucho menores que los del cultivo del cereal tradicional, y el beneficio que se obtiene con la extracción del aceite, al final de la partida, puede ser hasta tres veces mayor. Durante todo el año, lo único que necesitan el espliego o la lavanda es mantenerlos libres de malas hierbas y parásitos. Las plantas aguantan perfectamente una década. Lo único malo es que, tras esos diez años, el agricultor debe arrancar la plantación, y tiene que dejar un año o dos la tierra en barbecho.

—Este año se cumplen diez del término de la guerra –interrumpió Roberto–, así que si se plantó por aquel tiempo a lo peor no tienen cosecha.

—Hasta pasados varios años no empezaron a sembrar, no estaba el tiempo para esencias y perfumes.

El veterinario siguió explicándole que antiguamente la gente salía a los montes, a finales de julio, a segar espliego, cuando esta planta estaba en plena floración. Hacían gavillas que trasportaban cerca de algún río o, en su defecto, un arroyo. Tenía que ser un lugar por donde hubiera un mínimo de corriente de caudal de agua. Cuando había suficiente cantidad, se instalaba una caldera de hierro, cuanto más grande mejor, que la gente llamaba la caldera del espliego. En muchas ocasiones la caldera era de la mancomunidad y, bien la utilizaban a la vez varias partidas de segadores, bien iban turnándose las cuadrillas.

La cosecha almacenada en el rio se colocaba sobre un falso fondo y se cerraba el depósito herméticamente. En la parte superior de la caldera existía un orificio por donde salía el tubo llamado 'cuello de cisne', por el que pasaban los vapores para su posterior condensación. La razón por la que se necesitaba colocar las calderas cerca de una corriente de agua era para poder instalar el serpentín que servía para la refrigeración.

—De todos modos, no entiendo el interés de una empresa de renombre como *Floris of London* por un aceite de lavanda que sólo se utiliza para aromatizar jabones.

—No se nos ocurrió otra excusa para visitar esta zona.

—Tendrá que ir con bastante tacto porque, como mucho, se consiguen unos 25 litros de aceite por hectárea, y el dueño de la finca no tiene más de dos hectáreas de ese cultivo, que, si suma las gavillas que le venden otros agricultores, no sobrepasará los 100 litros. ¿Merece la pena tanto viaje para exportar esos 100 litros?

—Si sumamos lo que puedo comprar en todas las fincas que visitemos, podría tener una justificación comercial del viaje; no se olvide que también tengo que visitar otras fincas de esta zona y de la provincia de Castellón para comprar esencias de romero y de manzanilla.

—¡Y para qué quiere una empresa de perfumes esencia de romero? –preguntó, intrigado.

—Eso sí que me lo he aprendido –contestó Roberto–. Sirve para tratar problemas de acné y para eliminar las causas que provocan la caspa. *Floris of London* no sólo se dedica a perfumes, sino también a productos de cuidado de la piel y el cabello.

—No le pregunto por la esencia de manzanilla porque seguro que me sale con otra milonga.

—En la empresa me dijeron que se usa en la fabricación de cremas para eliminar, o al menos aliviar, las irritaciones de la piel.

Cuando llegaron a la finca, aparcaron el coche a la entrada de la casa. Durante el camino desde el acceso a la propiedad hasta la vivienda, don Matías le fue explicando los distintos cultivos que se producían. A lo lejos, en una zona cercana al riachuelo que separaba esa finca de otra, divisaron los campos de espliego.

Como había dicho Belarmo, el propietario no estaba en ese momento, y Antonio, el casero, les atendió. Les propuso hacer una visita a los campos de cultivo. Era un día muy soleado, por lo que fueron andando hasta la plantación. En el camino el casero les explicó que las producciones del año anterior no las habían vendido, por lo que podrían enviárselas inmediatamente, una vez hubieran llegado a un acuerdo sobre el precio.

—Don Francisco Baena me ha indicado que, si llegamos a un acuerdo, puede quedarse con la producción del año pasado y también le podemos reservar la de este verano próximo.

De vuelta a la casa, Roberto entregó a Antonio una copia de los poderes de la empresa y un contrato proforma para la adquisición de 150 litros de aceite del año anterior. En otro documento aparte le indicó que, si el análisis del aceite demostraba una calidad suficiente para su empresa de Londres, le abonaría la cantidad acordada una vez depositados los 150 litros en el consignatario del puerto de Valencia.

—Tengo que llevarme una muestra para analizar el aceite –le dijo para finalizar–. Una empresa de confianza de Valencia lo hará y, a la vista de los resultados, le enviaré el contrato por correo debidamente firmado.

—Don Francisco me indicó que debería firmarse los contratos en su domicilio de la ciudad, en la calle de Cirilo Amorós. El señor tiene allí su despacho, en el entresuelo, y la vivienda, en el primer piso.

—Pues no se hable más –intervino el veterinario–, el señor Hemsley se lleva una muestra y cuando tenga el resultado visitará al señor Baena.

—Necesitaré al menos medio litro.

—Me parece muy bien –contestó Antonio–, serán 18,50 pesetas. Le daré dos frascos de un cuarto de litro.

—¡Son parte del contrato! –exclamó, asombrado, don Matías.

—Ya lo sé, pero órdenes son órdenes. El señor Baena le saca muy poco margen al aceite y me tiene ordenado que cualquier cantidad debe ser abonada. "Hecha una excepción, hechas todas", me dijo en cierta ocasión en la que otra persona se llevó una muestra y no le volvimos a ver la cara. Desde entonces cumplo el mandato a rajatabla.

—Quisiéramos comer camino de Mira –intervino Roberto–. ¿Cuánto nos cobraría por una botella de vino, una hogaza de pan y algo de mezcla para los dos?

—Tengo chorizos y longanizas de la matanza. Con cinco pesetas me conformaría.

Roberto sacó un billete de 25 pesetas.

—Valga esto para pagar los dos frascos y la comida, y lo que sobre para usted.

Antonio les preparó un hatillo y empaquetó con papel de estraza los dos recipientes del aceite, devolviéndole los documentos con la dirección y el teléfono del dueño de la finca.

—Mañana tengo que acompañar a la mujer para ir de compras a Camporrobles y desde allí llamaré a don Francisco para darle cuenta de la reunión que hemos tenido. Tanto con un resultado como con otro, le ruego que le llame.

Tomaron dirección Camporrobles y en la población se desviaron hacia la Cañada de Mira. Don Matías aparcó el coche en un pequeño claro a mitad del camino forestal que llevaba a los Ojos de Moya.

Bajaron y extrajo del hatillo la mitad de la comida, dándosela en una bolsa que sacó del coche.

—Aquí tiene lo necesario para almorzar –le señaló camino adelante–. Si anda durante veinte minutos encontrará un pequeño claro con una mesa y asientos tallados en las rocas por los excursionistas de la zona. Allí esperará a alguien. Mientras hace tiempo puede comer.

—¿Con quién voy a reunirme?

—Si no hay peligro, con algún contacto del Sector 5º; porque ése es el auténtico motivo de esta visita, ¿no?

—¿Y por qué no me acompaña usted?

—Porque cuanto menos sepa mejor. Si me preguntan si ha contactado con alguien no lo sabré, porque si lo hace, nunca me lo contará. Lo que desconozco no puedo confesarlo. Le esperaré hasta dentro de dos horas. Si pasado ese tiempo no ha llegado, es que su reunión ha salido mal y me veré obligado a dejarle. En el cuartel de la Guardia Civil de

Mina le denunciaré en cuanto llegue. Diré que paramos a comer y se escapó.

Notó la cara de estupor de Roberto.

—Si hoy no contactan con usted lo intentarán mañana o pasado mañana, de todas maneras –le advirtió–. Si le denuncio antes de que se den cuenta de su desaparición, no me veré involucrado en ella.

El veterinario le dio la bolsa de comida y extendió la mano para desearle suerte. Roberto subió monte arriba por un camino cada vez más estrecho. Pasados unos trescientos metros comenzaba una senda por la que el coche no hubiera podido transitar.

Casi a la media hora encontró el pequeño claro. Se sentó en una silla tallada sobre la roca y sacó de la bolsa la media hogaza de pan y las cuatro piezas de embutido. Se sonrió cuando comprobó que la botella de vino estaba medio vacía. Don Matías debería haber vaciado la otra mitad en algún recipiente que llevaba en el vehículo.

Tenía hambre y, a pesar de los nervios por la espera, se comió todo en menos de un cuarto de hora. Estaba tomando los últimos tragos de vino cuando escuchó lo que parecían unos pasos por la senda que bajaba. No logró ver a nadie hasta que sonó una voz a su espalda.

—¿Y un señorito como tú nos va a sacar de este lío?

Justino Robles Balaguer, jefe del Sector 5º de Cuenca de la AGLA estaba con un compañero.

—Será mejor que hablemos del asalto al tren pagador –fue lo primero que dijo–. Aunque después me deberás poner al día de lo que se cuece en los mullidos sillones del Comité Central del Partido para desear con tanta gana que la Guerrilla abandone la lucha.

— Capítulo XI. —

El taxi de Atila

A la salida de misa, doña Soledad no tomó el camino de todos los días hacia el mercado, sino que, acompañada como siempre por Brígida, marchó hasta la calle de la Paz para tomar un taxi rumbo a la Gran Vía de Fernando el Católico.

Días atrás había intentado convencer a su marido de que era necesario mantener una entrevista con el capitán Cristino Salamanca para reiniciar definitivamente la búsqueda de su hijo Juan, siempre que pudieran contar con la inestimable ayuda del general Camilo Alonso Vega. "Don Camilo va a visitar en pocas fechas los acuartelamientos de Valencia, y don Cristino podría preparar una entrevista", le razonó la desconsolada madre. Don Eduardo se había opuesto tajantemente aduciendo que era una lamentable pérdida de tiempo después de las pesquisas que se habían realizado diez años atrás. "Si recién terminada la guerra, con el tema en caliente, no se pudo hacer nada, a estas alturas lo mejor que nos podría pasar es que el capitán Salamanca no se molestara en pedir semejante disparate", le aseguró, poniendo punto final a la discusión.

Desobedeciendo el mandato del marido, consiguió acordar una entrevista con el capitán a través de su esposa, doña Teresa, a quien conocía por la pertenencia de ambas a la Asociación de Damas de San Vicente Ferrer y como socias del Altar del *Mocadoret*, en la calle de la Tapinería. Precisamente el lunes anterior, festividad del santo, ambas habían coincidido en la representación del Altar en la plaza Lope de Vega, y doña Soledad la había tanteado para tener una entrevista con su esposo.

Cuando llegaron a la esquina de la Gran Vía con la calle de Ángel Guimerá, mandó parar al taxi y ambas descendieron.

—Vamos al cuartel de Arrancapinos –comentó doña Soledad cogiéndola del brazo–. He quedado con un conocido para intentar averiguar qué ha sido de mi hijo mayor.

Brígida se paró en seco, haciendo que su acompañante casi se cayera en medio de la acera.

—Pero ¿qué te pasa, mujer?

—Usted sabe que no puedo entrar en un cuartel de la Guardia Civil, y mucho menos en ése.

—¿Y por qué?

—Doña Soledad, a veces parece que usted vive en otro mundo. Al terminar la guerra estuve detenida, por lo que tengo antecedentes penales. Al entrar en el cuartel nos pedirán algún tipo de documentación y, más pronto que tarde, sabrán que usted ha permitido la entrada de una persona contraria al Régimen, con lo que eso puede perjudicarla.

—Pero ¡chica!, vengo a ver al capitán Salamanca porque tengo concertada una visita y no nos van a pedir ni la documentación ni nada, seguro.

Brígida siguió plantada sobre la acera. Sabía que a lo mejor la señora tenía razón, que por sus relaciones las dejarían entrar a las dos, pero en el fondo de su corazón sentía un total rechazo por ese lugar. Muchos de sus amigos habían pasado por el cuartel para tomarles declaración, una manera eufemística de llamar a los interrogatorios eternos, los aislamientos de varios días, en las mejores de las ocasiones a pan y agua, las torturas físicas y psicológicas. Todo ello para delatar a compañeros, aunque fueran mentiras con que justificar la detención, juicio y fusilamiento de personas inocentes. En otros casos para confesar crímenes "contra los legítimos poderes del Estado, asumidos por el Ejército a partir de 17 de Julio de 1936 en cumplimiento de su función constitutiva, a partir del cual se desarrolló un alzamiento en armas y una tenaz resistencia al nuevo orden, combatiéndolo con el apoyo y amparo de toda suerte de violencias", como recordaba que le había dicho Evaristo citando una de las sentencias de muerte del tribunal militar.

— Si le explico por qué no quiero entrar en ese lugar, vamos a tener una fea discusión en medio de la calle –dijo Brígida–. Yo la espero en la acera de enfrente, y ninguna de las dos tendrá que renunciar a lo que desea.

— Como tú comprenderás, no voy a entrar sola en un cuartel de hombres –contestó, enojada–, así que vete haciendo a la idea de que tienes que acompañarme, te guste o no.

— En ese recinto han torturado a amigas mías, mujeres que entraron solas a ese cuartel de hombres, que dice usted, y salieron o camino al paredón o lisiadas en cuerpo y alma. Yo podría haber sido una de ellas, por lo que no puedo entrar en ese lugar donde se han cometido, y se cometen, tantas atrocidades.

— Eso está bueno –contestó la señora de forma airada–, los del Frente Popular mataron a muchos de mis conocidos sin juicio previo, paseándolos de noche la mayoría de las veces, por el simple hecho de ir a misa o tener una pequeña o gran fortuna. ¿Y ahora tú me vas a dar clases de moral?

— En la zona republicana también se cometieron atrocidades, ambas zonas se parecían en esas barbaries, no le diré que no. Pero la diferencia reside en que en la zona republicana los crímenes los perpetraron gentes rencorosas y apasionadas, no las autoridades, que siempre trataban de impedirlos. Evaristo lo hizo con muchas personas que se creían amenazadas, entre ellas su marido y usted. Pero, durante la guerra y una vez acabada, fueron y son las autoridades del Movimiento, los policías, la Guardia Civil, sus jueces, los que cometen estas atrocidades. No sólo en el calor de la guerra, sino incluso diez años después de terminada. Ésa es una diferencia sustancial que me impide entrar con usted.

Doña Soledad la cogió de nuevo del brazo para forzarla a que la acompañara, mientras le advirtió que debería hacerlo hasta lo más cerca de la puerta del cuartel, aunque luego la esperara en la acera de enfrente.

Cuando llegaron a la altura del recinto, sin hacer comentario alguno, Brígida se soltó bruscamente del brazo de su señora para cruzar la calle a toda prisa. Doña Soledad se acordó de aquella frase de "como alma que lleva el diablo" y se dijo cuánta razón había en ella. Pensó que la pobre criada tenía a Satanás encerrado en el fondo de su corazón.

El agente que estaba en la puerta hizo pasar con prontitud a doña Soledad. Debería estar avisado porque no la anunció, indicándole que entrara de inmediato el despacho del capitán Salamanca sin previo aviso.

El despacho del oficial era sobrio, sin ningún accesorio personal si exceptuamos una fotografía de su mujer e hijos en su mesa de trabajo. Su esposa, doña Teresa Méndez de Lujan, estaba esperándola. La saludó con efusión, dándole sendos besos en las mejillas.

—Cristino me ha pedido que lo acompañara para recibirte –le dijo–. Ya sabes cómo son estos militares, que siempre piden ayuda para atender a una distinguida señora como tú.

La señora de Salazar sabía que ese motivo era puro pretexto. Por un lado, el guardia civil quería tener el apoyo de Teresa cuando se negara a hacerle el favor que venía a pedir. Además, no estaría bien visto que se quedaran un militar y una señora a solas en una habitación, dada la fama de mujeriego del militar, ya que todos los habitantes del cuartel pondrían su imaginación a trabajar profusamente.

Cristino Salamanca tendría alrededor de treinta y cinco años. Había servido como alférez provisional en la Guerra Civil, como más de veinticinco mil jóvenes, en su mayoría universitarios, que hicieron el curso acelerado para oficiales del ejército sublevado, primero en las escuelas de Burgos o Sevilla, y posteriormente en Granada, Ávila o Dar Riffien, un antiguo cuartel de la Legión cerca de Ceuta. La mayoría de los oficiales y mandos de carrera habían permanecido leales al Gobierno de la República, y los golpistas necesitaban oficiales jóvenes y a favor de la causa, que encontraron en las filas de los falangistas e hijos de burgueses acomodados.

Al terminar la contienda, Cristino Salamanca había conseguido el grado de teniente, y encontró una salida a las malas notas que había obtenido en la carrera de Derecho, antes del 36, reenganchándose en el ejército franquista. A doña Soledad siempre le había parecido una persona simpática y agradable, que se mostraba muy divertido en las reuniones, con una conversación entretenida. Sin embargo, tanto su marido como su hijo, que lo conocía porque coincidieron en diversos actos, le habían advertido que Salamanca había escogido el instituto armado en lugar del ejército tradicional porque vio más posibilidad de ascender a corto plazo.

El capitán siempre supuso que, para imponer el Nuevo Orden, en muchas ocasiones sería necesario hacerlo de forma brutal, tanto contra los desafectos que minaban la credibilidad del Movimiento con propagandas subversivas, como contra los que tuvieran un pasado republicano, aunque aparentemente estuvieran integrados en la sociedad. Pero, sobre todo, no debería darse cuartel a agrupaciones como los maquis o cualquier otro grupo armado. Con ésos no debía tenerse piedad.

Dentro del ámbito castrense, el capitán de la Guardia Civil tenía un olfato asombroso para detectar a los jefes del cuerpo más pusilánimes, los que siempre se mostraban a la defensiva; mandos inseguros que preferían rodearse de personas leales y sumisas, aunque no fueran eficaces. Si a los subordinados era capaz de tratarlos con crueldad, exigiéndoles cometidos arbitrarios con intemperancia, ante los mandos mostraba su cara más amable, halagándolos en cualquier tiempo y lugar para conseguir una promoción rápida, a pesar de la falta evidente de unas habilidades de las que presumía.

Con estos antecedentes, el capitán Salamanca fue ascendiendo rápidamente en el seno del instituto armado debido, sobre todo, a las numerosas muertes y detenciones ejecutadas a guerrilleros, así como a los campesinos que se suponía ayudaban a las partidas de los montes. Era uno de los oficiales con mayor número de bajas en las filas guerrilleras. Cuando le preguntaban por ello, don Cristino solía recordar una frase del dictador Primo de Ribera que, cuando volvió a aplicar, sobre todo en Cataluña, la Ley de Fugas del siglo XIX para combatir el bandolerismo andaluz, justificando el instinto de autodefensa de la policía para buscar medios extralegales, afirmó que "una redada, un traslado, un intento de fuga y unos tiros comenzarán a resolver el problema".

A Brígida, el capitán Salamanca le recordaba, incluso físicamente, pero también por su manera de ser y de actuar, al general Millán Astray. Como el fundador de la Legión, era una persona vocinglera, un putero según propia confesión en la sala de banderas, y un despiadado con todos los que no pensaran como él. Su marido nunca le quitó la razón.

Doña Soledad le explicó al guardia civil la razón de la entrevista. Llevaba el maletín color gris pizarra con iniciales de oro y estaba dispuesta a esparcir sobre la mesa toda la documentación que había acumulado durante más de diez años, cuando el capitán le indicó que primero le resumiera el motivo que la había llevado hasta allí.

—No es por nada, querida señora, pero antes de que me enseñe esos documentos, me gustaría conocer de palabra la historia de la desaparición de su hijo. Teresa me ha adelantado algo, y me interesaría conocerla por boca de usted –miró el reloj–. Tengo una reunión en media hora y he de prepararla adecuadamente.

La apenada madre lo miró con desasosiego. Se temió que la visita iba a ser en vano.

—Don Cristino –casi imploró–, soy una pobre madre que quisiera encontrar, al menos, el cuerpo de su hijo, posiblemente un mártir de nuestra gloriosa cruzada, pues personas como él, desprendidas y con un amor nobilísimo a la patria, han hecho posible que hoy vivamos en paz y prosperidad.

Doña Soledad se dio cuenta de que, inconscientemente, había dado por muerto a su hijo, y una congoja inmensa se adueñó de ella, lo que motivó que elevara el sollozo hasta la altura de la garganta. Paró unos instantes mirando al vacío hasta que pudo reprimir el sofoco, y sacó un pañuelo para intentar ocultar los dos lagrimones que pugnaban por salir.

—Es muy doloroso tener que asumir la posibilidad de que mi hijo esté muerto –continuó–, pero sigo luchando porque tengo la intensa convicción de que está vivo, oculto Dios sabe dónde.

— Pero, amiga –contestó Teresa, intentando evitar que su marido tuviera que comprometerse–, a estas alturas, doce años después de que dejaras de tener noticias de él, ¿qué podemos hacer?

La madre le echó una mirada incómoda. Estaba visto que no deseaban involucrarse lo más mínimo. Quizás el marido y la criada tuvieran razón, y era una tontería intentar lograr algo de esas personas.

— Como le dije a su mujer, la persona que se ofreció a llevarlo hasta la frontera se llama Marcos Ferrer Izquierdo, un militante de la CNT, jefe de la Columna Iberia, de la agrupación de la Federación Anarquista Ibérica, que, después de la guerra, huyó a Argelia y pasó con posterioridad a la zona del protectorado español de Marruecos.

Esperó una reacción de sus interlocutores, pero recibió un manto incomodo de silencio.

— Pues bien –continuó, sacando un escrito del maletín–, en un documento de hace cinco años, justamente el 17 de enero de 1944, don Javier Planas de Tovar escribió a mi marido y, leo textualmente: "según me informó el cónsul de España en Orán, Marcos Ferrer Izquierdo fue asistente del General Camilo Alonso, y por ahí puede que saque algo. Estaba en los primeros días de la liberación en Orán, pero parece que debió escapar de algún campo de concentración y marchó a Casablanca donde estaba en abril de 1941. Puede que hoy ya esté en España, pues se ha perdido completamente su pista en Marruecos".

— Estamos hablando del 41, querida amiga –esta vez intentó apaciguarla el capitán–, han pasado tantos años que a saber dónde estará ahora.

— Es que yo tengo una teoría –por primera vez brotó una pequeña sonrisa de doña Soledad.

El matrimonio quedó, de nuevo, en silencio.

— Ya sé que igual es una tontería, pero pienso que el tal Marcos Ferrer era una persona muy ruin. La prueba es lo que le hizo a mi hijo, aunque no es de extrañar, dados sus antecedentes de rojo. ¡Nada menos que de la CNT!, ¡con la de crímenes que cometieron los de su calaña antes y durante la guerra! Así que pienso yo que seguro que se pasó a la zona aliada cuando los ingleses entraron en el norte de África, y posiblemente se alistó en el ejército francés, como otros tantos comunistas españoles.

—Suponiendo que ocurriera eso, creo que la situación es la misma. Seguimos sin poder conocer dónde se encuentra en estos momentos.

—Perdone, capitán –esta vez doña Soledad quiso que no le interrumpieran– pero, como muchos de esos rojos, hay muchas posibilidades de que, terminada la Guerra Mundial, se alistara en el maquis. Por lo que he leído en la prensa, casi todos los soldados españoles que lucharon contra los alemanes se unieron a los bandoleros de los montes.

—Eso es una suposición sin ninguna prueba, amiga mía. No podemos dedicar esfuerzos con tan pobres argumentos. Por suerte, muchos de esos soldados han vuelto a la vida civil, ya sea en el destierro o solicitando poder volver a la patria, asumiendo sus responsabilidades.

Esta vez Cristino Salamanca sacó pecho.

—Por suerte, los enemigos de la patria van reconociendo que el glorioso alzamiento militar ha triunfado completamente. Lo del maquis sólo son unos cuantos facinerosos que, a buen seguro, vamos a extirpar antes de lo que los masones y los comunistas se creen.

—Pero es posible, ¿no?, que se haya unido. Sé que muchos de ellos han sido arrestados o muertos por la Guardia Civil. Incluso usted me comentó un día que uno de esos antiguos soldados franceses, a quien, aun después de muerto, Francia le había concedido la Medalla de la Guerra, un tal Cristino García Granda, que había sido fusilado por asesinato, había militado en el maquis. Me acuerdo del hecho porque usted hizo una broma con que se llamaba igual que usted.

—¡Hombre!, como ser posible, casi todo es posible, pero no me negará que es una muy endeble suposición como para dedicar medios a ese fin. Piense que tenemos la obligación de destinar a todos los agentes disponibles a erradicar el bandolerismo de nuestra patria.

Doña Soledad había tomado una decisión y no cejaría hasta haberla conseguido.

—Estoy de acuerdo con usted. Pero tengo una solución para eso.

Salamanca la observó con inquietud. Se temió que le iba a pedir un imposible.

—Mi hijo Carlos hizo la guerra como usted, primero como alférez provisional y luego como teniente. Comprendo que su unidad debe ocupar a sus agentes en los quehaceres habituales, pero me pregunto si mi hijo no podría ayudarles en la búsqueda de Marcos Ferrer comprobando las identidades de los arrestados, hablando con ellos, haciendo cualquier cosa que pudiera dar con el paradero de mi Juan.

—Comprenda, señora, que no podemos mezclar personal civil con los agentes de este cuerpo. Sería un contrasentido.

—Sé que en diversas partes de España el Estado ha dado armas y misiones de vigilancia y persecución de los maquis a civiles –miró a Teresa con impaciencia, esperando que la amiga la apoyara en su petición, pero no encontró ninguna complicidad–. Creo que se llama el Somatén Armado, y he sabido que el Caudillo lo reorganizó hace cuatro años para combatir al maquis. ¿Quién mejor que mi hijo, un probado y valeroso militar, para colaborar con ustedes en la búsqueda de su hermano?

Cristino Salamanca miró el reloj. La reunión que tenía en unos minutos no era importante, pero se excusó con ella para recordar a la señora que debía marchar.

—Lo siento, querida amiga, pero, como le he dicho antes, tengo una reunión muy urgente y debo marchar.

Fue hasta la mesa para recoger el tricornio y la carpeta, pero la madre le tomó del brazo con una fuerza inusitada, tan enérgica que casi se suelta de ella con un violento empellón.

—Don Cristino, por caridad, al menos deje que intentemos encontrar a mi hijo. Me han dicho que don Camilo Alonso Vega va a visitar Valencia en próximas fechas. Como hemos comentado antes, el culpable de la desaparición del pobre Juan fue asistente del general. Mi marido tiene relaciones personales con amigos muy próximos de don Camilo, por lo que podríamos tener una entrevista y solicitarle ese favor. Le ruego consienta que mi Carlos colabore con ustedes en la detención de esos terroristas y le dejen interrogar a los detenidos para saber de Marcos Ferrer.

—Creo que no deberíamos involucrar al director general en este asunto –contestó, no sin cierta aprehensión, ya que involucrar al general podría ser muy perjudicial en sus relaciones con el mando–. No se preocupe que veré lo que se puede hacer.

Se lo pensó un momento, procurando salir airoso ante su petición sin tener que implicar al general.

—Haga el favor de decir a su hijo que venga a visitarme e intentaremos hacer todo lo posible para encontrar a ese huido.

Volvió a mostrar el reloj excusándose por la prisa que tenía.

—Quédese con Teresa, que la atenderá como se merece –le besó la mano con urgencia, mostrándole una larga sonrisa–. No se preocupe, que podremos solucionar a su gusto este problema.

A los segundos de marcharse el capitán, doña Soledad recogió los papeles que había puesto en la mesa y los guardó en el maletín. Estaba desavenida con su amiga por no haberla apoyado. Teresa musitó una frase de disculpa, diciéndole que su marido estaba atado de pies y manos en ese tema, puesto que los mandos lo único que querían era la rápida eliminación de los guerrilleros, y le afearían la conducta si perdía el tiempo en la búsqueda de quien participó en la desaparición de Juan.

—No sabes la de broncas que tiene que aguantar cada vez que esos miserables realizan un atentado. Cristino sufre una tensión enorme a causa de su total dedicación a esta misión –se excusó.

Su amiga quedó callada, y un silencio incómodo se instaló entre ambas. Dos besos al aire y unas frases insustanciales de despedida fueron el epílogo de aquella reunión.

Al salir a la calle, tuvo que cruzar la vía dada la tozudez de Brígida negándose a pasar a la acera del cuartel. La doméstica no preguntó el resultado de la reunión, y el ama, ofendida por su falta de interés, caminó en silencio hasta la parada de taxis en la esquina de Fernando el Católico. Le dio la dirección al chófer pidiéndole que la apeara en la esquina de la calle de la Paz con Comedias. Por primera vez le dirigió la palabra.

—Te dejo en la esquina de la Agricultura, que he quedado con mi hermana para ir a ver escaparates, y tú vas a la pescadería –le pasó un billete de 20 pesetas–. Hoy comeremos bullabesa y ya sabes lo que le gusta al señor. La comida que esté preparada a la hora de siempre.

Las dos hermanas habían acordado tomar el aperitivo en el casino para comentar cómo había ido la reunión en el cuartel y marchar luego por la zona del centro a mirar en los escaparates la moda de verano que ya se exponía en los comercios más afamados de la ciudad. La verdad es que no iban a comprar nada, porque a ambas las vestían los modistas más prestigiosos de la burguesía valenciana, pero antes de encargar la ropa de verano preferían tener una idea de lo que se iba a llevar.

El taxista entró por la calle de Comedias, deteniéndose cerca de la travesía con la Paz. Brígida salió por el lado derecho del vehículo, cruzó la calle sin despedirse camino de la pescadería, y la señora se quedó un momento en el interior para pagar la carrera. Mientras esperaba el cambio, echó una mirada a la tienda de El Cubano, en la calle de la Paz. Quería regalarle a su marido por su cumpleaños una de las nuevas estilográficas que tanto le encantaban y recordó que debería pasar por la tienda para elegir la *Montblanc Meisterstück LeGrand* con capuchón de oro que le gustaba tanto. Pensaba, abstraída, en ello cuando otro taxi paró en la puerta de la tienda, ocultándola a la vista. Estaba a punto de recoger el cambio cuando vio a su criado, Evaristo, salir del taxi, despidiéndose con amabilidad del conductor. Era un taxi antiguo, de los de tiempos de la monarquía. Mientras caminaba hacia la entrada del casino, siguió observándolo. No era experta en marcas de vehículos, pero le intrigó el número que lucía en la puerta del automóvil. Era el 111.

Cuando entró en el casino, su hermana estaba esperándola en el vestíbulo, sentada en uno de los sillones.

—La cafetería está ocupada por caballeros –se disculpó– y me ha dado reparo entrar sola allí.

—Casi mejor nos vamos al snack-bar del hotel Lauria. Estamos cerca del centro y podemos luego visitar alguna tienda.

Cuando se vieron el día anterior en la Glorieta, don Idelfonso avisó a Evaristo de que al día siguiente se vería con una persona que, tal vez, supiera cómo localizar a Roberto Elizondo.

—Es un individuo del que tengo entendido pudiera saber de su paradero –se despachó del compromiso de afirmar con certeza su relación con ellos–, pero conocidos interpuestos me han dicho que a lo mejor puede ayudarle.

—¿Dónde nos reuniremos?

—Mañana, a las once en punto, esté en la esquina del Parterre junto a la gasolinera. Le recogerá un taxi y usted le preguntará si se llama Atila. Él le dirá lo que tiene que hacer.

—¿Me indicará dónde está Roberto?

Don Idelfonso no quería involucrarse.

—Don Evaristo, quiero que quede claro que desde ahora yo no tengo conocimiento de este asunto para nada. Usted me pidió un favor y yo he averiguado quién puede hacérselo.

Estaba preocupado por no inmiscuirse en ese asunto.

—Además –continuó–, creo que no deberíamos reunirnos hasta pasados unos meses. Entiéndalo, mi yerno está muy vinculado con el Régimen, y sería desastroso que alguien dedujera que me dedico a labores de apoyo a los desafectos –se lo pensó mejor–. ¡Y mucho menos a esos comunistas de las partidas de bandoleros!

Evaristo iba a contestarle, pero se lo pensó mejor. Le había hecho un favor.

—Usted sabe que la ley de responsabilidad política permite depurar no sólo a aquellos que quieran oponerse al Régimen, sino a los que muestren una pasividad grave al respecto –continuó–. Y me podrían acusar de dicha pasividad porque, no sólo conozco sus intenciones de reunirse con Roberto, vaya usted a saber para qué, sino que tengo indicios suficientes para predecir que será para luchar, quizás con delitos de sangre, contra la legalidad vigente.

—No se preocupe, don Idelfonso, no volveremos a vernos. Durante algunos meses no vendré a pasear por la Glorieta.

—No se preocupe, que yo tampoco vendré. Me sabe muy mal, porque tenía con usted una conversación muy agradable, pero mejor será que no nos vean juntos.

Sin despedirse, dio media vuelta encarando el paso de peatones de la calle de la Paz, en lugar del recorrido que hacía habitualmente. El guardia urbano, con su sahariana y guantes blancos, regulaba la circulación a base de silbatos, subido en el podio y bajo la sombrilla. El municipal se fijó en él y, pese a que en ese momento no pasaba ningún automóvil, le hizo esperar hasta que arrancó de su parada junto a la fuente del Tritón el tranvía número 1 camino de la Malvarrosa. Durante la espera, Evaristo supuso que su conocido se volvería para dedicarle un último adiós, pero no lo hizo.

Al día siguiente llegó el taxi a la hora convenida, aparcando junto a la gasolinera como si fuera a repostar. Evaristo se acercó con cautela junto a la ventanilla del conductor.

— Perdone, pero a lo mejor éste es el taxi que estaba esperando –dijo con cierto reparo–. ¿Se llama usted Atila, por casualidad?

— Atila, el rey de los "hunos" –dijo mostrando una sonrisa de oreja a oreja mientras golpeaba la puerta, donde estaba escrito el número de la licencia.

Se fijó que era el 111 y quiso iniciar el diálogo con una simpleza.

— Perdone, pero Atila era el rey de los hunos, con hache.

— No se preocupe –seguía sonriendo–, será que yo no fui a la escuela como usted.

Vio que el antiguo comisario permanecía remiso a subir.

— Pero ¿sube o no de una vez?

— ¿A dónde vamos a ir? –preguntó, aún reticente.

— El mejor sitio para hablar sin que nadie nos escuche es dentro del taxi, así que suba y le enseñaré los encantos de esta ciudad.

El coche arrancó hacia la avenida de Navarro Reverter para tomar Jacinto Benavente enfilando a su salida la carretera del Saler.

— Si nos preguntaran a dónde vamos les diremos que, a Pinedo, que tiene que reservar en un restaurante una comida para sus señoritos –esto último lo dijo a modo de ironía–. Me han dicho que tiene información que nos podría interesar.

— La tengo, pero sólo se la daré a Roberto Elizondo.

El taxista lo miró con incredulidad.

—Perdone, pero no sé quién es usted.

El Feo se quedó en silencio unos instantes. Le habían dicho que Evaristo Orozco fue una persona comprometida con la República, pero ahora trabajaba en casa de una reconocida persona del Régimen, cuyo hijo se había distinguido en la persecución de todos los sindicalistas antifascistas de la empresa donde trabajaba.

—Disculpe, pero no sé quién es ese tal Roberto –mintió–. A partir de ahora cuantos menos nombres citemos, mejor.

—Creo que esto es un despropósito. Lo mejor sería que volviera donde me ha recogido y lo dejemos para mejor ocasión. Sé que usted se llama Martín Pérez Tortolá –señaló la licencia del taxi–, y usted sabe que yo me llamo Evaristo Orozco. Seguro que ha investigado mis antecedentes. Yo no he podido hacer lo mismo con los suyos, pero supongo quién es y a qué grupo pertenece si don Idelfonso Matías Trisante hizo por concertar una cita entre nosotros dos. Si no quería nombres, ahí tiene unos cuantos.

El Feo lo miraba por el retrovisor sin dejar de vigilar la calzada.

—Es lógico que tenga cierta aprehensión en decirme lo que he venido a buscar –continuó Evaristo–. Trabajo en casa de unos burgueses desde siempre, con un hijo que se levantó en armas contra la República en los primeros días del golpe militar, y otro hijo falangista, de esos que llaman "camisas viejas, que ahora está colaborando con la policía para denunciar a los compañeros de usted en la empresa donde trabaja, y de eso mismo es de lo que quiero hablar con Roberto Elizondo. Así que déjese de pamplinas y consiga que tenga una cita con él.

—Sigo diciéndole que no sé quién es ese señor.

—Pues es una persona a la que han enviado a España para cumplir con lo que le han ordenado desde Toulouse y al que vi hace unos días en la calle Samaniego, cuando yo salía de la Jefatura de Policía.

—¿Y qué hacía usted en la Jefatura?

—Por supuesto, no delatar a nadie. Carlos Salazar tiene varios asuntos pendientes con la policía, tales como prostitución, drogas y cierta desafección al Régimen porque cree que ha traicionado los principios de la Falange. Un inspector, hijo de un comisario compañero mío durante la Monarquía y al principio de la República, me hizo el favor de concederme una entrevista con su hijo, que actualmente es inspector. La reunión la tuvimos a petición del padre de Carlos en un intento de eliminar estas diligencias. Pero, por lo visto, el inspector le tenía ganas y me mandó decirle que debería presentarse el propio Carlos en persona. A la salida me crucé con Roberto, pero no era lugar para saludarnos.

El Feo tardó unos minutos en asimilar toda la información. Habían llegado al Camino de las Moreras y buscó un lugar donde dar la vuelta.

—Sé que puede temer la posibilidad de que yo sea un confidente –continuó, a la vista de su silencio–, pero, dada la ideología de la familia de don Idelfonso, yo podría tener el mismo presentimiento. Sólo quiero hablar con ese amigo que dice no conocer para prevenirle de varias acciones contra los sindicatos clandestinos y la Guerrilla de los que me he enterado por mi señorito Carlos, como usted dice.

Se mantuvieron en silencio hasta llegar al Azud de Oro para tomar el camino junto al río y enfilar la entrada de Valencia. El Feo no era persona muy juiciosa, él mismo lo reconocía. Por un lado, se temía que el acompañante tuviera información muy útil, por lo que, unido a su conocida amistad con Roberto, éste se enfadaría muchísimo si no le avisaba de su ofrecimiento. Pero, por otro lado, si fuera un delator, todos los compañeros serían arrestados, cuando no asesinados. Al final tomo una decisión.

—Vamos a hacer una cosa –dijo mientras entraban en la ciudad–. Usted haga su vida normal. Sabemos que por las mañanas va al puesto de prensa de la Glorieta para comprar el periódico. Posiblemente, en ese camino algún día pueda tener noticias nuestras –observó por el retrovisor la cara de fastidio de Evaristo–. Es todo lo que puedo hacer –se excusó–. Lo siento mucho.

Lo llevó hasta la calle de la Paz, a pesar de los reproches del pasajero para que lo dejara donde lo había recogido.

—Sé que vive usted en la calle del Mar, cerca de la plaza de los Patos –dijo cuando el otro protestaba–. Déjeme que le acerque por lo menos hasta el cruce con la calle de las Comedias.

Paró el taxi a la puerta de El Cubano. Cuando se apeó y el Feo tomaba dirección hacia la plaza de la Reina, Evaristo observó que doña

Soledad le prestaba atención desde la entrada de Agricultura, a la vez que Brígida accedía a la pescadería de la calle de Comedias.

★ ★ ★

A la hora de la comida, mientras el mayordomo servía la sopera con la bullabesa, la señora de la casa comentó con el marido y el hijo que esa misma mañana había visto bajar de un taxi a Evaristo.

—Luego te quejas –le dijo Carlos–, pero bien que usas los disfrutes de los burgueses. ¿Se puede saber dónde has ido para necesitar coger el taxi?

—Ha muerto un compañero de la comisaría donde trabajé a principios de los 30 y el velatorio era en su casa de Nazaret –se excusó–. Al ir he usado el tranvía, pero se me ha hecho tarde y, para poder estar en mis obligaciones de esta casa he tenido que coger un taxi. Con lo que cuesta, me he quedado a dos velas, pero tenía que cumplir con los hijos y la viuda del compañero.

—No sé por qué lo recuerdo vivamente –añadió doña Soledad–, pero me ha hecho gracia el número de la matrícula: era el ciento once. Todo unos.

—Pues sí que era viejo –se burló el hijo–. Ahora el número de matrícula es mucho mayor.

—Sí que era un taxi muy antiguo, pero no me refería a eso. Era el número del taxi.

—El número de la licencia –don Eduardo se impacientó con esa cháchara–, querrás decir.

—Eso, como se diga.

Evaristo se fijó en la mirada socarrona de Carlos. Anduvo preocupado el resto del día porque el chivato de la policía supiera el número de la licencia del taxi.

— Capítulo XII. —

Ninguna derrota
será la última

Florián Ibañez Vidosa, alias Cubano, sería el encargado de planificar la estrategia y la consecución de los suministros necesarios para el asalto al tren pagador, según le informó el jefe del Sector 5º a Roberto. Una vez hechas las presentaciones en el punto de reunión que previamente habían acordado con el veterinario, Cubano sacó de la mochila queso, un trozo de panceta y media hogaza de pan.

—Veo que ya has comido –Justino, el jefe del Sector 5º, señaló las sobras de la comida y la botella de vino vacía–. La próxima vez que quedes con nosotros o traes vino para todos o no lo traigas.

—En la finca donde entramos ayer únicamente pudimos agenciarnos un par de litros, pero con tantos como somos en la partida sólo nos tocó a un vaso por la noche –se quejó el compañero.

Roberto expuso a los otros dos los acuerdos que habían tomado en la reunión en Valencia de días atrás. Únicamente los temas que les concernían, ya que los asaltos a la estación eléctrica y al cuartel de Arrancapinos aún no estaban decididos, a falta de que le presentaran el plan de acción, y caso de realizarse bien pudiera ser que no se contara con los guerrilleros del Sector 5º.

—Creo que el asalto al tren pagador sería una muy buena propaganda, además de que no nos vendría nada mal contar con esas 700.000 pesetas. Todos los trabajadores que se quedaran sin la paga serían una magnífica caja de difusión para que el pueblo sepa que la Guerrilla está más operativa que nunca.

—Pero les joderíamos el sueldo de un mes –expuso con enojo Cubano.

—Sólo será durante unos pocos días, una semana a lo sumo. La RENFE tendrá un seguro que pagará lo robado.

—Como nos dijisteis, hemos estudiado esa posibilidad sobre el terreno en la estación de Mira –terció Justino, queriendo cerrar la discusión–. Parece factible.

Sacó un mapa y lo extendió sobre el suelo, colocando cuatro piedras sobre los vértices para que no se volara.

—La noche anterior dormiremos en los montes que hay entre Talayuelas y Garaballa, muy cerca de aquí –señaló los dos pueblos en el mapa–. Al amanecer, uno de nosotros se apostará en la carretera que va desde Mira hasta la estación en un taxi de ocho plazas que la noche anterior Cubano habrá robado en algún municipio lejano. Piensa que hay seis kilómetros de distancia y ya tenemos elegido el lugar donde el conductor fingirá una avería, lo suficientemente lejos del edificio de la estación para que no se acerque desde él ningún curioso, pero correctamente situado para que pueda observarse el tren cinco minutos antes de su llegada. Desde el lugar elegido se divisa un pequeño valle por donde pasa la vía durante varios kilómetros. Otro de los nuestros me acompañará dentro del local para simular que somos unos viajeros camino de Cuenca. Yo me quedaré en la planta baja, y el compañero subirá con cualquier excusa hasta el primer piso. Nos hemos enterado de que siempre está vacío, pero no quiero sorpresas de última hora. Otros cuatro de la Guerrilla se mezclarán entre los obreros que esperan la paga. Los otros trabajadores no se extrañarán por su presencia porque vienen personas de pequeñas obras de mantenimiento de la vía desde distintos lugares. Dos estarán en medio del personal y otros dos se apostarán en el andén cerca de los edificios anexos, por si hubiera alguien en su interior y en ese caso poder desactivarlos. Piensa que la estación, además de las dos plantas, tiene otro pabellón para los retretes y un pequeño taller de electricidad y las reparaciones más elementales. También estarán encargados de desactivar posibles elementos que pudieran encontrarse allí.

Justino Robles Balaguer tenía el grado de capitán cuando defendió la línea *XYZ*, que protegía la ciudad de Valencia con una serie de fortificaciones que iban desde la costa, en Almenara, hasta la sierra de Javalambre, pasando por El Toro, cuando el ejército franquista inició la ofensiva de Levante en 1938. Pertenecía al estado mayor que el general Matallana había emplazado en Algimia de Almonacid para contener el ataque de los rebeldes, una vez conquistado Castellón en junio de aquel año.

Justino, al mando de una batería de artillería en el frente de Jérica a Segorbe, se hizo célebre entre sus superiores republicanos cuando encontró una estratagema para salvaguardar la batería a sus órdenes de la aviación italiana que atacaba diariamente las posiciones republicanas. En la vanguardia sublevada se contaba con la 3ª y la 81 Divisiones del Cuerpo del Ejército de Navarra, mientras en el centro de la línea de ataque quedaba la 152 División Marroquí.

La defensa republicana en ese frente estaba compuesta por la 3ª Brigada Mixta de Carabineros, los famosos 100.000 hijos de Negrín, y el XXI Cuerpo del Ejército, que se habían atrincherado en el valle de Almonacid.

Para el hostigamiento a las tropas sublevadas, el XXI Cuerpo del Ejército disponía de algo más de una docena de cañones estadounidenses sin retroceso modelo M40, montados sobre camionetas Dodge, con un calibre de 106 milímetros. Como aún mantenían en su poder algunos tramos de la línea del ferrocarril de Zaragoza a Valencia, al objeto de que los franquistas no recibieran apoyo a través de esa ruta, Justino mandó bajar los cañones de las camionetas y los situó en vagones plataforma. Desde allí, posicionándolos cerca de los túneles de la vía férrea, asediaron sin descanso a la vanguardia enemiga, infringiéndole numerosas bajas. A la vista de su efecto disuasorio, los mandos nacionales solicitaron la ayuda de la *Regia Aeronáutica* italiana, que con sus bombarderos Savoia-Marchetti S.79, "Sparviere", llegados desde sus bases en Mallorca y libres de las amenazas de los Polikarpovs soviéticos después de la batalla del Ebro, tiraban hasta 1.250 kilogramos de bombas cada uno de ellos. Pero cuando las alarmas alertaban de la llegada de los bombarderos, los cañones eran escondidos en los túneles cercanos, con lo que conseguían que permanecieran intactos tras la operación aérea. La moral de las tropas subía en la misma medida que bajaba la de los franquistas cuando los cañones reemprendían el castigo una vez se iban los aviones de *Aviazione Legionaria delle Baleari*.

En el grupo de guerrilleros eran famosos los planes diseñados por Justino para la lucha, en los que insistía a los compañeros hasta la saciedad durante los días antes de entrar en acción, explicándoles concienzudamente la estrategia de cada acción, en aquellos casos en que se conocía de antemano, sin dejar nada al azar. "Nuestra obligación es volver a intentarlo una vez, dos veces, cientos de veces, pero para ello es necesario que todos salgamos vivos de cada enfrentamiento con la Guardia Civil", solía decir cuando presentaba un plan a seguir antes de realizar cualquier operación. Siempre terminaba la reunión recordando que "no debemos morir, ni siquiera uno, en este enfrentamiento. Nuestra ventaja militar es que todos nosotros estamos dispuestos a morir por nuestra causa, no por defender el ideal de la República, sino para convertirla en realidad, y eso nos hace necesarios para continuar la lucha armada hasta conseguirlo".

Esa disciplina militar se hacía patente en la exposición que le estaba haciendo a Roberto.

—Cuando llegue el convoy, el del taxi aparcará junto al edificio con el motor en marcha, y los dos que estén mezclados con los obreros entrarán de los primeros para desarmar a los guardias civiles. A una llamada convenida de los del vagón, los situados en las taquillas entraremos a por el dinero, reduciendo a los obreros que pudieran rebelarse. Con las sacas del dinero en el taxi, encerraremos en las oficinas a los guardias civiles, a los empleados de la estación y al resto del personal, informando a todos ellos del motivo de nuestra lucha. Les recordaremos que somos la vanguardia del pueblo español oprimido por el fascismo y que nuestro objetivo final es el de restablecer una sociedad donde impere la justicia social.

Roberto había seguido el relato de Justino con especial interés. Además del lucro económico que significarían las 700.000 pesetas, el enlace entre el Comité Central y los guerrilleros esperaba que el éxito de esa acción supusiera un enérgico apoyo popular a la lucha armada.

Durante su última estancia, tanto en Moscú como en Toulouse, había notado cómo iban ganando fuerza quienes proponían un cese de las acciones violentas de los grupos echados al monte. Aunque Roberto no había entendido la intransigencia de Carrillo, negándose a abandonar la lucha armada después de la reunión que los dirigentes habían sostenido con Stalin, ahora entendía un poco más esa postura al constatar la vehemencia con que el jefe del Sector 5º planeaba el asalto al tren pagador, conmoviéndole su interés por transmitir a los propios trabajadores a los que desposeerían de sus nóminas la justificación política del asalto.

Eso le hacía reflexionar sobre el hecho de que Justino aún creía en las posibilidades de un levantamiento de las masas populares contra la dictadura. Recordó que, un año atrás, tras tomar un pueblo de la Serranía de Cuenca una madrugada, congregaron en la Plaza Mayor a todos los habitantes, incluidos los cuatro guardias civiles, una vez desarmados, y sus respectivas familias. El propio Justino subió al balcón del ayuntamiento, arrió la bandera franquista e izó la republicana. Acto seguido, mandó poner en la puerta del concejo la mesa y sillones del salón de plenos, e hizo sentarse al alcalde y los concejales. Terminada la sesión, el secretario levantó acta en el diario de sesiones de "la liberación del pueblo por las tropas de la República". Una vez concluido el acto, durante más de una hora los guerrilleros dieron un mitin a los habitantes del pueblo, encomiándoles a que hicieran una resistencia pasiva a las autoridades de la dictadura, animándolos a "aunar y coordinar los esfuerzos valerosos realizados por miles y miles de patriotas a todo lo largo del país, para dar más eficacia, alcance y amplitud a nuestra lucha, que sólo puede terminar con la derrota del franquismo y la victoria de la República".

Requisaron todas las armas a una partida del somatén bastante numerosa que tenía su sede en el pueblo, y les conminaron a sublevarse contra "vuestros mandos militares que, jugando con vuestras vidas os envían a luchar contra los guerrilleros junto a la odiosa Guardia Civil" y, para sosegar a los allí reunidos, les dijo que "jamás las armas de los guerrilleros dispararán contra vosotros al consideraros hermanos nuestros, pero vuestro deber es entregarnos las armas o disparar al corazón de los oficiales y de la Guardia Civil que ha asesinado a 2.000.000 de españoles".

—Espero que deis la aprobación al plan –dijo el guerrillero, sacando a Roberto de su ensimismamiento.

—Me parece que lo habéis planeado con todo detalle, pero me interesaría que tuvierais una propuesta alternativa por si se produjera un fallo en vuestro plan.

—¿Qué tipo de fallo?

—Que llegue antes el tren, por ejemplo. O que se retrase tanto que coincida en la estación con otro convoy. O que los guardias civiles del interior del vagón vayan prevenidos y tengan las armas en posición de disparar en cuanto entren al coche los nuestros. Pueden ocurrir muchas variables.

—Yo estaré en primera línea y tomaré la decisión final –contestó Justino, malhumorado–. Todos los compañeros saben que hay un peligro real en cada acción. Procuro que seamos aguerridos pero prudentes.

—Ojalá –dijo Roberto, no queriendo alargar la discusión.

Se quedaron en un silencio incómodo. Roberto miró el reloj. Había pasado una hora desde que abandonó la compañía del veterinario, y se hacía necesario volver junto a él. Deberían visitar esa tarde otras fincas para no despertar las sospechas del brigada Belarmo, y era peligroso dejar a solas tanto tiempo a don Matías, no fuera a cruzarse con algún paisano y éste pudiera comentar luego que lo encontró sin su compañía. Pero antes deberían resolver la segunda de las misiones que lo había llevado hasta allí.

—Como sabrás, desde Toulouse me han asignado otra misión. El Comité Central ha decidido facilitar a los distintos sectores de la Guerrilla la huida hacia Francia.

—¿Me estás diciendo que debemos fracasar por tercera vez? –gritó con desmesura–. Primero perdimos la guerra contra los fascistas por culpa, sobre todo, de los anarquistas y los poumistas, que se levantaron contra los representantes mayoritarios de la República, en lugar de luchar contra el ejército de Franco.

—¿No me digas que ahora resulta que Franco no tenía la mejor parte del ejército ni que tuvo el apoyo de alemanes e italianos?

—Eso es una falacia de tus amigos que comen de caliente todos los días en Moscú o en París y duermen en cómodas camas en casas elegantes –contestó a gritos–. En el primer año y medio de la guerra, la superioridad del ejercito sublevado no era tal, pero la ceguera del propio Gobierno de Madrid y las luchas internas, dentro de la propia República, de facciones hostiles entre sí hicieron que lo que podía haber sido un fracaso de los golpistas durante los primeros meses de la guerra se convirtiera en una derrota sin paliativos.

Calló con la misma brusquedad con que había comenzado la perorata. Roberto pensó que quizá Justino había recordado que él venía en nombre del Comité Central y lo que acababa de decir sería calificado de revisionista, con las consiguientes consecuencias para él. Pero, pasados unos segundos de silencio, comprobó que no era así. El guerrillero seguía en sus trece.

—La segunda derrota nos llegó el mismo día en que los alemanes firmaron la capitulación ante los aliados. Todos esperábamos que el régimen de Madrid, que había colaborado con los nazis después de que éstos le ayudaran de manera concluyente en la sublevación militar, sería destituido por las tropas aliadas, bien a través de la fuerza o con presiones políticas, forzando la derrota de Franco y sus secuaces.

—Pero, de todos modos, se intentó en el 46 –comentó Roberto.

—Una cabronada de los estalinistas –repuso Justino a voz en grito–. Los aliados no ayudaron ni con armas ni con dinero ni mucho menos con tropas a la invasión por el valle de Arán. Ésa fue una idea de locos para intentar demostrar a la opinión internacional que el PCE tenía fuerza suficiente para desestabilizar a las democracias europeas occidentales. Todos sabíais que estaba condenada al fracaso.

Volvió a esperar una contestación por parte de Roberto, pero éste permaneció callado.

—Y ahora queréis que nos vayamos con el rabo entre las piernas, una vez más, derrotados por tercera vez.

—No sería de inmediato –intentó justificarse–. Las Guerrillas afines al Partido Socialista se han marchado escalonadamente del norte hacia Francia. Nosotros haríamos lo mismo, a lo largo de dos o tres años.

—En lugar de una huida desenfrenada, una agonía de tres años, ¿eso es lo que nos tenéis preparado?

—Va siendo hora de que seas más razonable –se mostró descortés–. Esta decisión no se ha tomado a la ligera, sino tras estudiar muchas estrategias con vistas a derrotar la dictadura. La decisión no es individual, tuya o mía, sino del Partido, y se ha creído más conveniente una política a medio plazo, introduciendo elementos revolucionarios en las organizaciones franquistas, que una a corto plazo como es el movimiento guerrillero.

—¿Lo ha decidido el Partido o el camarada Stalin? –preguntó con sarcasmo–. Tengo entendido que eso fue lo que mandó hacer en una reunión con el Comité Central a finales del año pasado.

—¿Qué sabrás? –inquirió, intentando no contestar a la pregunta–. El PCUS es un aliado fiel de la República y nunca interferiría en las decisiones del PCE. Pero, como amigo que es, son bienvenidas todas sus apreciaciones.

—Eso que has dicho y nada es lo mismo. Te hago una pregunta directa: la decisión de abandonar a su suerte a la Guerrilla, ¿la propuso Stalin o no?

Cubano observaba al uno y al otro con asombro. Estaba totalmente de acuerdo con el jefe del Sector 5º, no en balde en muchas ocasiones habían comentado la utilidad de la lucha guerrillera, pero estaba sorprendido ante la contundencia con que había presentado sus ideas el representante del Partido.

—Tú, mejor que nadie, sabes que las fuerzas represivas cada vez están mejor equipadas y han multiplicado el número de guardias civiles, por lo menos, por cuatro –alegó Roberto–. Además, la puta Ley de Fugas, que vienen aplicando tanto en las acciones contra los guerrilleros como asesinando a los enlaces y a quien entienden colaboradores activos o pasivos del movimiento guerrillero, ha significado una masacre difícil de soportar. Demasiados muertos por una causa que no tiene salida.

—El pueblo está con nosotros.

—Hay una parte muy importante de eso que tú llamas el pueblo que no lo está. La población se siente agotada, y los miserables confidentes que se infiltran en nuestras partidas y en las redes de apoyo tienen por objetivo, además de delatar a la Guardia Civil los golpes que se planean, debilitar la moral de los compañeros y de las personas que pudieran apoyar nuestra causa.

Justino enmudeció, mientras Cubano sentía que la desdicha se cernía sobre ellos. Roberto lo interpretó como un primer signo de capitulación y quiso insistir antes de que pudiera rehacerse.

—Te vuelvo a decir que el Comité Central nunca os abandonará –continuó–. Durante un periodo de tiempo de dos o tres años deberá seguir la lucha armada para demostrar a las democracias occidentales que el régimen franquista atenta contra los más elementales principios que ellos mismos defienden. Si en los juicios de Núremberg se ha apelado a los crímenes contra la humanidad que realizaron los nazis, con más motivos deberán enfrentarse a un gobierno ilegítimo que usa la Ley de Fugas de manera indiscriminada y que ha secuestrado todos los derechos y libertades que ellos mismos pregonan.

Esperó que Justino lo interpelara, pero éste seguía mudo.

—Va a ser difícil –continuó en vista de que el otro seguía callado–, dada la situación actual con dos bandos enfrentados en toda Europa, aunque intentaremos demostrar en los foros internacionales que no se debe permitir la continuidad de este régimen. Pero si permanecemos en estas circunstancias –por primera vez en la conversación usó el "nosotros" para demostrar el compromiso del Partido con ellos– al final sólo lucharemos por la comida y por sobrevivir como animales en el monte. No creo que ése sea el horizonte que deseáis, ¿no?

—Ese horizonte nos los habéis impuesto vosotros mismos desde la dirección del PCE –contestó, al fin, Justino–. Nos habéis obligado a definir objetivos, modificar nuestras estrategias, enfrentarnos con otros grupos de guerrilleros anarquistas acusados de desviacionistas y de colaborar con sus estrategias con las fuerzas represoras, incluso a matar a nuestros propios compañeros acusados de traición por ser posibles confidentes de la Guardia Civil. ¡Únicamente por suponer que lo eran!

—¡Eso no es cierto!

—¿Cómo qué no? La dirección del PCE en sus instrucciones nos alertaba contra los desertores y se nos pedía que actuáramos con mano dura contra ellos. ¿Cómo teníamos que interpretar lo de la mano dura? No encuentro otra respuesta que no sea la de eliminarlos físicamente. Y las consecuencias no se hicieron esperar: todo aquel que se sintió aludido con su lectura creyó oportuno abandonar la lucha armada y desertar antes de caer ante los ojos de algunos de los responsables del AGLA. Ahora, con una visión a posteriori, no se lo reprocho.

—Eso es imposible –insistió Roberto–, el Comité Central no acusaría a ningún compañero del que no estuviera fehacientemente comprobada su deserción.

—Eso se lo dices a Emilio Azuara, a Manuel Millán, a Aurelio Estébanez y a Modesto Plou, quienes, hace año y medio, camino de la frontera para desertar de la lucha armada en vista de que los compañeros opinaban que eran posibles confidentes, prefirieron presentarse a la Guardia Civil. No delataron a ningún compañero, por lo que fueron encarcelados y condenados a 30 años de reclusión. Los tienes en San Miguel de los Reyes para que te lo confirmen.

—En una lucha tan larga como la nuestra.

—Será la mía; tú te dedicas a decirnos qué debemos hacer y te vas a la comodidad de la retaguardia, amigo.

Roberto dio un respingo. Se sintió acusado y elevó la voz tanto como lo estaba haciendo el guerrillero.

—Que sepas que cuando me ha tocado he luchado como el más bravo de cualquiera de vosotros. Luché en la guerra de España, en la "Colina del suicidio" contra las fuerzas fascistas en número muy superior a las nuestras y con mejor armamento, lo hice contra los nazis en la Ofensiva del Vístula-Óder, y lo haría ahora junto a vosotros si fuera necesario.

—No te esfuerces, compañero –Justino pensó que igual se había extralimitado–. El problema no es de las personas como individuos, sino de la estrategia del Buró Político, que envían a contactar con la resistencia armada a gentes que, como tú, desconocen absolutamente la situación de la España franquista. No es lo mismo la percepción que se tiene de la situación desde los despachos de Moscú o París que sobre el propio terreno.

—Pero nosotros os hemos conseguido multicopista con que editar Mundo Obrero, cámara de fotos, emisora y radio con la que contactar y escuchar las emisiones de Radio Pirenaica, materiales teóricos, informes de los sectores, guiones de las reuniones, sellos de la Agrupación, armamento y 250.000 pesetas para abonar a cada guerrillero la asignación prometida de 500 pesetas, también para potenciar la labor política y dejar de abastecernos con las requisas de alimentos que se hacen a los habitantes de los pueblos, pues todos sabemos que esas medidas refuerzan la impopularidad de la Guerrilla.

Roberto miró el reloj, tenía poco menos de media hora para volver donde don Matías.

—Perdona, pero seguiremos esta conversación otro día. Tengo que marchar porque mi enlace me espera en veinte minutos y si no llego tendrá que dar parte en el cuartelillo de mi desaparición.

—De acuerdo, pero déjame que te diga una última cosa. Si seguís con esa táctica, muchos de los compañeros desertarán, y los que quedemos no tendremos otra solución que luchar por nuestra supervivencia antes de seguir con los objetivos políticos que nos marcamos al iniciar esta lucha. Vuestra será la responsabilidad.

—Nuestra responsabilidad es la de cumplir las órdenes emanadas por el Buró Político –contestó, ya nervioso por la urgencia de regresar junto al veterinario y la obcecación del jefe del Sector 5º.

—Pues le dices a los mandamases del Partido que ellos son los que provocarán nuestra cuarta derrota en diez años.

—¿No hemos quedado que eran tres? –contestó con sarcasmo.

—Por lo visto, desde el uno de abril del 39 ninguna derrota fue la última. Pero la cuarta será la definitiva. Ocurrirá el día que caigamos bajo el fuego de la Guardia Civil. Ese día, el Buró Político sacará un comunicado alabando la lucha de los mártires del franquismo, como hacéis cada vez que un compañero cae en una acción, por la espalda cuando aplican la Ley de Fugas o en la tapia de un cementerio frente a un pelotón de fusilamiento. Seremos unos cadáveres útiles, pero tanto tú como tus jefes sabréis que, si nos han asesinado las fuerzas fascistas, vosotros habéis sido los encargados de llevarnos al matadero.

Roberto desistió de seguir discutiendo.

—Nos veremos el día del asalto al tren pagador.

—Prefiero que no. Ya nos has demostrado que eres capaz de luchar junto a nosotros, pero prefiero hacerlo a solas con mi partida. No nos conocemos lo suficiente como para sortear con éxito los posibles contratiempos. Uno nuevo dentro del grupo no haría otra cosa que desestabilizarnos. De todos modos, una vez hecho, tendréis noticias nuestras.

—Buena suerte –les deseó.

—Siempre nos hace falta.

A pesar de las diferencias mostradas, se fundieron en un abrazo.

—Pensamos en estrategias diferentes –dijo Roberto–, pero nunca debemos olvidar que tenemos un enemigo común.

—¡Viva la República! –contestó Justino.

Tenía poco tiempo para llegar hasta don Matías y Roberto marchó a toda prisa a su encuentro. Por suerte, el camino era cuesta abajo y tardó bastante menos que en el viaje de ida. De todos modos, cuando llegó junto a él, Roberto miró el reloj: pasaban cinco minutos de las dos horas fijadas, y el veterinario ya tenía todo preparado para la marcha.

—Ha llegado usted tarde –se quejó.

—Pero he llegado a tiempo, por suerte. Nos hemos entretenido más de la cuenta.

Esa tarde visitaron la finca que quedaba a la entrada del pueblo de Mira, junto al río de los Ojos de Moya. Casualmente, también tenían excedentes del año anterior de aceite de espliego, y Roberto se llevó otras muestras para hacer el posterior pedido. Por supuesto, pagando las muestras. Eran tiempos de escasez.

Llegaron al cuartel de la Guardia Civil justo antes de que se pusiera el sol. En ese momento se arriaba la bandera, y un pequeño pelotón de seis números al mando del brigada presentaba honores.

Belarmo comprobó que el veterinario permanecía en posición de firmes y el inglés, también firme, se llevaba la palma de la mano al pecho. Don Matías sonrió para sus adentros al ver la confusión de Roberto, que había confundido el saludo civil de un inglés con el de un estadounidense.

Capítulo XIII

La unión de muchachas de la escuela Lina Odena

Aquel sábado, víspera de la festividad de la "Virgen de los Inocentes, Mártires y Desamparados", como le gustaba recordar a quien quisiera escucharla, doña Soledad asistió a las 8 de la tarde, como era su costumbre, a la *Salve Solemnísima* en la basílica de la ciudad. Durante los últimos años, siempre había asistido a esta celebración para solicitar fervorosamente a la *Cheperudeta* su intercesión por Juan, el hijo desaparecido.

Aquel 1949, después de los últimos acontecimientos, a la súplica anual de encontrar con vida a su hijo, había añadido la coletilla de "y si le hubiese ocurrido una desgracia, al menos que se le encuentre para poder enterrarlo junto a sus familiares". Ella misma se desconcertó cuando comprendió que había aceptado la posibilidad de que le hubiese ocurrido "una desgracia", aunque su subconsciente se negaba en redondo a usar la palabra "muerte".

Esa tarde, antes de asistir a la Salve, había visitado a unos parientes lejanos, los señores de Rodriguez Landa, en su casona de la calle de Caballeros. Maruchi Landa, su familiar y amiga desde tiempos en el colegio del Loreto, invitaba a los más selectos conocidos, entre los que se encontraba la familia Salazar Pérez-Collado, a presenciar desde sus balcones la procesión del día siguiente. Soledad tenía por costumbre llevar para el evento unas frivolidades dulces y otras saladas de la pastelería Lerma de la calle de la Paz y un capazo de pétalos de rosa encargados a la floristería *Estellés* de la calle Muñoz Degrain. Lo había hecho ayudada por Evaristo, que hizo las labores de mandadero y de chófer. A esa velada la acompañó su hijo Carlos.

—Me alegra mucho que me acompañes esta tarde –le había dicho a Carlos, camino de la casa de los Rodriguez Landa–. Seguramente también estará su hija Hortensia, que, como sabe todo el mundo que tenga dos dedos de frente, bebe los vientos por ti.

—¡Pero mamá, no digas ridiculeces! Una viuda de guerra y con dos hijos pequeños no está pensando en esas cosas.

El hijo hizo un gesto de reprobación señalando el asiento del conductor en el que iba al volante Evaristo.

—Los hijos no son ya tan pequeños, la menor ya tiene doce años, los tiene casi criados y la mujer, que aún es muy joven, dos años menos que tú, tiene que pensar en su futuro –contestó la madre, con el mismo tono de voz y sin hacer caso a la recomendación de su hijo.

—Te pido, por favor, que no hagas de casamentera. A estas alturas sólo me faltaría encontrarme con una esposa y dos hijos ya crecidos.

—Pero me haría muy feliz eso de emparentar con mi mejor amiga. ¡Y no te digo lo feliz que sería Maruchi!

—¿Tú quieres que me case o ser la consuegra de tu amiga?

—Pues, ya que lo dices, mitad y mitad. Pero, bromas aparte, Hortensia es una chica joven, treinta y un años, guapa, gentil y, por si no te acuerdas –le hizo un guiño–, su padre tiene una considerable fortuna, con muchos intereses comunes con tu padre. Además, ¡es hija única!

—No sé si me estás hablando de la posibilidad de contraer matrimonio o de hacer una concentración capitalista.

—¡Ya estamos usando los argumentos de los rojos! Yo no hablo ni de capitalismo ni de comunismo ni de política. Tienes el defecto de politizar todo, y ya no te acuerdas de cómo se llegó al 36, por la manía de poner como ideología una de las cosas más normales, como que un joven y una chica se atraigan.

Carlos dio la batalla por perdida, aunque pensó que su madre bien podría tener razón. A sus 34 años estaba muy mal visto entre la gente de su nivel social debido, sobre todo, a su fama de tarambana, y ningún padre de familia de clase alta daría el consentimiento para que se casara con una joven de 20 años.

Soledad había mantenido esa conversación trivial con su hijo en buena parte porque estaba bastante preocupada por su comportamiento de hacía un rato. Una hora antes de la partida hacia casa de los Rodríguez Landa, se había acercado hasta el despacho de su hijo para recordárselo cuando, al acercarse a la puerta, escuchó una ácida conversación entre Carlos y el mayordomo.

—Aunque sólo sea por complacer a mi madre, estoy seguro de que tienes los suficientes contactos de tu época en la República como para saber si hay alguna noticia sobre si Marcos Ferrer se ha unido a la Guerrilla –había escuchado decir a su hijo.

—Cuando hizo de valedor por mi mujer y por mí, le aseguré a tu padre que nunca tendría relación con mis antiguos compañeros de la República –replicó Evaristo–, y así he cumplido.

—¿Y tu visita el otro día a un antiguo camarada?

—Carlos, por favor. Estaba muerto, poco pude conversar con él. Te puedo asegurar que no hablé con él ni media palabra. Además, era la primera vez que estaba con la mujer y los hijos del finado.

—Pero no me equivoco al pensar que también estaban allí otros policías rojos, como tú, y seguro que habéis hablado de aquellos tiempos y de éstos.

—Soy el único que se acercó al velatorio, por lo menos en el rato que estuve velando al compañero y acompañando a su familia.

Carlos quería indagar más. Por un momento pensó que el mayordomo le estaba ocultando alguna cosa. No le parecía razonable que el mayordomo se gastara dinero en un taxi. Tendría que investigar al dueño de la licencia ciento once.

—Te prometo que no se enterará nadie si me haces el favor. ¿De veras que no puedes contactar con alguien, si no que se haya unido a los maquis, al menos que pueda pasarle algún mensaje por terceras personas? Sé que mucha gente de los pueblos en las zonas donde operan los bandoleros los ayudan, y algunos de ellos sirven de enlaces entre los maquis y los miembros del Partido Comunista que operan en las ciudades.

—Te he dicho que he cumplido a rajatabla la palabra dada a tu padre. No quiero saber nada de épocas pasadas. Cuando Don Eduardo me pidió el favor de preparar una reunión con el inspector Arnau, la única cosa que le pedí es que me encontrara un trabajo en un pueblo perdido para que Brígida y yo pudiéramos pasar el resto de nuestros días lejos de las ciudades en este país de vencedores y vencidos.

—No me vas a engañar, a rojos como tú se les puede abatir, pero nunca derrotar. De la misma manera que te considero un desafecto del Régimen, sé que ya te sientes mayor para luchar por tu causa, pero lo suficientemente lúcido como para ayudar a los rojos siempre que puedas.

Carlos mostró un nerviosismo exagerado, queriendo terminar a todo trance con esa discusión.

—Después de convivir con mis padres estos últimos años, sabes que son dos buenas personas. Mi madre, sobre todo, y no es propio de una persona medianamente sensible dejar que soporte todo lo que está sufriendo. Te lo ruego una vez más, dime si sabes de algún modo de que nos informemos en qué partida del maquis está el cabrón de Marcos Ferrer. Sólo eso, no quiero conocer la ubicación de ese sector o como lo llamen los bandoleros, ni en qué lugares opera. Lo que quiero saber es si está aquí, en España, y si anda por la patria ya me encargaré de decírselo a mis conocidos en la Guardia Civil para que lo busquen y apresen.

—Cuando lo hagas, tu amigo, el sanguinario capitán Salamanca, te preguntará cómo has recibido esa información, y a los cinco minutos me tendrá en los sótanos de Arrancapinos intentando que confiese que hace dos años yo maté a Manolete.

—No debes tener miedo si, como dices, no has contactado con tus antiguos camaradas.

—¿Y cómo me voy a enterar si el tal Marcos Ferrer está en la Guerrilla? ¿Pregunto a la pitonisa de la feria de Navidad?

—Pues, entonces, ¿puedes hacerlo?

—Vuelvo a repetirte que no he contactado con nadie desde que terminó la guerra. No he tenido nada que ver con nadie, y mucho menos con la Guerrilla.

Carlos no quería darse por vencido. Más tarde pensaría que el subconsciente no le había abandonado. Se quedó dándole vueltas a la calificación que había dado Evaristo como guerrilleros a los maquis, tirando de ese hilo.

—La gente de Nazaret tiene tan pocos posibles que, excepto en temporada de playa, hay pocos tranvías y ninguna parada de taxis. ¿Dónde cogiste el que te trajo al centro?

La pregunta a bote pronto dejó desconcertado al antiguo policía, que tardo más de lo preciso en contestar.

—Me fui por el puente de Astilleros hasta el puerto y allí cogí uno en la parada de taxis junto a la Escalera Real.

—En Nazaret podías haber cogido el tranvía que te deja en la Glorieta y en el puerto, además del que viene de la Malvarrosa.

—Como has dicho antes, si no es temporada de playa pasan de tarde en tarde, y tenía prisa para no retrasarme a la hora de la comida de la casa.

—Te voy a decir algo –amenazó Carlos–. Como bien has dicho antes, tengo contactos con la Guardia Civil y voy a ir a verlos para indicar que los maquis preparan un golpe aquí en Valencia y tú debes saber de eso. No sé si es verdad, por supuesto, pero si escondes alguna información seguro que sabrán sacártela de la manera que sea.

—No me pueden sacar lo que no sé.

—Pues ya estás inventándote algo, porque has contactado con ellos, seguro que no fuiste al velatorio sólo para dar el pésame.

—Te equivocas de medio a medio –contestó Evaristo, preocupado por su insistencia–. No sé nada de nada.

—En los últimos días he estado hablando con algunos de los trabajadores de VAFESA, gente de orden, afectos al Régimen, y me han dicho que algunos compañeros, miembros del Partido Comunista en la clandestinidad, han comentado que los maquis quieren apoyar la huelga que los rojos pretenden hacer en la empresa con acciones violentas en la ciudad y los alrededores.

—¿Y quiénes son esos compañeros? –preguntó Evaristo.

—Son rumores que se oyen aquí y allá. No han podido decirme sus nombres en concreto.

—A lo mejor es que te han comentado bulos para congraciarse contigo.

—Pues tú lo verás porque ya no se me ocurre otra manera de sacarte la verdad. No puede ser que no sepas nada. Y, por lo visto, lo que no puede ser no puede ser –concluyó Carlos.

—Y, además, es imposible, como dijo el II Califa del toreo –Evaristo quiso hacer la broma.

Soledad aparentó que llegaba en el momento en que el mayordomo salía del despacho de su hijo con el semblante muy serio, preguntándole de inmediato el porqué de la discusión.

—¿Qué has escuchado? –le preguntó Carlos, alarmado.

—En el fondo nada en especial –mintió la madre–, escuché unas voces más altas que las de una conversación normal mientras subía por las escaleras, y al final no sé qué del toreo.

—No te preocupes –se tranquilizó Carlos–, era un problema sobre qué coche coger para ir esta tarde a la casa de los Rodríguez Landa.

Hasta ese momento, cuando cruzaban la plaza de la Virgen para enfilar hacia la calle de Caballeros, Soledad no se había atrevido a preguntar por qué Carlos había intentado que Evaristo investigara la posible incorporación de Marcos Ferrer en el maquis. Tenía pensado que podrían hablar de ello esa noche, cuando llegaran a casa, pero la impaciencia por conocer noticias de su hijo mayor la impulsó a abreviar la espera.

—Les he oído a usted y a mi hijo hablar de la posibilidad de conocer el paradero de Marcos Ferrer –se dirigió al mayordomo, golpeándole el hombro con el abanico–. Usted sabe muy bien el sosiego de espíritu que me produciría conocer qué sucedió exactamente cuando Juan huyó de Valencia para pasarse a la zona nacional.

Los dos hombres se miraron a través del retrovisor sin poder dar crédito a lo que acababan de oír.

—Estás totalmente equivocada, mamá –dijo Carlos al fin–. No he supuesto nunca que Evaristo supiera el paradero de ese maldito anarquista, sino que le he preguntado si tendríamos alguna manera de conocer su paradero a través de terceras personas.

—Señora –intervino el otro–, sepa usted que desde que trabajo en su casa jamás de los jamases yo traicionaría la confianza que ustedes depositaron en mi mujer y en mi al ser nuestros valedores cuando nos ayudaron a salir de la cárcel. Desde ese día no he vuelto a tener contacto con ninguna persona que pudiera saber de su paradero ni directa ni indirectamente.

El coche se había parado frente al portal de la calle Caballeros, pero Soledad insistió, dirigiéndose a Carlos.

—Pero antes, cuando te he preguntado por ello, me has mentido.

—Porque no quiero que albergues falsas esperanzas, mamá. El otro día tuviste un enorme acceso de ansiedad, y desde entonces prefiero que no te excites por nada.

—De todas maneras –añadió sin esperanza–, si supierais de alguna pista, por pequeña que sea, sobre cómo dar con esa mala persona, os ruego que me lo digáis inmediatamente.

—Va a ser difícil, señora –insistió Evaristo, mientras aparcaba el coche junto al bordillo–, le repito que desde hace tiempo no tengo ningún contacto con nadie de mi época de inspector de la policía.

Mientras entraban al portal, el mayordomo se les adelantó para subir los pastelitos y el cesto de pétalos. Soledad insistió a su hijo en que la mantuviera informada de cualquier averiguación que hiciera con relación a la desaparición de Juan.

★ ★ ★

Eran las seis de la tarde del sábado cuando en los talleres de confección, que ocupaban una finca de tres pisos en la pedanía de Benicalap, terminaban la jornada semanal de sesenta horas, seis por la mañana y cuatro por las tardes de lunes a sábado, aunque muchas mujeres alargaban la jornada con dos horas extras. Al final de la calle donde estaban situados los talleres, el Menda había alquilado un piso con dos habitaciones, aseo y una pequeña cocina para el uso de los guerrilleros que necesitaran pernoctar uno o varios días, bien porque estuvieran de paso por la ciudad o porque se encontraran perseguidos por la policía. El dueño del piso era un paisano del guerrillero al que le había explicado que lo necesitaba como picadero, tanto para él como para un par de amigos, por lo que ni la mujer ni la familia debían conocer su existencia, y no debía constar ningún documento de alquiler o cualquier tipo de cesión de la vivienda.

Amparo Miquel y Roberto Elizondo habían quedado a las seis y cuarto de esa tarde. Él había llegado tres cuartos de hora antes, tras pasear por la acera el suficiente rato como para saber que nadie lo iba a ver entrar en el portal. Ella llegó justo cuando las más de cincuenta chicas salían en tropel, mezclándose con la marabunta de carreras, gritos para quedar el domingo y conversaciones de última hora, hasta entrar en el lugar de la cita pasando totalmente desapercibida.

Roberto había preparado un café con leche que el Menda le había dejado en la cocina y un poco de coñac que traía en la petaca. Mientras esperaba no supo cómo mitigar el creciente nerviosismo que le inundaba de desazón. Al llegar a Valencia durante la guerra, los dos habían coincidido en alguna reunión preparatoria del II Congreso Internacional de Escritores para la Defensa de la Cultura que se celebró el 4 de julio de 1937 en la Sala de Sesiones del Ayuntamiento de Valencia. Amparo acudió como representante de la *Unión de Muchachas de la Escuela Lina Odena*, formada en 1937 por jóvenes de las Juventudes Socialistas Unificadas con el objetivo de exigir al Gobierno de la República una mayor presencia de las mujeres en todos los puestos de responsabilidad, tanto en el terreno de la cultura como de la economía o la política.

Recordó que un día de aquel año, en medio de un bombardeo de la aviación italiana que destrozó varios edificios del centro de la ciudad, corrieron a protegerse al refugio de la plaza Emilio Castelar. Bajo los cañonazos que se escuchaban en la superficie de la plaza, le impresionó el talante guerrero de la muchacha que, sin haber llegado aún a los veinte años, arengaba a los allí guarecidos con una espontaneidad y bravura tales que recibió una gran ovación mientras los aviones fascistas tiraban sus mortíferas cargas. "Compañeros y compañeras, todos nosotros, que somos antifascistas por revolucionarios, como una afirmación de nuestras propias convicciones ideológicas, no podemos separar la revolución de la guerra, que si en un principio parecía una lucha entre, de un lado, los militares sublevados y las castas reaccionarias que los apoyaron y, de otro lado, de las gentes que quieren una España democrática y progresista, todos, hombres y mujeres, militares y obreros, todo el pueblo en pie y con las armas, todos unidos hasta la victoria final, debemos impedir que nuestra patria sea hollada por la pezuña sangrienta de los rapaces extranjeros. ¡Viva el Frente Popular! ¡Viva la unión de todos los antifascistas! ¡Viva la República del pueblo! ¡Los fascistas no pasarán como no han pasado en Madrid!".

Al caer la noche fueron al Cabañal para cenar en casa Montaña. Roberto usaba, en ocasiones como ésa en que había sido la última en que la utilizó, la moto BMW con sidecar de la Dirección General de Bellas Artes, por lo que pudieron marchar hasta allí sin sufrir las restricciones del transporte público de aquellos días. Amparo le contó su trabajo en la *Unión de Muchachas de la Escuela Lina Odena* pero, sobre todo, se excitó sobremanera cuando le habló de su trabajo en favor de la lucha feminista.

—Los propios compañeros de la Juventudes Socialistas Unificadas me critican cuando hablamos de este tema –comenzó a decir– porque dicen que estoy más cerca de los postulados anarquistas que de los de mi partido.

—¿Y eso por qué?

—Porque creo, sobre todo, en la liberación de las personas en lugar que de la mujer. A todos los que hablan de la liberación de la mujer les preguntaría: "Pero es que, acaso, ¿son libres los hombres?". ¿O es que debemos luchar por nuestra libertad porque los hombres que luchan por esa libertad se olvidan de la libertad de las mujeres? El primer objetivo de la lucha de la mujer es el de hacer comprender al hombre, comenzando por su padre, sus hermanos y parientes, que sin la libertad de las mujeres no vale nada la libertad de los hombres.

—Bueno –comentó Roberto–, eso no me parece exclusivamente anarquista. Yo diría que es el correcto pensamiento de toda persona progresista.

—Además, los anarquistas van más lejos que todos los movimientos femeninos anteriores –continuó Amparo– y yo estoy totalmente de acuerdo, en ese punto, con ellos. No basta trabajar por nuestra liberación, nuestras ambiciones van mucho más allá; trabajamos por la emancipación de toda la humanidad, siempre dentro de la Revolución. No nos valen los postulados clásicos de la política, entendida como el arte de gobernar a los pueblos, aunque acaso sea eso en el marco de las definiciones abstractas, pero, en la realidad que sufrimos en nuestras carnes, la política es la podredumbre que corroe el mundo. Política quiere decir poder, y donde hay poder hay esclavitud, que es la miseria moral.

—Pero tiene que existir un orden –replicó Roberto–: asegurar la sanidad y los servicios mínimos como agua y luz, legislar las relaciones de las personas entre sí y ante la administración. Hasta la llegada del Gobierno de la República a Valencia hubo un enfrentamiento entre los partidos del Frente Popular que minaron la capacidad de respuesta contra los fascistas. Recuerda los enfrentamientos de octubre del 36, cuando los anarquistas se opusieron al Gobierno de Valencia, legítimo representante del de España.

—Tienes razón; no es hora de banderías, sino de derrotar entre todos en un frente común a las fuerzas reaccionarias. Pero a nivel ideológico y a medio plazo, tenemos que concienciarnos de que es cierto. La Democracia abrió las puertas del mundo a los descamisados, pero, cuando los descamisados han adquirido conciencia y pretenden establecerse en el mundo, cierra las puertas de golpe y entrega las llaves a las fuerzas reaccionarias. No le ha importado reducir a cenizas los famosos derechos del hombre; y digo del hombre porque los de la mujer aún no se han promulgado. Y el derecho de asociación, el de huelga, el de la libre expresión del pensamiento se han convertido en un solo derecho, y no es otro que el del pataleo.

Roberto podía pasar horas y horas hablando con ella, sin darse apenas cuenta del paso del tiempo. Al inicio de conocerse, ella le atraía por su pasión al hablar y entregarse a su causa, pero con el transcurso de las distintas reuniones que tuvieron se fue interesando por la mujer. Amparo era de mediana estatura, ojos marrones, pelo moreno recogido en una coleta; vestía de manera informal, más parecido a una trabajadora industrial que a una oficinista. No era un prototipo de mujer guapa y, sin embargo, cada vez le parecía más bella cuando le descubría un mohín, le jugueteaba una sonrisa o ponía un gesto de terquedad. Recordaba la definición de Kant cuando afirmaba que "la belleza nos da placer, pero es desinteresado, no se trata de que sirva para algo". Con el paso de los días, su complicidad y una relación cada vez más entrañable le ofrecía una serenidad de espíritu en la que se sentía totalmente complacido, sin que buscara otra cosa en esa relación que el puro placer de su compañía.

Al terminar de cenar, marcharon hacia la moto y Amparo le cogió del brazo, apretándose contra él como si hubiera sufrido un escalofrío con el frescor del anochecer junto al mar.

—Hablando de la liberación de la mujer –comentó con una sonrisa–, ya va siendo hora de que nosotros disfrutemos del papel dedicado habitualmente a los hombres.

—No te entiendo. ¿Quieres conducir?

—¡Ni loca! –Amparo soltó una carcajada–. Si cojo ese trasto seguro que nos empotramos contra el primer portal.

Ella se apretó con mayor fuerza cuando se sentó en el asiento de atrás de la moto, renunciando a ir en el sidecar.

—¿Tomamos la última copa en tu hotel o en mi casa? –preguntó ella.

—¿Sólo la última copa?

—Cuando lleguemos estaremos pensando todo el rato en lo que haremos después –Amparo se apretó contra su espalda–, así que será mejor hacer lo segundo y luego, despreocupados por lo que inevitablemente tendrá que pasar, tomarla en la cama.

—Si quieres vamos a mi hotel.

—Casi mejor vamos a mi casa. Vivo en un barrio donde no hay serenos y pasaremos más desapercibidos. Con esta pinta que llevo, el personal de tu flamante hotel iba a tener una idea equivocada de nuestra relación.

—¿La feminista también tiene contradicciones pequeñoburguesas?

—Lo que tiene es ganas de privacidad. No están los tiempos como para significarse de ningún modo.

Se dirigieron a la calle de Engordo, junto a la plaza de Sant Bult, donde tenía su piso Amparo. A partir de aquel día cenaron juntos todas las noches que pudieron.

✲ ✲ ✲

Cuando Amparo llegó a la cita en el pequeño piso de Benicalap, Roberto le recordó aquella noche de doce años atrás.

—Entonces no habíamos sufrido la derrota ni la persecución, ni las torturas ni la clandestinidad –contestó ella–. Es malo tener nostalgia de algo que nunca más va a suceder. Míranos a nosotros dos, suspendidos en el tiempo, queriendo suponer que el presente es un paréntesis entre la felicidad de entonces y la que sabemos que no va a volver.

—Esta vez seré yo quien tome la iniciativa –Roberto se le acercó atrayéndola hacia sí–. ¿Tomamos un café antes o después?

—¿Sabes que desde que pasé por el cuartel de Arrancapinos no me he atrevido a ponerme el traje de baño? Hace justo doce años que no voy a la playa, después de aquel verano en que estuvimos juntos. Tengo el cuerpo lleno de recuerdos de los sicarios franquistas.

—Te haré el amor mirándote a la cara.

—Sólo verás amargura y frustración.

Le dio un beso en el cuello, quitándole la chaquetilla de punto.

—Y pasaré por tu cuerpo acariciando cada uno de los suplicios que te infringieron.

Roberto la empujaba hasta la alcoba mientras iba quitándole la falda, la blusa y la enagua. Se dio cuenta de que no llevaba sujetador mientras la tendía en la cama, apresurándose a desvestirse. Mientras lo hacía, miró de soslayo cuando ella quedó desnuda completamente, metiéndose entre las sábanas, colocándose el embozo bajo la barbilla.

Se apretó a su cuerpo, besándola en el cuello, el hombro, bajando lentamente hacia el pecho.

—Cuando llegues un poco más abajo no te asustes por la cicatriz arriba del pezón, es bastante desagradable –advirtió con indiferencia–. Los franquistas me hicieron un corte con el vidrio de una botella de cerveza y lo aliñaron con pimienta.

Roberto, dolorido por la frialdad de su pareja, cogió de un manotazo la colcha y la sábana, lanzándolas hasta el suelo.

—No quiero tener únicamente sexo contigo –dijo, enfadado–. Hoy deseo compartir la intimidad de la cama, disfrutar de tu cuerpo y saber que tu disfrutas del mío, quiero compartir el tiempo, las caricias, deseo que te muestres como eres, procurando tus fantasías sexuales y acompañándome en las mías para después, tras la petite mort, como dicen los franceses, fumarnos un cigarrillo, tomar una copa, algunas palabras de amor, unas tiernas caricias tras el deseo, y la habitual cabezadita, que no entiendo por qué os resulta tan desconcertante a las mujeres.

Amparo se montó sobre él y comenzó a besarle en la cavidad entre el cuello y el hombro. Besaba con ímpetu, ofreciéndole la boca cada pocos segundos.

—¿Cuál es tu fantasía? –preguntó–, ¿ésta? –le cogió el sexo introduciéndolo en el suyo–, ¿ésta? –repetía una y otra vez.

Cada vez que preguntaba "¿ésta?", le besaba en todos los lugares de su cuerpo, le mordía en el pezón, en la oreja, en el primer lugar que se le ocurría, y de nuevo, cuando le preguntaba "¿ésta?" lo pellizcaba, lo golpeaba, como si maltratara su cuerpo, más por venganza que por el deseo sexual, al contemplar que estaba intacto, que era perfecto, mientras ella tenía el cuerpo cruzado de cicatrices, una herida mal curada en una cadera que la impedía andar correctamente y el corte en el pecho.

Roberto, a la vez excitado y confuso, tardó lo suficiente como para que ella tuviera más de un orgasmo cuando el terminó sufriendo la petite mort que le había comentado.

—¿Te has muerto un poquito con las parisinas con que te has acostado? –se le burló.

—Con el mismo placer que hace un momento, te puedo asegurar que no.

Estuvieron varios minutos inmóviles, apretando ella las piernas para seguir sintiéndolo dentro, al cabo de los cuales Amparo acercó su boca a la oreja de él.

—Creo que ahora tocan las caricias, los besos que premian las ganas y las palabras de cariño –le susurró–, pero prefiero que vayas a la entrada y traigas el coñac, los cigarrillos y un cenicero.

—Se dice que las personas siempre vuelven a los sitios donde amaron por primera vez –comentó mientras le llevaba el coñac y el tabaco– y la verdad es que siempre te eché de menos. Cuando le dije que volvía a Valencia y que te buscaría, nuestro común amigo Alexei me comentó que, si hubiéramos ganado la guerra, yo sería un director de cualquier ministerio y habría tenido dos o tres hijos contigo.

—Como buen ruso que admira a Aleksandr Pushkin, Alexei es un romántico empedernido.

Roberto se tumbó en la cama, apuró la copa de coñac de un solo trago y cerró los ojos mientras terminaba el cigarrillo.

—¿Ahora viene la pequeña siesta? –bromeó ella.

—Pues no te digo que no me vendría mal –siguió con la chanza–, pero no puede ser. Estaba pensando en la reunión de mañana.

—¿Hay algún problema?

—La buena noticia es que no tenemos un problema. Pero la mala es que hay demasiados.

Capítulo XIV

Mare dels bons valencians

Radio Valencia retransmitiría en directo la misa pontifical en honor a la Virgen de los Desamparados, y Lanski, como siempre el primero en llegar a la calle de Río Miño, encendió la radio para saber cuándo terminaría. La reunión debería concluir a la vez que la ceremonia porque el personal volvería a sus casas y la policía estaría atenta a que no ocurriera ninguna manifestación en la vuelta a los hogares.

Al rato llegó Teo, con su sempiterno brandy, y poco después Roberto. Más tarde, y respetando la diferencia en el tiempo entre la llegada de uno y otro, se sumaron a la reunión el Menda, Gervasio, Amparo y el Feo.

El locutor comenzó la retransmisión en directo cuando el arzobispo, vestido con una capa magna, hizo su ingreso al templo, "tan lleno de fieles devotos que una muchedumbre ha tenido que seguir la misa desde el exterior de la catedral".

—Deberías apagar ese trasto –se quejó Gervasio–. Estaría bueno que en una reunión de gente de izquierdas tuviéramos que aguantar a estos meones de agua bendita.

—La he puesto para saber cuándo termina. Me he enterado por mi mujer, que es amiga de la de un policía nacional, que han dado un chivatazo de que los de VAFESA quieren hacer una manifestación contra los despidos aprovechando el tumulto de la salida de la misa, y su marido no ha tenido el descanso del fin de semana porque han quitado todos los permisos a los de la pasma.

—Pues bájalo –intervino Roberto para terminar la discusión.

Mientras Teo servía el café y el brandy, el enlace entre el Comité Central y la Guerrilla fue desgranando los puntos más importantes de la reunión.

—En primer lugar –se dirigió al Menda–, debes contactar con Justino Ojeda para que te informe de los horarios del tren pagador. He hablado con los compañeros del Sector 5º y tienen un plan del asalto con muchas probabilidades de éxito.

—Mi amigo no quiere muchas, sino todas las probabilidades de éxito.

—Siempre hay que prever un pequeño porcentaje de inconvenientes de última hora, variables con las que no se cuenta, aunque los compañeros también tienen la suficiente experiencia como para poder salir bien parados –recordó las palabras del jefe del Sector 5º –; son aguerridos pero prudentes.

—Antes de tres días hablaré con Justino Ojeda y me informará de las fechas, los horarios y paradas del tren. ¿Cuándo le digo que lo haremos?

—Los del Sector 5º preferirían planificarlo con el mayor tiempo de antelación posible. Creo que lo mejor sería hacerlo la primera semana de junio.

—El único inconveniente es que no saben las fechas, horarios y rutas de una semana hasta el viernes o el sábado de la semana anterior.

—¿No son siempre las mismas?

—No, qué va –el Menda se había informado convenientemente y quería demostrarlo–. Según las obras que se hacen en los tendidos ferroviarios, las cuadrillas andan en unos sitios o en otros, y las paradas varían. Además, hay unos días donde se reparten los salarios de mucha gente, generalmente los sábados, que son las fechas en que deberíamos asaltar el tren porque lleva más dinero. A mitad de la semana no suele pasar de 200.000 pesetas, pero hay sábados que casi han llegado al millón.

—Pues hablaré con los compañeros para informarles de que, si el asalto se realiza la semana que comienza el seis de junio, no sabrán a ciencia cierta los días y horarios hasta el viernes tres o el sábado cuatro. Tendremos que buscar el modo de comunicarnos con ellos para informarles lo más rápidamente posible una vez te enteres de los itinerarios, fechas y horarios.

—¿Voy al monte para prepararlo todo? –preguntó el Menda, entusiasmado de poder unirse a los compañeros.

—Tú avísame cómo lo pensáis, y yo te indicaré cómo podrás comunicar con el enlace que tiene el Sector 5º aquí en Valencia. La semana próxima estaré fuera de Valencia y quiero llevarme los deberes hechos.

A continuación, habló con Gervasio de los planes que tenían para asaltar el cuartel de Arrancapinos. Tanto el Feo como Gervasio pusieron especial énfasis en que la sorpresa y un elevado número de guerrilleros eran los dos factores principales para tener éxito. Le presentaron el plan a seguir en un documento de más de diez páginas escritas a máquina. Roberto leyó la primera página y la última.

—Lo leeré con más calma luego, pero la próxima vez quiero los informes verbales –comentó–. Por lo que he leído, vas a necesitar mucha gente y demasiadas armas.

—¡Es el cuartel más importante de la provincia! –se quejó Gervasio.

—Y es una ofuscación tuya el asaltarlo, así que ingéniatelas para que sea posible sólo con los medios de aquí. Yo tengo otras prioridades.

—Pero un éxito en ese cuartel tendría una transcendencia mayúscula –protestó Amparo–. La prensa y la radio no podrían ocultar ese éxito de la Guerrilla.

—Tú también tienes una justa obstinación por la terrible experiencia que tuviste allí, pero mi objetivo a medio plazo es que todos podáis enfrentaros muchas veces contra las fuerzas de represión, y esto sólo será posible si os mantenéis vivos.

Amparo se sintió ofendida por recordarle las heridas padecidas durante el interrogatorio que sufrió al final de la guerra en ese cuartel, y más por lo comentado sobre ellas la noche anterior. Iba a decírselo, pero se calmó antes de estallar.

—No sabíamos nada de irnos fuera de España –mostró su desacuerdo, de todos modos–. Creo que lo primero que tendrías que hacer es informarnos de eso y someterte a nuestra decisión.

Señaló a todos los presentes. Laski lo aceptaría en cuanto supiera que la orden provenía del Comité Central, era un militante disciplinado. El Menda y el Feo seguirían la estela de Lanski. Él los había incorporado a la lucha siendo unos chavales y lo secundaban a pies juntillas. Teo, que se estaba sirviendo más brandy, siempre aceptaba lo que decidía la mayoría. Si por él fuera, en todas las votaciones se abstendría. Pero Gervasio y Amparo eran críticos con los exiliados. Pensaban que desde el extranjero no se conocía lo bastante bien los problemas del interior del país.

—Al parecer, somos los juguetes bélicos del camarada Carrillo –dijo Gervasio pegando un puñetazo en la mesa–. Ahora que peguen tiros, ahora que asalten un tren y, cuando ya no sirven, que marchen al extranjero. ¿Y a dónde vamos? ¿A Paris, a casa de don Santiago? ¿A Moscú, con la Pasionaria? ¿Tendremos sus mismas condiciones de vida? ¿O nos enviarán a una aldea perdida de la Unión Soviética o a un pueblo miserable de Rumanía? Nosotros hemos luchado por la liberación de este jodido país, y toda la lucha que hemos sostenido desde el año 39 hasta hoy mismo sería un esfuerzo baldío, y nuestros camaradas muertos, unos cadáveres rentables a la causa del Partido, pero humillados al verdadero origen de la Guerrilla, que no es otra que la de derribar del poder a los golpistas reaccionarios y reestablecer la República.

—Te voy a decir algo, y que quede meridianamente claro desde ahora –contestó indignado al ver que Amparo seguía mirando con rencor–. Carrillo es el que con más ardor ha defendido la continuidad de vuestras acciones porque sabe que la Guerrilla tiene un amplio apoyo popular, pero eso es algo que el resto del Buró Político desconoce. Santiago sabe que no sois cuatro gatos, sino un movimiento verdaderamente militar, que contáis con la ayuda de la gente, el pueblo que se juega la vida por vosotros haciendo de enlaces, proveyéndoos de comida, apoyándoos en lo que pueden. Pero desde la promulgación de la Ley para la Represión del Bandidaje y el Terrorismo de hace dos años, cuyo articulado ha conseguido legalizar la guerra sucia contra la Guerrilla, la Guardia Civil ha ampliado drásticamente el número de acuartelamientos en las zonas de implantación de los nuestros, sobre todo en los lugares donde actúa el AGLA.

Roberto calló, esperando que alguno de ellos interviniera, pero el mutismo fue total. Amparo y Gervasio se le quedaron mirando, provocativos.

—Además –continuó–, esta red represiva ha conseguido en muchas zonas romper la simbiosis entre la Guerrilla y el campesinado que, preso del miedo por la delación y el temor a la represión de unos y otros, los han llevado a la desmovilización definitiva.

—Parece mentira que el Comité Central se haya creído esa ignominia que la propaganda fascista ha lanzado al pueblo de que nosotros reprimimos al campesinado. Nosotros nunca hemos reprimido a la población civil, excepto en los casos contrastados de delación.

—No discutamos por eso –intervino Laski–. Estoy seguro de que el Comité Central ha sopesado con mucha atención las pautas a seguir, y si ha planteado la salida de los guerrilleros será porque es la mejor solución para todos.

—Además –apostilló Roberto– la salida no va a ser de un día para otro, sino que lo será a lo largo de un año o dos para seguir demostrando al mundo que el poder ilegítimo y asesino fascista es rechazado por una inmensa mayoría de los españoles, y para conseguir que las infiltraciones en el interior del sistema franquista, que se multiplican desde hace tiempo, se realicen a través de la penetración de camaradas en los sindicatos falangistas y los movimientos religiosos y civiles. Como sabéis, incluso algunos alcaldes y concejales municipales han sido enlaces de la Guerrilla.

—Además –terció el Menda–, tengo unas ganas locas de pasearme sin temor por uno de esos pueblos del sur de Francia.

—En esos pueblos –le contestó Amparo con irritación– sólo estarás si vas a trabajar a la vendimia o a algún otro de los trabajos que no quieren ni los franceses más menesterosos. Todo el día con el culo más alto que la cabeza, y cuando termines el trabajo por cuatro perras sólo tendrás ganas de tumbarte en una mala litera de un infame pabellón.

La disputa se prolongó más de lo que hubiera deseado Roberto. Tenía ganas de terminar con esa discusión, y la solución la encontró en la última intervención de Teo.

— Creo que estamos adelantándonos a los acontecimientos. Lo único que está claro es que este año tenemos trabajos que realizar. Está el asalto al tren pagador, el ataque a Arrancapinos y a la estación eléctrica. Creo que, por ahora, lo que debemos pensar es cómo golpear al enemigo las máximas veces posibles, y que los mandos nos presenten el plan a seguir en caso de que aceptemos salir de España.

— Tengo que hablar con los del Sector 12º para conocer sus opiniones sobre el caso y preparar algunas acciones en su territorio –Roberto soslayó la negativa de Justino a escapar a Francia.

En la radio comenzó a sonar el himno de la Coronación de la Virgen de los Desamparados: La patria valenciana/s´ampara baix ton mant, /¡Oh, Verge Sobirana/de terres de Llevant!".

— ¡El puto Levante feliz! –comentó Laski subiendo el volumen del aparato–. Esto se está acabando. Tenemos que pensar en terminar la reunión, aunque yo tengo una última cuestión que comentar.

— ¿Es importante? –dijo el Feo–. Me interesaría mucho acercarme por VAFESA; posiblemente los compañeros van a realizar unas de las concentraciones a la puerta de la fábrica, y me interesaría saber si los nuestros van a participar en ella.

— Pues te atañe directamente a ti –le contestó, algo irascible, Laski–. Quisiera comentar tu entrevista hace unos días con el antiguo inspector de policía.

— El otro día –comentó el Feo dirigiéndose especialmente a Roberto– me reuní con Evaristo Orozco, comisario de la policía en tiempos de la República y que, en la actualidad, está trabajando como mayordomo para Eduardo Salazar.

— ¿Cómo ha sido qué has contactado con él? –preguntó Laski, a pesar de que lo sabía, pero para que todos conocieran el hecho.

—A través de un conocido común, tú lo conoces y creo que también ha hablado contigo, Roberto. Es un antiguo inspector llamado Idelfonso Matías Trisante –explicó, dirigiéndose a los demás–, un antifascista que me suele pasar información sobre las actuaciones del ayuntamiento y que ha colaborado a veces ayudando a personas perseguidas por la policía, escondiéndolos o posibilitando su huida.

—¿Y en qué puede ayudarnos?

—El hijo de Salazar, Carlos, tiene un protagonismo muy relevante en la represión a los trabajadores de VAFESA. Ha despedido a varios compañeros del Partido y otros trabajadores muy significados por sus demandas laborales. Además, tiene asuntos personales con la policía, por sus ideas falangistas contra el Régimen y por ser un señorito de los que arman juergas con drogas y putas. Creo que, convenientemente amenazado, se ha convertido en confidente de la pasma. Por lo visto, se ha ido de la lengua en casa, y Evaristo podría informarnos de ciertas acciones contra los sindicalistas de la empresa y, según me dijo, contra la Guerrilla.

—¿Pero no te ha informado de cuáles son esas posibles acciones? –preguntó Roberto.

—No me ha dicho nada porque me ha insistido en que sólo aceptará hablar contigo.

—¡Qué sorpresa! No sabía que Evaristo Orozco quiere ayudarnos.

—¿Lo conocías?

—Cuando trajeron los cuadros del museo de El Prado a Valencia, trabajamos juntos en su custodia –recordó–. La verdad es que era un buen tipo, muy comprometido con la República.

—¿Entonces lo vas a ver? –preguntó Laski.

—Creo que sería bueno hacerlo.

—Me dijo que te vio pasar frente a la Jefatura de Policía de la calle Samaniego un día que visitó a un inspector –argumentó el Feo.

—¿Qué asunto tiene con la policía?

—Por lo visto, Salazar lo envió para intentar que el inspector Arnau retirara la investigación sobre Carlos. Evaristo fue compañero del padre de Arnau, y éste le propició la entrevista, pero el inspector franquista es un tipo rocoso, al parecer quería tener cogido por los cojones a Carlos con el objeto de que trabajara para la policía.

—Es un asesino despreciable –replicó Amparo–. Detuvo a varios compañeros hace unos tres años y consiguió que todos delataran a muchos otros a base de torturas físicas y humillaciones psicológicas. Una camarada de mi época en las Juventudes Socialistas Unificadas, según la policía, "saltó por la ventana" de un quinto piso y "se mató" durante uno de los interrogatorios.

—Quiero entrevistarme con él –le dijo Roberto al Feo–, pero debemos hacerlo en algún lugar donde sea imposible que nos preparen una encerrona.

—Lo más lógico es que sea en mi taxi. Lo recojo en un lugar convenido, distinto al anterior, y lo llevo a un lugar apartado en el que sea fácil comprobar si nos siguen.

—Esta vez no cojas el taxi. No es conveniente contactar de la misma manera dos veces seguidas. Sería más conveniente que coja el trenet en el Pont de Fusta hacia Bétera, baje en la estación de Godella, camine por la subida de la Ermita hasta el templo y lo recogemos en la parte de atrás. Luego yo os espero en otro descampado suficientemente alejado y así podremos comprobar si lo han seguido. Además, no irás tú sino Laski. Es preferible que no conozca con quien va a contactar y así vigilaremos mejor por si es una trampa.

—Lo que tú digas.

—Contacta con él y queda un día como te he dicho.

—Eso está hecho. ¿Cuándo puedo fijar la fecha?

—Mañana voy hacia el Maestrazgo, así que tendrá que ser la semana siguiente.

—¿Vas a decirle a los del Sector 12º que también salgan de España? –preguntó Gervasio, insistiendo de nuevo y con su pelín de mordacidad.

—Espero que te entre en la mollera que no actúo por mi cuenta, sino que me limito a cumplir las órdenes del Comité Central.

Laski hizo callar a todos, subiendo un poco más el volumen de la radio. El Himno de la Coronación de la Virgen llegaba a su fin: Salve, Reina del cel i la terra/Salve, Verge dels Desamparats/Salve, sempre adorada Patrona/Salve, Mare del bons valencians.

— Los malos valencianos tenemos que salir cagando leches –comentó el Feo–. Me marcho yo primero, que tengo prisa.

—Antes de que os vayáis quiero deciros una cosa; espero que todos seamos conscientes de que no podemos caer en unas contradicciones que sólo benefician a nuestros enemigos –dijo Roberto a modo de despedida–. Aún nos queda mucha faena por hacer y el tema de la evacuación de España no es inmediato, así que podremos hablar de ello con más calma.

Salieron todos, uno a uno cada cinco minutos. Las calles cercanas a la casa no tenían un aspecto más especial que cualquier otro domingo. Al final quedaron a solas Amparo y Roberto. Éste quiso explicarse.

—Creo que nuestra relación personal no debería mezclarse con los intereses de la misión que me ha traído aquí.

—Tienes toda la razón –contestó al cabo de unos instantes, dolida–, pero tampoco es bueno que puedas usar lo personal para que prevalezcan tus intereses como jefe del grupo. No sé a qué ha venido lo de que quiero hacer pagar lo que me hicieron en el cuartel de Arrancapinos.

—Esa experiencia la has comentado con los compañeros muchas veces. Recuerdo que el primer día que nos vimos, en el almacén junto a la calle de La Visitación, también lo mencionaste. No se me ocurriría utilizar una conversación privada entre nosotros dos delante de los compañeros.

Amparo seguía molesta, pero le aceptó un mantecado en la Heladería Rico, en la calle Denia. La llegada al local coincidió con la salida de misa de las 12 en la parroquia de San Valero y San Vicente Mártir, en pleno centro del barrio de Ruzafa. Pidieron dos cucuruchos de 50 céntimos cada uno, un dispendio para los tiempos que corrían, según la guerrillera.

Fueron andando hasta la fuente que había en la plaza, junto a la iglesia, y se sentaron al borde del pilón. Mientras terminaban el helado, ella quiso insistir.

—Lo de abandonar la patria dejándola a merced de los franquistas no te lo van a aceptar de buen grado.

—Mira el espectáculo que estás presenciando –contestó Roberto–. En 1897 un tal Eduardo Jimeno Correas filmó la que se considera primera película rodada por un español con el título de Salida de la misa de doce de la Iglesia del Pilar de Zaragoza. Dura menos de un minuto, y en ella se ve la salida de los burgueses de lo que debía ser la Misa Mayor, todos ellos con el bombín encasquetado, y ellas, aunque tienen poca presencia en la película, con trajes propios de su estatus social.

Echó una mirada al personal que salía de misa.

—Durante la República se intentó quitar del pensamiento colectivo el uso de la religión como forma de alienar a las masas. Dijo Lucius Anaeus Seneca que "la religión es considerada por la gente común como verdadera, por los sabios como falsa, y por los gobernantes como útil", y el poder reaccionario la usó de esa manera para oprimir al proletariado y a las clases medias durante muchos siglos. Ahora se ha vuelto a ello. Fíjate en el pueblo sumiso tras el rito semanal. Intentando imitar a los burgueses de la misa de las doce, sin darse cuenta de que no los imitan; aceptan el modo de pensar que la oligarquía necesita para mantener una sociedad que los explota. Les han metido el miedo en los huesos, y ese miedo no saldrá nunca a no ser que, desde dentro del propio sistema, podamos concienciarlos de la explotación a la que están sometidos.

—Pero a través de la acción armada podremos cambiar esa sociedad mucho antes –refutó ella.

—El pueblo está cansado de tanta violencia. Los que defendéis la continuidad de la lucha armada no queréis daros cuenta de eso. Son muchos años seguidos. No tenéis apoyo popular, y eso os hará cometer acciones contra los propios campesinos y obreros que decís querer liberar. Si eso ocurre, tendréis un final caótico. Será una derrota trágica, desordenada, acosados por una represión terrible, con unas fuerzas del orden que no dudarán en utilizar ejecuciones extrajudiciales aplicando la ley de fugas, delaciones, sobornos, torturas como las que tú has sufrido. Con la llegada de la guerra fría, nunca vais a tener apoyo alguno de las democracias europeas, y muchísimo menos de Estados Unidos. Lo único que conseguiréis es preparar vuestro propio funeral.

Amparo dejó que el silencio ocupara el lugar de la réplica que esperaba Roberto. Miró a la gente, vestida de domingo, muchos de ellos con unas ropas lamentables, desabridas, comidas por las coladas soportadas años y años, adquiridas de tercera o cuarta mano en alguna institución caritativa, que demostraban aún más que las prendas diarias la miseria en la que vivían.

—Será una derrota sin paliativos e innecesaria –remarcó él.

—Toda derrota es desordenada, confusa y trágica –contestó ella–. Pero, cuando la realidad sólo te da dolor, la rendición como vosotros proponéis al decir que huyamos es un abandono de esa propia realidad.

—Perdona que hoy recuerde frases de hombres importantes, pero lo expresaron mejor que yo. Decía Miguel de Cervantes que "El retirarse no es huir, ni el esperar es cordura cuando el peligro sobrepuja a la esperanza". No os estamos planteando el abandono de la lucha, sino un cambio de estrategia.

—¿Luchar con sus mismas armas, infiltrándonos en las instituciones civiles, sindicales y religiosas de un sistema opresor? ¡Por favor! Eso se pudo hacer en el momento histórico de la Rusia imperial con la sangría provocada por la Gran Guerra, pero en la España actual, con el apoyo más o menos implícito de las democracias occidentales y la hartura de la gente por la violencia, no es posible la estrategia de los soviets en la revolución. Hoy no podemos esperar la llegada de Lenin a la estación de Finlandia, ni el desmoronamiento del Régimen luchando dentro de sus instituciones. La lucha armada es lo más adecuado y, mientras Carrillo la defienda, los compañeros del monte no cejarán en su empeño.

—La semana próxima escucharé los argumentos del Sector 12º y a la vista de lo que me digan redactaré el informe al Comité Central para que éste decida. Pero lo que sí está claro es que, antes o después, tendréis que plantearos seriamente esa posibilidad.

—Compañero –Amparo se puso más seria–, esa actitud raya con el derrotismo, y parece mentira que los dirigentes del Partido ofrezcan esa imagen.

—La Guerrilla está recibiendo un golpe tras otro por parte de las fuerzas del orden. Apoyada exclusivamente por el PCE, las otras fuerzas políticas republicanas le han dado la espalda, y el pueblo muestra una pasividad hacia los guerrilleros cada vez más acusada. No me extraña nada que vuestro principal valedor, Santiago Carrillo, haya tenido que ser operado de una úlcera de estómago –Roberto sonrió por esa su última chanza–. En Moscú, la Pasionaria está recuperándose de su última operación que casi la lleva a la tumba, y desde la dirección del Partido en Méjico no están por la labor de ayudar a la causa guerrillera. Tú me dirás qué perspectivas tenéis para no pensar en otras alternativas a la lucha armada.

Amparo le cogió de la mano, empujándolo para que caminara por la calle de Ruzafa hacia el centro. Había quedado con unas antiguas compañeras de la Unión de Muchachas de la Escuela Lina Odena en la puerta de la plaza de toros. Esa mañana había tenido lugar una novillada sin picadores en la que participó el novio de una de ellas, y la muchacha quería presumir delante de todas las demás. Cruzaron la Gran Vía de Germanías, totalmente a solas para que nadie pudiera escucharlos, y continuaron hasta la calle Alicante. Entonces ella hizo una última tentativa para mantener su postura.

—En uno de los últimos números de Mundo Obrero que nos ha llegado –continuó con la charla interrumpida–, no sé si el de enero o febrero, se hacía un especial hincapié en que los guerrilleros se debían dedicar a neutralizar políticamente a la Guardia Civil, y se daban una serie de estrategias para llevar a cabo ese plan. Se informaba de que, a partir de ahora, los guerrilleros debían convertirse en instructores políticos y organizadores de los campesinos, y me he enterado, porque fue allí un compañero, que hace unos meses se reunieron en París con Santiago Carrillo y una docena de camaradas del AGLA para elegir el Comité del PCE de Levante y Aragón.

—Mira, Amparo –contestó el otro–, en ese número de Mundo Obrero, el Partido mandó escribir, y te cito textualmente porque se comentó mucho esta frase en la última reunión de París en la que estuve, que, y cito de memoria, "las soluciones programáticas que el Partido tiene para los grandes problemas del país son justas; nuestra línea política es justa. Pero eso no basta y ello tampoco debe olvidarse jamás. Es preciso que nuestras concepciones sobre el momento histórico de España, nuestras soluciones y nuestra línea política sean comprendidas y abrazadas por la clase obrera y el pueblo". ¿Qué significa eso? Puede significar lo que te dé la gana, pero, si ésa es la línea a seguir, el Comité Central ha decidido que acudamos unos cuantos, al país para apoyar técnicamente a la Guerrilla, además de en lo habitual como dinero y armas, en los temas de propaganda, dando medios para las publicaciones de las mismas en pisos francos en las ciudades o en los montes.

— ¿El Comité Central quiere que montemos una imprenta en las cuevas donde nos vemos obligados a escondernos?

— ¡No señora! –Roberto comenzaba a impacientarse–. Puedes ser todo lo cáustica que quieras, pero las casas se empiezan por los cimientos. He venido a apoyaros en la lucha diaria, dándoos armas y dinero; ayudándoos a planificar el cambio de estrategia introduciéndonos en las ciudades, los sindicatos falangistas y las organizaciones de la Iglesia, pero también planificar, a largo plazo, las prácticas a seguir si, a la vuelta de un cierto tiempo, nos vemos obligados a evacuar a los componentes de la Guerrilla fuera de las fronteras. Debemos sacar a los combatientes antifascistas antes de que únicamente dejen una huella de heroísmo y una hemorragia humana difícilmente aceptable por la dirección del Partido. Como ha dicho Pasionaria, son los "aguerridos hijos de la clase obrera" y el Partido no puede dejarlos a su suerte.

Casi al llegar al cruce de la calle de Alicante con la de Játiva, Roberto se separó de Amparo, no fueran a reconocerlo las antiguas compañeras de la Unión de Muchachas de la Escuela Lina Odena. Se retrasó unos metros para entrar en el bar que se había edificado junto a la plaza y tomar un vino y una tapa de ensaladilla nacional, nombre por el que el franquismo había cambiado la habitual de toda la vida: ensaladilla rusa.

Mientras se tomaba un vino peleón, una ensaladilla con poca patata, menos zanahoria y una presunta mayonesa, observando a las antiguas militantes republicanas festejar el día de la Virgen de los Desamparados, y una de ellas buscar en la fiesta nacional la salida a la pobreza, se sonrió al recordar que la denostada ensaladilla rusa, allí en Rusia, no tenía ese nombre, sino el de ensaladilla Olivier, en homenaje al famoso cocinero que la inventó para su restaurante moscovita llamado Hermitage a finales del siglo XIX.

— Capítulo XV. —

Asalto al tren pagador

La vieja locomotora subía exhausta la cuesta del Cerro, varios kilómetros antes de la estación de Mira. Agripino García Estebaranz y José Peleguero Sánchez, cabo y número de la Guardia Civil, llevaban el día torcido desde buena mañana, cuando les habían cambiado el servicio de guardia para subirse a aquel maldito tren.

A las siete de la mañana, desde la estación de Requena, se comunicó a la dirección de la RENFE que la noche anterior había quedado inservible en la estación de Aranjuez el convoy que llevaba el coche pagador que tenía previsto hacer su recorrido habitual desde Requena a Cuenca ese viernes tres de junio. Como fuera que en la estación del Norte de Valencia estaba estacionado otro coche de esas características, se ordenó por la superioridad que se le incorporase al tren de mercancías número 6.163, con seis unidades, que debía salir a las siete y media de la mañana camino de Cuenca. Agripino y José, que tenían adscrito ese día labores de vigilancia en la estación valenciana, recibieron la orden de subirse al convoy para lograr llevar a buen fin el pago de los salarios de las distintas brigadas de trabajadores ferroviarios y otras empresas, sobre todo mineras y de construcción de obras públicas, de la zona. Los dos guardias civiles mentaron a todo el árbol genealógico del cabo furriel cuando, quejándose porque se iban a quedar sin permiso de fin de semana, tres días de sábado a lunes, cosa que no habían disfrutado durante más de dos meses, no quiso pasar ese servicio a compañeros que sí lo habían gozado. Salieron con una hora de retraso camino a Cuenca.

La primera parada estaba señalada en la estación de Mina. Allí esperaban medio centenar de trabajadores, que habían sido avisados del retraso, con el consiguiente enfado de todos ellos. Cobraban en la obra por horas, y la compañía de ferrocarriles no les iba a indemnizar esa hora perdida.

El fogonero tocó el silbato tres veces seguidas cuando alcanzó la parte alta de la cuesta, como si fuera una exclamación de alegría al haber podido superar aquel obstáculo. El cabo y el número comprobaron que los rifles estaban perfectamente cargados. A su vez, Panizo, el vigilante que la Guerrilla había apostado a un lado de la estación desde el que se podía ver el cerro, avisó a Justino de que el tren correo arribaría antes de cinco minutos. El jefe del Sector 5º había sido informado del retraso en la llegada, y el grupo se organizó rápidamente para demorar lo necesario todo el operativo.

La locomotora realizó la bajada hasta la estación a toda la velocidad que sus muchos años de funcionamiento le permitía. El coche pagador bailaba con estrépito a causa del traqueteo. El vagón estaba dividido en dos partes, separadas por un tabique de madera. A un lado estaba situado el pagador de RENFE con un pequeño mueble donde se había depositado la valija con el dinero. Poco antes de llegar a la estación se puso frente a la ventanilla, que habían practicado en el tabique, con las cantidades a pagar en esa parada. En el exterior de los sobres estaba escrito el nombre de cada trabajador y la cantidad del salario a percibir.

Al otro lado del tabique habían colocado dos bancos corridos donde se sentaba la pareja. Una estancia y otra se comunicaban a través de una puerta que se había montado en el tabique, que a la hora del pago estaba atrancada con doble cerrojo. Agripino pensaba que esa medida de seguridad era una necedad. Si alguien quisiera cruzarla con violencia, por narices debería haber inmovilizado previamente a los vigilantes, por lo que vendrían preparados para tirar la puerta abajo.

José abrió la puerta del coche antes de que se parara completamente el tren. La cincuentena de hombres que esperaban su llegada había formado una cola de uno en uno. El guardia civil se puso en medio de la puerta obstruyendo el paso. Todos sabían que los dejaría entrar en grupos. Entraron los cinco primeros, los capataces de cada brigada. Florián Ibañez Vidosa, alias Cubano, entró a la cola del segundo grupo mezclado con los otros, por lo que quedó el último frente a la ventanilla, cerca de Agripino, que estaba colocado en un extremo del banco corrido, junto a la puerta donde se encontraba su compañero... Sacó dos pistolas y apuntó a la cabeza de los dos guardias.

— ¡Quieto todo el mundo! –gritó a la vez que hizo sonar un silbato.

Agripino hizo ademán de coger el fusil, pero Cubano apretó el arma contra su sien mientras Justino, que había dado un salto desde el andén hasta la plataforma del vagón, encañonaba al otro guardia.

Los dos centinelas dejaron las armas en el suelo del coche al comprobar que dos guerrilleros se habían colocado tras la cola de los trabajadores, metralleta en mano. Otros dos se pusieron junto a la locomotora vigilando al maquinista y al fogonero. Justino les anunció desde la puerta el motivo del atraco.

— Ésta es una acción del ejército de la República contra el gobierno golpista de Franco. No os pasará nada porque somos como vosotros, trabajadores oprimidos por el sistema capitalista.

Se produjo un momento de confusión cuando uno de la cola quiso volver a la estación. Uno de los guerrilleros que los vigilaba le cortó el paso.

— ¿A dónde coño crees que vas?

— Necesito mear –contestó el otro.

— No debes estar acojonado –le dijo entre risas–, no vamos a haceros nada.

— Si no me dejas pasar me meo aquí mismo.

— Ve a la cola del tren y meas sobre la vía.

Hubo un murmullo entre los trabajadores. Alguno soltó una risa nerviosa.

—Nos vais a quitar la paga y tengo que entregarla a la mujer para que pueda pasar con los hijos la semana –se atrevió otro a decir–. ¿Ésa es la manera que tenéis de defendernos?

—El Gobierno os pagará el lunes o el martes, no os preocupéis por eso –contestó Justino–. Mientras tanto, golpearemos a los capitalistas donde más les duele, en el bolsillo.

—De entrada, los bolsillos que has jodido son los nuestros.

Calero, uno de los más rudos de la partida, se le acercó, haciéndole callar. Justino ordenó a los guardias civiles que se despojaran de los uniformes. En ropa interior les hizo bajar al andén, así como a los de la locomotora, con los demás trabajadores, y les ordenó que entraran en la estación. Una vez dentro, uno de los trabajadores encontró un par de monos azules y se los entregó a los guardias.

En la entrada habían estacionado dos coches, un taxi de siete plazas robado la noche anterior en una lejana población y un viejo Ford también sustraído una hora antes a punta de pistola. El jefe del Sector 5º mandó a seis de los hombres recoger el dinero y marchar en el taxi. Cubano, Calero y él se quedaron en la estación.

Los trabajadores comenzaron a murmurar, elevando cada vez más el tono de las quejas. Calero pegó un tiro al aire, haciéndoles agacharse, temblando de miedo. Cubano cogió a los dos guardias y los puso al frente de todos los recluidos.

—Sé que algunos de vosotros no estáis de acuerdo con esta acción del ejército republicano, pero el bien común está por encima de los egoísmos particulares. A diferencia del ejército y la policía fascistas, nosotros no queremos ni torturar ni matar a ninguno de vosotros, incluidos estos dos esbirros de este régimen de terror. Nosotros luchamos por una paz social y un estado de derecho donde todas las personas de este país puedan vivir en paz y libertad.

El pagador, los ferroviarios y los trabajadores permanecieron cabizbajos, mirando de reojo a Calero, que seguía empuñando el arma de forma amenazadora. Los guardias contemplaban la escena silenciosos, un poco más tranquilos desde que habían oído al jefe de los asaltantes que no iban a tomar represalias contra ellos. Cubano le señaló el reloj de la estación, urgiéndole a terminar.

—Tú –dijo señalando a Calero mientras le entregaba una ametralladora y varias cargas–, busca un lugar donde puedas vigilar las dos salidas y les das a éstos un cuarto de hora antes de que salgan. Si ves que alguno intenta salir antes del plazo fijado, dispárale a matar.

El guerrillero salió zumbando y los otros dos se dispusieron a ambos lados de la sala para mantener a todos vigilados.

—Tenéis un cuarto de hora de reflexión sobre lo que acaba de suceder –Justino hablaba ahora de forma precipitada, intentando explicar los motivos de la lucha de la Guerrilla–. A pesar de lo que creáis, esta lucha es necesaria para que, a través de actos como éste, las democracias sepan que la autoridad del dictador no es aceptada por la inmensa mayoría de los españoles. Algún día se conseguirá la libertad para todos nosotros.

Cubano marchó primero y Justino, antes de atrancar la puerta, insistió en que nadie saliera antes de pasado un cuarto de hora.

En el viejo Ford les estaba esperando al volante Calero. Justino sabía que la argucia sería descubierta antes de pasados los quince minutos, pero tenía la esperanza de que, para cuando hubieran avisado a los del cuartel de Requena, ellos estarían ya lejos de su alcance.

Al volver al campamento, uno de los guerrilleros fue a una masía para informar al casero, uno de los enlaces del Sector 5º, del éxito del asalto. Esa persona contactaría con otros para comunicar la noticia a los compañeros de Valencia, ya que, conocedores de que el asalto no se daría en ningún medio de comunicación, esperaban que se difundiera boca a boca y a través de medios clandestinos.

Roberto supo del asalto tres días después de ocurrido. Esa jornada se reunió con Amparo en la casita del barrio de Benicalap, donde solían quedar a la hora de la siesta siempre que él estaba en la ciudad.

—El asalto al tren pagador ha sido un éxito –comentó nada más verse–. Sería bueno que todos los demás se enterasen.

—Ahora tendremos dinero para poder preparar con tranquilidad el asalto a Arrancapinos –dijo ella, testaruda.

—Sigo sin tener claro lo de ese asalto. Es cierto que la repercusión que tendría sería importantísima, pero tanto los del Sector 5º como yo mismo no vemos la viabilidad del plan.

—Eso es que no os atrevéis con la Guardia Civil.

—Justino acaba de dar un golpe de 800.000 pesetas, y ha salido todo a pedir de boca. No es miedo lo que tiene sino buen juicio.

—Por lo menos, cuando reparta el dinero podríamos hablar para definir la estrategia del ataque al cuartel.

—Creo que no habrá reparto.

Al decirlo, el guerrillero quiso dejar zanjada la discusión, pero Amparo montó en cólera.

—Esa operación ha salido bien porque les informamos de todos los detalles. No puede ser que ahora nos dejen de lado. Necesitamos el dinero para poder subsistir.

—Pero creo que Justino piensa que la mejor manera de distribuirlo es como él estime conveniente. Estoy seguro de que dará algo al Sector 17º de la sierra de Gúdar y que ayudará a los del Maestrazgo de Castellón. A nosotros nos dará algo si se lo pedimos.

—¡Cómo que se lo pedimos! –Amparo estaba al borde de la cólera–. Si hablas con el Comité Central, seguro que le obligan a distribuirlo como ellos te digan.

—Creo que el Comité Central no goza de muchas simpatías por parte de Justino ni de sus compañeros. No les ha gustado ni un pelo lo de preparar una escapatoria de los guerrilleros hacia Francia.

—Deberíamos ir contra él –gruñó Amparo–. Es un derrotista, y por su culpa vamos a malgastar unos efectivos que podrían hacer tambalear las bases de los fascistas.

—No desbarres, por favor. Justino siempre se ha distinguido por su compromiso con la libertad, por la que ha luchado siempre desde que era un adolescente. Es una persona generosa, indómita, entregada a la causa republicana y, no se te olvide jamás, que no se ha doblegado nunca ante la adversidad. Hablé con él hace semanas y sé que siempre va a estar al lado de la causa, pero no aceptará tampoco que el Comité Central le mande lo que él y sus compañeros creen que significaría desertar de la lucha por la que han estado huidos tantos años.

—Pero tiene que saber que juntos, ellos y nosotros, podemos hacer más daño a los franquistas que haciendo cada uno la guerra por su cuenta.

—Eso le dije, pero no me hizo caso.

—¿Y te conformas con eso?

—Vamos a ver, Amparo –Roberto hizo un ejercicio de paciencia–. Si no te empeñaras en atacar el cuartel de Arrancapinos, por motivos nobles, pero también por venganza personal, ¿seguirías diciendo lo mismo?

—¡Por supuesto que sí! No me ciega la venganza, parece mentira que no me conozcas. Pero todos los guardias civiles de Arrancapinos en general, y Cristino Salamanca en particular, han torturado a mucha gente que luchaba por la libertad del pueblo. Representan el lugar y el matarife protagonistas de la represión más miserable contra las personas leales a la República y los ideales que simbolizaba. ¿Para qué estamos luchando si no es para combatir a esos asesinos?

—Estamos luchando por el restablecimiento de la República.

—Eso está muy bien –objetó ella–, pero también debemos ser disciplinados.

—Pero libres –corrigió Roberto–. La disciplina no puede usarse para eliminar la libertad de crítica.

—La disciplina no es necesariamente un acto donde se censura o se limita la capacidad crítica de los militantes. La disciplina es una afirmación voluntaria, desde que entras en el Partido, de aceptar libremente esa pauta de conducta para poder vivir de acuerdo con los propios principios y a la vez con los principios del marxismo-leninismo revolucionario. Justino está influido por una sociedad burguesa, y él mismo debe revisar sus ideas contrarrevolucionarias para no infectar al Partido de esas ideas reaccionarias.

—Tú misma, cuando os informé de que debíamos preparar un plan para marchar fuera de España, te mostraste en desacuerdo con ello, como la mayoría de los demás. No entiendo por qué ahora críticas a Justino.

—Porque una cosa es que expreses tus opiniones libremente, como se debe hacer siempre, y otra muy distinta es faltar a la más elemental disciplina, como te he dicho antes. Tú nos lo dijiste: lo manda el Comité Central y estabas de acuerdo.

—No estaba de acuerdo, querida. Pero era mi deber mentiros. Yo soy un buen comunista.

Amparo creyó captar una cierta ironía en esa afirmación, pero la dejó pasar porque quería insistir en participar en primera fila en el atentado contra el cuartel de la Guardia Civil.

Capítulo XVI

La subida hacia la ermita

Como todos los veranos, en el primer fin de semana de julio, Don Eduardo, su mujer y Brígida marcharon a Benicasim para pasar la temporada estival. Durante el sábado y el domingo, la señora vigilaba que un equipo de mujeres limpiara toda la casa, y una cuadrilla de hombres dejara en perfecto estado el entorno de Villa Lucrecia, la casa que mandó construir el empresario para rivalizar con los demás propietarios de las casas con mucho empaque en la playa de la Almadraba. El hotelito era una construcción colonial de dos plantas sobre rasante, semisótano, una torre que hacía las veces de mirador, un extenso jardín en la parte delantera y un pinar en la trasera. El lunes siguiente don Eduardo volvería a Valencia para pasar ese mes a solas con su hijo Carlos, atendidos por Evaristo.

Durante el mes de julio, padre e hijo seguirían cumpliendo con sus ocupaciones habituales, aunque, a partir del día de San Jaime, cuando comenzaba la Feria, estarían más atentos a las corridas de toros y a los espectáculos que se ofrecían en el pabellón del ayuntamiento en el paseo de la Alameda que a otra cosa.

Ese fin de semana, Carlos había marchado a Navajas, donde durmió en casa de unos amigos, para pasar dos días con su reciente novia Hortensia Rodríguez Landa, y don Eduardo pasaba los domingos con su mujer en Benicasim. Evaristo aprovechó que estaba solo en la casa, para poder entrevistarse con Roberto, su enlace con la Guerrilla desde que en mayo pasado había contactado con ellos, dado que hasta la fecha les había sido imposible citarse.

Roberto Elizondo había estado todo ese mes y parte del de junio realizando visitas al Sector 12º y preparando con el Sector 5º con gran meticulosidad el asalto al tren pagador que tan bien había salido. La oposición a abandonar la lucha armada había sido unánime en ambas agrupaciones, por lo que tuvo que entrevistarse repetidas veces con ellos. Al final todo había quedado en agua de borrajas, y el enlace estaba alargando su visita a España sin otro motivo que intentar convencer a los guerrilleros de que deberían planificar su salida del país a dos o tres años vista, y para coordinar los esfuerzos intentando llevar a buen puerto la destrucción de la central eléctrica de Torrente. El asalto al cuartel de Arrancapinos lo estaban demorando porque el plan de ataque no tenía la aprobación de Justino, conformidad totalmente necesaria dado que su equipo era el encargado de dar cobertura en la huida tras la realización de este.

La mañana del domingo fue la elegida para encontrarse en el lugar fijado por Roberto meses atrás. A las 9 de la mañana, Evaristo tomó camino hacia la estación del Pont de Fusta, donde compró un billete para Godella. Mientras aguardaba en el andén, observó a todas las personas que esperaban con él. Estaba convencido de que alguno de ellos pertenecía a la Guerrilla, con labores de seguimiento.

Siguiendo un plan preconcebido, no bajó en Godella, sino en la anterior parada de Burjasot-Godella. La separación entre esa estación y la de su destino era una recta de unos trescientos metros, por lo que podría observar con facilidad, cuando caminara junto a la vía, para cerciorarse de que no lo seguían.

Laski lo estaba esperando en el bar Central, junto a la estación de Godella, al inicio de la subida de la Ermita. Se extrañó de no verlo llegar a la hora convenida, por lo que salió junto al paso a nivel situado a la salida de la estación y entonces lo vio llegar andando desde la parada anterior.

Antes de que llegara cerca de donde estaba, el guerrillero inició la subida hacia la Ermita al objeto de que Evaristo no intuyera que lo seguían. Llegó a la parte más alta mucho antes que Evaristo y dio media vuelta para desandar lo andado. Bajó por la acera por la que subía el otro y se paró esperando que Evaristo se pusiera a su altura.

Se quedaron mirando el uno al otro hasta que fue Laski quien dio el primer paso.

—Veo que has tenido buen cuidado en que no te siga, compañero –dijo, a modo de saludo.

—He perdido facultades –afirmó el otro–. Lo has hecho tú y no he sido capaz de adivinarlo.

—Vayamos al otro lado de la ermita.

—Dije que sólo hablaría con Roberto Elizondo y no pienso moverme hasta saber que voy a conversar con él.

—Está en la parte de atrás. Quisimos comprobar que no te seguían antes de que te vieras con él.

El guerrillero no esperó respuesta, y echó a caminar mientras comprobaba de nuevo que no eran observados por otros.

Roberto los esperaba oculto tras una tapia. Cuando llegaron a su altura, salió del escondite.

—¡Querido amigo, cuanto tiempo sin vernos! –saludó Roberto.

El antiguo comisario recordaba que se habían cruzado pocas semanas antes, pero siguió con la charada.

—Desde el 37, si no recuerdo mal –contestó.

—Me alegré mucho cuando me dijeron que querías hablar conmigo.

Se produjo un silencio embarazoso. Ninguno de los dos supo qué decir pasados tantos años. Evaristo recapacitó, dándose cuenta entonces de que no tenía tanta información para ofrecerle al antiguo agregado cultural del Ministerio de Cultura de la República, unas suposiciones nada más. Al cabo de unos instantes, sofocado por el silencio, comenzó con una disculpa.

—Ahora me doy cuenta de que a lo peor no es muy importante lo que tengo que comunicarte.

—No importa –contestó el enlace–, es bueno recordar viejos tiempos en éstos de abatimientos.

—No sé si sabrás que ahora estoy trabajando para los Salazar. Aquí donde me ves, estoy de mayordomo, y mi mujer de criada para esos burgueses. Se ofrecieron a ser mis garantes ante las autoridades, cuando nos detuvieron terminada la guerra, a cambio de nuestros servicios como domésticos.

—E imagino que con un sueldo de miseria.

—De miseria es pensar en mucho sueldo –sonrió–. Lo hacemos de manera totalmente gratuita. De vez en cuando podemos sisar algo de la compra y, cuando salimos mi mujer y yo a pasear unos momentos, el señor nos da un poco de suelto, como cuando éramos jóvenes en un día feriado y los padres nos daban algo parecido a la paga semanal. Únicamente lo agradece mi salud, que ni para tabaco me alcanza. Hoy llevaba lo justo para el billete de tren.

Laski sacó un paquete de Ideales, ofreciéndole uno. Le dio una caja de cerillas, indicándole que podía quedarse con ambas cosas.

—Muchísimas gracias, pero prefiero seguir sin el vicio. Ya me he hecho a la idea y si lo vuelvo a catar luego será más difícil acostumbrarme a la abstinencia.

Laski hizo amago de encenderse uno, pero lo pensó mejor y guardó el tabaco.

—Como te decía, igual no es interesante lo que tengo que comunicaros, pero los Salazar, sobre todo Carlos, el hijo, se ha visto comprometido con la policía, concretamente con un inspector llamado Lorenzo Arnau, e incidentalmente he podido enterarme de que está colaborando con ellos en la represión de compañeros vuestros, tanto con trabajadores de la empresa en la que su padre es uno de los mayores accionistas, como en algunos de los posibles militantes clandestinos, no sé si únicamente del Partido Comunista o también de la Guerrilla.

— ¿Y cómo es que lo supones? –preguntó Roberto, intentando aparentar que no le daba excesiva importancia.

— El hermano mayor de Carlos desapareció en enero de 1937. Fue uno de los oficiales del cuartel de caballería de la Alameda que quiso unirse a los sublevados. Cuando iban a apresarle se ocultó en casas de amigos hasta que, en enero del año siguiente, marchó guiado por un tal Marcos Ferrer Izquierdo hacia la frontera con Francia. La última noticia que tuvieron de él fue una postal que envió desde la provincia de Gerona, con un mensaje pactado de antemano para indicar que el viaje marchaba según lo previsto. Desde entonces no saben nada de él.

— ¿Y eso cómo nos atañe?

— El tal Marcos Ferrer era jefe de la Columna Iberia, una agrupación de la Federación Anarquista Ibérica. Cuando terminó la guerra huyó a Argelia, y la madre del desaparecido, la señora de Salazar está convencida, vete tú a saber por qué, de que Marcos se ha unido a la Guerrilla.

Laski y Roberto lo miraron con desconcierto.

—Ya sé que suena descabellado –atajó Evaristo antes de que le preguntaran–, pero Carlos ha creído la sospecha de su madre, aunque desconozco la causa de esa sinrazón.

— Pero eso no significa una amenaza real, espero que la policía no les dé crédito.

— Así, a palo seco, no –aseguró de inmediato el antiguo comisario–. Pero, mira, Roberto, si yo estuviera en la piel del inspector Arnau, no me interesaría por las suposiciones convulsivas de una madre angustiada. Pero si su hijo, como me ha amenazado Carlos, le comentara los rumores que ha escuchado en la empresa sobre que la Guerrilla está sumida en la preparación de atentados en la ciudad y los alrededores, ya me interesaría más.

Los otros dos se preocuparon al oír esta noticia.

— ¿Cómo es que ha descubierto nuestros preparativos? –pregunto Laski.

— Así que, ¿es verdad? –contestó Evaristo.

Roberto mostró la contrariedad en su rostro. Como siempre, el guerrillero se dejaba arrastrar por la incontinencia verbal antes que ser más discreto delante de extraños.

—Este gilipollas no hace más que meter el corvejón cada vez que habla –contestó, sinceramente cabreado–. Ahora me ha creado un dilema y no sabe lo peligroso que es.

El mayordomo le pidió a Laski el cigarro rechazado hacía unos momentos. Lo encendió con parsimonia, aspirando el humo a través de una larguísima bocanada, mientras le preguntaba su nombre.

—Llámame Laski –dijo, preocupado por la actitud del compañero.

—Pues ahora, camarada Laski –contestó Evaristo arrastrando las palabras–, tu jefe tiene un serio problema y no es otro que el decidir si me deja marchar en paz o me deja frito en el camino de aquí a mi domicilio. Si llevas un hierro, sea de pólvora o punzante, igual te ordena que lo hagas inmediatamente. Yo, cuanto menos, tendría esa duda si estuviera en su pellejo.

El guerrillero cayó en la cuenta, y se llevó instintivamente la mano a la cintura.

—Lo siento mucho –dijo, mirando a Roberto, mientras la mano descansaba en un supuesto objeto escondido entre la ropa, aunque sin llegar a mostrarlo.

Roberto miró a Evaristo con detenimiento.

—Dime tres razones para que no se lo mande –le preguntó, hosco.

—La primera, porque siempre fui leal a la República –meditó un momento–. La segunda, porque, si no me enfrentara al franquismo como pretendo hacerlo, lo único que quedaría de la República sería la indignidad de la derrota. Y tercero, porque, aunque seamos derrotados de nuevo, que como están la cosas por este lado de Europa es más que probable, quiero quedarme con la satisfacción de haber jodido a más de un fascista.

—Sólo son palabras –contestó Laski, dirigiéndose a su compañero–. Yo no me fiaría de él. Perdona por la metedura de pata, pero, si me lo ordenas, este peligro queda inmediatamente abortado.

Tanto Roberto como Evaristo se observaron con detenimiento. El antiguo inspector aguantó la mirada con una mezcla de ironía y confianza.

—Creo que dice verdad –comentó al fin el enlace con la Guerrilla–. Este hombre es fiel a sus ideales, lo ha demostrado en el pasado y espero que lo demuestre en el futuro.

El otro guerrillero se relajó de la excitación que hasta ese momento había exteriorizado. Sacó la mano de entre las ropas de la cintura, mostrando una sonrisa mientras enseñaba las manos con las palmas abiertas.

—Malamente podría haberme mandado nada porque, como verás, voy desarmado.

—Creo que tu mejor arma son las manos. Me he fijado antes y las tienes como las de un verdugo.

—Como las de un soldado, querrás decir.

—Ahí donde lo ves –intervino el otro–, Laski luchó como un valiente en la guerra; combatió como maquisard en Francia para, cuando llegaron los aliados, incorporarse a la Nueve hasta la derrota de los nazis; intentó la invasión a España en el valle de Arán, y es uno de los más curtidos guerrilleros de la Agrupación de Levante y Aragón.

Bajaron hacia el pueblo por el mismo camino por el que llegaron; Laski, algo más rezagado, caminando por la acera opuesta a los otros dos, y éstos charlando como un par de viejos amigos. Roberto comentó que, a partir de entonces, debería informarles de cualquier incidencia de la que tuviera noticia sobre las actuaciones de Carlos, tanto en su trato con la policía como en sus gestiones como abogado de VAFESA. No quiso comentar al otro nada sobre las acciones que estaban preparando, no sólo porque no podía tener la suficiente confianza con el antiguo inspector, que aún no la tenía, sino también porque cuanto menos supiera menos posibilidades habría de que informara de ello si fuera descubierto y forzado a hablar.

Al llegar a la altura de la carretera a Bétera, se despidieron quedando emplazados para otra ocasión a través del Feo. Roberto tenía un conocido en la calle Mayor, un representante de perfumes con el que había quedado para tomar unos vinos en Los Pedralvinos. En realidad, era un enlace del PCE y había quedado con él para tener una excusa si le paraba algún agente y le preguntaba qué hacía en esa localidad. Además, la parada del tranvía quedaba cerca y sería el medio de transporte que utilizaría para volver a Valencia.

Laski volvió a sentarse en la terraza del bar Central, a la espera de un familiar que vivía en una casa cerca de allí, a la entrada de Rocafort. Pasaría con él el día para volver por la tarde a la ciudad.

Por recomendación de los otros dos, Evaristo marchó andando a través de la antigua Colonia Veraniega de Burjassot. Le aconsejaron que visitara la Torreta Miramar, una casa de verano de los padres de Blasco Ibáñez en la que pasó el escritor, durante su infancia, los veranos y las vacaciones de Pascua. En la parte superior se podía visitar una biblioteca, y en la planta baja el bar de Pedrós, donde podía tomar un pequeño tentempié. Roberto le dio dos duros recién acuñados con la efigie del dictador. Luego podría tomar el tranvía o el trenet.

Cuando llegó a la casa de la calle del Mar, se encontró con la sorpresa de que Carlos había llegado antes de lo previsto. Se extrañó de que el mayordomo no estuviera en la casa.

—Como no os esperaba ni a tu padre ni a ti hasta el anochecer, he salido a dar una vuelta, paseando hasta la huerta por Campanar, más allá del río. Lo que no tengo preparada es la comida, aunque mi mujer me dejó unas sobras en la fresquera. Creo que quedan algunas albóndigas.

—No hace falta, me iré a comer a algún restaurante cercano y luego vendré a preparar la reunión que tengo mañana en la fábrica.

—¿Problemas a la vista? –preguntó el mayordomo.

—Cosas de gente con ganas de liarla, aunque no lo van a conseguir. Les tengo preparada una jugada de la que van a salir mal parados.

Evaristo no se atrevió a hacerle una pregunta directa.

—Difícilmente se va a conseguir una mejora en el rendimiento de la empresa si lo único que se persigue es, como dices, buscar que los trabajadores salgan mal parados.

—¿Tengo yo la culpa de que los representantes de los trabajadores sean todos unos rojos que lo único que persiguen es sabotear todas las decisiones de la dirección? Tus antiguos amigos comunistas tienen preparadas una serie de manifestaciones y huelgas encubiertas, llegando incluso a proponer el incendio de la empresa para que sean readmitidos unos maquis que se hacen pasar por operarios normales.

—No creo que los guerrilleros se atrevan a entrar en la ciudad –contestó–. Bastante tienen con huir de la Guardia Civil y esconderse en los montes.

—De guerrilleros nada, camarada, son simples salteadores de caminos, asesinos de los agricultores que dicen defender, enemigos del bien común que lo único que saben es aterrorizar a la población.

—Si ponéis a los trabajadores entre la espada y la pared, no tendrán otra salida que la de luchar por aquello que consideran justo. No creo que pedir que se cumpla la ley actual, cobrando las horas extras que se realizan y cumpliendo con el horario laboral marcado legalmente, sea pedir peras al olmo.

—Cuando se piden peras al olmo, lo único que se consigue es que nunca podamos negociar para partir peras ambas partes –contestó Carlos, riéndose de su propia gracia.

El mayordomo se retiró al semisótano donde tenía su vivienda. Podía haber alargado la contestación, pero no tenía ni energía ni moral para ello. Las bravuconadas del señorito resultaban superiores a sus fuerzas.

Se estaba preparando el plato de albóndigas con pisto y patatas recalentadas cuando Carlos apareció en la puerta de la cocina.

—A propósito –venía en plan pendenciero–, quisiera saber cómo sabes que los trabajadores de VAFESA quieren cobrar las horas extras y trabajar como lo que son, unos vagos, con un salario más que decente y con un horario de sólo 54 horas a la semana. En Alemania, un país derrotado pero que pronto será la envidia del mundo, los trabajadores tienen un horario de sesenta y setenta horas semanales, y además están felices por poder devolver a la nación el esplendor de antaño.

—Porque tengo orejas, Carlos, las tengo y no me las puedo quitar cuando estoy sirviendo en la mesa o llevando el desayuno o el aperitivo.

—Lo primero que vas a hacer a partir de ahora mismo es tratarme de usted y llamarme don Carlos o señor Salazar.

—El señor es su padre de usted –contestó, enfatizando el trata-miento–, usted, hasta que sea el dueño de la hacienda, siempre será el señorito.

—Pues este señorito –contestó, agraviado– va a hacer que te comas tus palabras. Tengo una serie de reuniones habituales con el inspector Arnau para denunciar a los revolucionarios que hay en la empresa. He sabido por uno de mis confidentes que el maquis tiene previsto apoyar a los trabajadores más revolucionarios en la huelga de brazos caídos que preparan para exigir la readmisión de todos los rojos que hemos despe-dido. Se rumorea que quieren incendiar las naves, y le diré al inspector Arnau y al capitán Salamanca, con el que también suelo conversar ha-bitualmente, que tú, posiblemente, eres un enlace entre esa banda de malhechores y los trabajadores de la empresa, a la vista de las simpatías que demuestras por ellos y el conocimiento que tienes de su estrategia.

—Ni soy enlace ni tengo más conocimiento del que usted me ofrece cada vez que habla con su padre estando yo presente.

Carlos se marchó dando un portazo, y el mayordomo no pudo más que preguntarse si era cierta la posibilidad de que la Guerrilla quisiera incendiar las naves de la calle de San Vicente. Roberto se había cuidado muy mucho de informarle de nada.

Al acabar la comida, preocupado como estaba por el cariz que to-maban los acontecimientos, subió al despacho y se llenó medio vaso mediano con el coñac de los señores.

Rémy Martin sabía envejecer el bon chaufe durante varios años en barricas de roble a la orilla del rio Charente. Lo sabía hasta Churchill, que celebró con varias cajas de ese magnífico coñac el final de la II Gue-rra Mundial.

— Capítulo XVII. —

La denuncia

Aquel primer lunes de julio, Santiago Dalmás llegó a su oficina en el Sindicato de Metalurgia poco antes de las 8 de la mañana. Tenía prisa por llegar antes de la hora habitual para preparar con calma la reunión que iba a mantener con los representantes sindicales de VAFESA y los gestores de la empresa.

Por regla general, la delegación de la patronal estaba reducida a una única persona, el abogado Carlos Sandoval, apoderado de la misma e hijo de uno de sus mayores accionistas.

Desde el inicio de las conversaciones, hacia finales de abril, la representación obrera había sufrido muchos cambios. El primero en abandonar fue Alejandro Toslada, uno de los miembros más reivindicativos de los enlaces sindicales. Con motivo del uno de mayo, el día anterior habían lanzado a la hora de entrada en la factoría octavillas celebrando el día, y durante un cuarto de hora hubo un paro total de la fabricación. Uno de los que más se significaron alentando a los compañeros a secundar el paro fue Toslada, por lo que la dirección de la empresa le dio a elegir: despido sin una peseta de indemnización o sanción de 15 días de empleo y sueldo y pérdida de la antigüedad, con todos los beneficios económicos que tenía aparejados. Eligió lo segundo, a pesar de que los compañeros del PCE clandestino al que pertenecía le llamaron "pactista", "gallina" y otras lindezas parecidas. La esposa le había amenazado con volver a Benagéber, el pueblo del que eran originarios, ella para ayudar a los familiares que aún quedaban allí en las tareas del campo, y él para trabajar en las obras en el embalse de la localidad, aunque las nuevas autoridades le habían cambiado el nombre por el de "Pantano del Generalísimo". Ante esa perspectiva, Alejandro prefirió tomarse un descanso de 15 días para visitar a las familias en el pueblo, antes que una vida de la que habían huido mucho antes de la guerra.

En su lugar se había incorporado un tal Secundino Esteve, un mocetón de la provincia de Ávila del que las malas lenguas comentaban que había pertenecido al Ejército Rojo en la Guerra Civil, donde había sido hecho prisionero y llevado al campo de concentración de Albátera, cerca de Alicante. Comentaban que se salvó por los pelos de morir fusilado, aunque no se libró, según se decía, de ser maniatado a una palmera con alambre de espino y golpeado brutalmente por los falangistas. La enemistad entre Secundino y el apoderado de la empresa se palpaba desde el primer día, ya que Carlos presumía constantemente de su pasado como camisa vieja. Otra cosa era con el otro seguidor de José Antonio, Rafael Almunia Carrasco, falangista contrario al Régimen, cosa que no dudaba en proclamar. Entre Rafa y Secun, como le llamaban los compañeros, existía una relación de amor-odio cercana al masoquismo.

Lo que muy poca gente sabía es que los dos se habían incorporado a la UGT clandestina, cada uno por sus propias razones, aunque con algunos puntos de conexión. Rafael no dudaba en exponer a quien quisiera escucharlo que el país había sufrido dos revoluciones nefastas para la convivencia: con la llegada de la República, se impuso una dictadura proletaria que llevó a los compatriotas hacia el caos, la violencia y la búsqueda de unos objetivos utópicos; con la segunda, que estaban soportando esos días, la violencia desmedida de una dictadura en beneficio de los capitalistas que habían ayudado al golpe de estado del 36 y de los que habían corrido a ayudar al vencedor desde finales del 38. Secundino no estaba de acuerdo en absoluto con la primera premisa, que refutaba enumerando los logros sociales y culturales alcanzados durante la República, pero estaba de acuerdo a pies juntillas con la segunda.

La relación de Dalmás con Carlos Salazar también era muy curiosa. Como compañeros de armas en el bando nacional, a veces recordaban anécdotas comunes, llegando incluso a una aparente camaradería. En otras ocasiones, el concepto que ambos tenían sobre lo legal y lo justo difería en demasía. Salazar defendía una y otra vez las decisiones tomadas por la empresa, al margen de la ley común, aplicando la justicia del vencedor, con el consiguiente vae victis, "¡Ay de los vencidos!", como exclamó el jefe galo Breno cuando amañó la balanza donde se pesaba el oro que deberían pagar por su derrota los ciudadanos de Roma. Dalmás, sin embargo, siempre apelaba a la legislación laboral en vigor, que reconocía el derecho que tenían los trabajadores en muchas de sus reivindicaciones.

Abdón Velasco y Demetrio Gutiérrez fueron los primeros en llegar. Hablaron del calor sofocante con que había comenzado el mes de julio y del éxito que habían conseguido las casetas en la playa de la Malvarrosa el domingo anterior. Abdón había ido ese día con su familia a un chiringuito de cierta fama llamado La Murciana. Aunque habían llevado la comida y un botijo de agua, se quejó airadamente de lo que le había costado, "uno y la yema del otro", una sangría para ocho, cuatro adultos y cuatro niños, el café de su suegro y el suyo propio. Demetrio, que tenía siete hijos, la suegra y la cuñada en casa, le dijo que no gimoteara. "Tú, al menos, puedes tomarte un vaso de sangría y un café en la playa; yo paso los domingos en el balcón de mi casa con un barreño con agua en los pies", se quejó.

Al poco rato llegaron, casi a la vez, Carlos, acompañado esta vez por Celia Mayordomo, la secretaria del apoderado, y Secundino Esteve. Antes de saludar, el abogado explicó la presencia de su empleada.

—He querido que esté presente Celia —señaló a la mujer— porque deseo que hoy levantemos acta en la que se refleje exactamente cuanto se diga en esta reunión, y mi secretaria, que tiene un gran dominio de la taquigrafía, podrá redactarla fidedignamente.

—¿Acaso no se han reflejado en las actas anteriores la verdad de todo lo dicho en cada reunión? –preguntó, muy molesto, el abogado del sindicato.

—Además –matizó Abdón–, lo habitual es tener un coloquio antes de la reunión formal, para cambiar impresiones de manera desenfadada, y luego redactar el acta ya de forma más rigurosa.

—Aquí hay poco que explicar –dijo, con aspereza, Carlos–, vamos a tratar únicamente sobre dos puntos, a saber, desistimiento de la exigencia de cobrar las horas extraordinarias mientras no se mejore la productividad del personal, y el acuerdo de mantener las nueve horas de trabajo diarias de lunes a sábado hasta que se entregue en el plazo previsto las nuevas locomotoras.

Mientras hablaba, llegó Rafael Almunia, que se quedó de pie escuchando las peticiones del representante de la empresa.

—Ésta es la actitud negociadora de la patronal –dijo el recién llegado mientras se sentaba–. Más o menos nos manifestáis que "vamos a joderos y además tenéis que pagar la cama".

Inmediatamente hubo un enojo mayúsculo de todos los asistentes a las palabras de Carlos.

—Vamos a ir por partes –continuó Rafael–. La reunión se ha convocado para esperar la respuesta de la empresa sobre unos puntos concretos. Por lo visto y oído, se te ha olvidado contestar a la exigencia por esta parte de readmitir a los compañeros despedidos; de reembolsar el dinero y las condiciones laborales a todos los que han sufrido sanciones de multas, suspensiones de empleo y sueldo, pérdida de los derechos de antigüedad y otros pluses; de abonar las horas extraordinarias cuando trabajemos más allá de las ocho horas diarias marcadas por el Fuero del Trabajo y demás leyes de tu ínclito Régimen y de, ¡fíjate bien lo que te voy a decir!, cumplir en lo que respecta al horario con la legislación franquista.

Todos asintieron a lo dicho por el antiguo falangista. Se escucharon algunas frases, unas malsonantes y otras más subidas de tono, entre las que sobresalían las dichas por Secundino Esteve. Alzó la voz mucho más, haciendo callar a los compañeros, mientras observaba atentamente cómo Celia Mayordomo tomaba notas compulsivamente.

—Señorita –Rafael se dirigió a ella–, le agradecería mucho que dejara de tomar notas hasta que se lo digamos. En todas las sesiones tenemos una charla informal antes de entrar en materia.

— ¡Eso he dicho yo! –expuso Abdón–, pero el abogado quiere que se redacte todo lo que decimos.

— Perfecto entonces –contestó Rafael, con media sonrisa–, me encantará entregarle al magistrado de Trabajo la propuesta ilegal que nos ha hecho la patronal con respecto al horario y las horas extraordinarias.

— Los magistrados son personas de orden y me darán la razón.

— Según quien –respondió Secundino–, los hay que son adictos al Régimen y los hay que son adictos a la razón y la legalidad. ¿Te atreves a arriesgarte?

— Nos estamos apartando del objetivo concreto de esta reunión –intervino Dalmás–. Creo que deberíamos hablar primero punto por punto de cada una de las súplicas de los trabajadores e intentar llegar a un acuerdo por lo menos en alguna de sus reivindicaciones.

— La justicia no se suplica –cortó Rafael–, se exige.

— Se solicita, amigo mío –le contestó Santiago Dalmás–. Me gustaría que la señorita dejara de tomar notas, habláramos con entera libertad, pero sin obcecaciones, con un tono amigable, y luego levantáramos acta de los acuerdos o los desacuerdos.

— Muy sencillo, la única contestación es ¡no! –contestó Carlos–. La empresa no puede aceptar ninguno de los puntos planteados. No se lo va a creer, pero estamos en una situación de crisis excepcional debido a la falta de productividad del personal. Los accionistas han renunciado los últimos cuatro años al reparto de dividendos para poder refinanciar la empresa. Ahora mismo se está debatiendo en el Consejo de Administración la posibilidad de aportar dinero para pagar la nómina del mes y la paga extra del 18 de julio, una fecha denostada por la mayoría de los aquí presentes, pero que todos ellos esperan como agua de mayo. Si por mí fuera, les exigiría un juramento de fidelidad al Régimen a cada uno de los que quieran cobrar una semana de salario, así, por la cara.

— Tú sabes muy bien que esa semana se paga desde hace dos años porque el poder adquisitivo de los salarios ha caído más del 55% con respecto a los salarios de 1935.

— ¡Me cago en todo!, Secundino, ¡ya te salió la vena comunista! Ahora resulta que, en el 35, quemando iglesias y matando a los patriotas, se vivía mucho mejor que ahora.

—Aunque no te lo creas –atajó Rafael– a veces echo de menos aquella época en que pertenecía a la Falange de José Antonio y luchábamos por una España mejor, en lugar de someternos a las reglas liberales de este Régimen. Por lo menos, entonces teníamos más fe en el futuro.

—¡Un comunista y un falangista desafecto al Movimiento de la FET y de las JONS! Dios los cría y el Diablo los junta. No os preocupéis, que vais a opinar largo tiempo de ello en cuanto os metan en chirona.

—¿Y cómo redactamos el acta? –preguntó Abdón, intentando terminar con la pendencia–. ¿Poniendo un "no" en cada una de las peticiones?

—Señorita Mayordomo –Carlos se dirigió a la secretaria, haciendo ademán de levantarse–. Haga el favor de darme las notas que ha tomado y puede marcharse a la fábrica. Dejemos que estos señores redacten el acta de la forma que crean más conveniente, y yo informaré de su actitud al Consejo de Administración.

La secretaría hizo lo que le habían mandado, y Dalmás mandó traer una mecanógrafa una vez hubo escrito a mano la redacción de un acta tan simple como contestar con cuatro noes las cuatro solicitudes hechas por los representantes de los trabajadores.

Mientras la mecanógrafa pasaba a máquina el acta, Dalmás y Carlos Sandoval salieron al pasillo con la excusa de fumar para hablar a solas.

—Te veo muy irritado –comentó Dalmás–. Yo te hacía más receptivo a las peticiones de los trabajadores; no te creía con una ideología tan conservadora.

—Estoy obligado por los accionistas. No te creas todo lo que ves y escuchas.

—Pero en algunos puntos, como el horario, las peticiones no sólo son razonables, sino que se ajustan a derecho. Voy a tener que recomendar que se hagan cumplir sus demandas.

—Si lo manda hacer un magistrado, los accionistas dirán que la culpa es del sistema, mientras que si soy yo el que accede me tacharán de débil.

Carlos no podía relatarle que, en buena parte, estaba muy mediatizado por las presiones que recibía tanto de Arnau como del capitán Salamanca.

Con el inspector de policía tenía una charla cada 15 días; a veces, una a la semana. Poco a poco, casi sin darse cuenta de la cuesta abajo donde se metía, se había convertido no sólo en un confidente, sino en el brazo ejecutor de sus maniobras en pos de desenmascarar a los posibles elementos anarquistas y del PCE que había entre los trabajadores de su empresa, puntera en la Región Valenciana y una en las que mayor eco tendrían unas posibles manifestaciones contra el Régimen.

La estrategia de Arnau consistía en que fuera refractario a cualquier petición de los trabajadores para poder descubrir a los elementos más subversivos que, acorralados ante las continuas negativas, se significasen en mayor medida en las acciones de protesta o en los posibles disturbios que se celebraran. El inspector deseaba mantener las confrontaciones para desenmascararlos, y Carlos era el instrumento para ello.

Con el capitán Salamanca, era otro el tema a tratar. Influido por la obsesión de su madre, una vez que coincidieron en la Terraza Rialto, un recinto de baile con orquesta situado los meses más benignos de temperatura en la azotea de la Feria de Muestras, junto a los jardines de Viveros, hablaron sobre las presunciones, sin prueba alguna, de doña Soledad.

Con el único fin de que le prestara atención el capitán de la Guardia Civil, le indicó sus sospechas de que, según rumores, el maquis estaba planeando un atentado contra la empresa, posiblemente un incendio de la factoría, para demostrar el malestar surgido por los despidos de los trabajadores más activistas. En Barcelona ya habían actuado de esta manera y, aunque dichos rumores no tenían mucho fundamento, se lo había comunicado al capitán con el único objetivo de que hiciera caso a las paranoias de su madre al respecto de que Marcos Ferrer se había unido al maquis.

Cuando Salamanca le pidió los nombres por los que había atendido los rumores, no pudo hacerlo, dado que en buena parte eran invención. El capitán no hizo mucho caso a su petición, pero Carlos buscaba desde entonces cualquier resquicio para intentar abrir la investigación sobre el posible paradero de Marcos Ferrer.

En una ocasión le dijeron en la cantina de la empresa que "seguro que ha sido el maquis" cuando se hablaba sobre un incendio en la masía de uno de los cabecillas del Régimen. Preguntó a quien había afirmado tal cosa cómo era que lo sabía, pero éste no supo qué contestar. Era un rumor sin fundamento.

Otro día le informaron de que un trabajador de la sección de tornos, Aureliano García Sigüenza, estaba repartiendo octavillas con la denuncia de lo que proclamaba como asesinato en Barcelona de Miguel Barba Moncayo, alias Reyes, un anarquista que había salido en libertad después de haber sido detenido en 1947 acusado de pertenecer a la Guerrilla. Según se narraba en el impreso, Reyes había sido asesinado por policías vestidos de paisano el último 11 de marzo al salir de su domicilio.

Esta vez Don Cristino actuó con celeridad, deteniendo antes de terminar el día a Aureliano para que pasara una temporada en el cuartel. Tras el interrogatorio, que duró más de siete días con sus correspondientes noches, turnándose los guardias civiles para no dar descanso al detenido, el pobre García Sigüenza cantó el aria completa de Ein Schwert verhiess mir der Vater, de Wagner, con una meritoria pronunciación alemana. A pesar de ello, el capitán sólo pudo colegir que el tal Aureliano no tenía conexión alguna con el maquis y que únicamente había sido un bocazas que quería presumir de compromiso revolucionario ante los compañeros.

Salamanca no pudo retener la carcajada cuando contó a Carlos las razones últimas de la pertenencia del pobre Aureliano a los anarquistas. El tornero tenía un lío sentimental con una trabajadora de los Altos Hornos del Puerto de Sagunto y, cuando encontraba tiempo y algo de dinero para marchar junto a la amada, no perdía ocasión para ello. Ambos se encontraban en una caseta que tenía un tío de ella en mitad de los naranjos, cerca del mar. Entre el olor al azahar, la brisa del mar y los efluvios de la pasión recién satisfecha, Angelines, como así se llamaba la porteña, le solicitaba que repartiera los impresos entre los compañeros de la fábrica. Al principio Aureliano se negó, pero ella le recriminó esa actitud acusándolo de cobarde y de cerdo fascista. "Yo la entrego todas las semanas entre los trabajadores de la planta", mintió, "y tú, muchos cojones para engañar a tu mujer, pero cuando de verdad tienes que demostrarlo te achantas como una vieja" concluyó, y le amenazó con romper el grifo del placer y enviar una nota a la esposa, advirtiéndole de los engaños de su marido.

El tornero, mal que bien, había entregado algunos pasquines a los compañeros que sabía más desafectos con el Régimen, pero éstos, al ver que tenía más folletos y que nos los distribuía, se ofrecieron a repartir todos los restantes.

Con el paso del tiempo, Aureliano empezó a tener una cierta notoriedad entre los compañeros. Se le rodeó de una fama de audaz y comprometido con sus ideales tan sincera que empezó a satisfacerle. Era la primera vez en su vida que tenía un cierto protagonismo. Le preguntaban su parecer sobre las noticias del día, querían saber su opinión sobre el futuro de las negociaciones sindicales, incluso lo animaron a presentarse a las siguientes elecciones. "Un tipo como tú es necesario para la conquista de los derechos de los trabajadores" le decían. Así es como esa persona, atrapada en su propia mentira, temerosa y sumisa con su amante, se creyó un héroe tal que, al final, entregaba a cara descubierta el impreso anarquista a las puertas de la empresa.

Salamanca, con los datos proporcionados por García Sigüenza, pudo detener a Angelines y a muchos de los anarquistas en la clandestinidad que trabajaban en el Puerto de Sagunto. Carlos quería relacionar a los detenidos con el maquis, para así forzar a la Guardia Civil a encontrar el paradero de Marcos Ferrer, pero la labor resultó infructuosa, así que seguía intentando sonsacar a los trabajadores de VAFESA para conectar, aunque fuera remotamente, algunas de las actividades sindicales con la gente del monte.

Dalmás le sacó de sus pensamientos cuando le preguntó si había alguna posibilidad de llegar a un acuerdo.

—No hay ninguna –contestó Carlos–. Sepas que me sabe muy mal, pero hasta fin de año la empresa tiene que facturar bastante más y pagar mucho menos si queremos subsistir.

El abogado del sindicato sabía que esa afirmación no era verdad. En las reuniones de la patronal a las que asistía, había oído muchas veces asegurar que las acciones de VAFESA habían dado unos dividendos muy altos, pero que durante los últimos años no había habido reparto de beneficios para poder crear las suficientes reservas como para entrar en el mercado de la fabricación de los nuevos ferrocarriles eléctricos y desarrollar las novedosas locomotoras diésel. Además, su principal accionista, el Banco de Valencia, tenía en su pasivo dichos beneficios, y los otros accionistas mayoritarios cobraban unas dietas mucho mayores que sus necesidades para continuar con un plan de vida más que satisfactorio.

Carlos tomó un taxi para ir al despacho de la empresa en el barrio de Patraix. Tenía previsto resumir ante el director general y su padre cómo había ido la reunión con los sindicatos. Sin embargo, lo primero que hizo fue devolverle a Celia sus notas taquigrafiadas para pedirle que las pasara a limpio. Quién sabe si el día de mañana podría usar en su contra las palabras dichas por algunos de los asistentes.

Los empresarios no estuvieron muy de acuerdo con el cariz que habían tomado las negociaciones. Le reprendieron el tono bélico que había utilizado y, aunque no querían ceder en ninguna de las reivindicaciones de los obreros, le dijeron que era su deber alargar las reuniones sin terminar en la ruptura a la que había llegado.

Al terminar la entrevista con el director, Carlos se reunió a solas con su padre.

—Estoy hasta las narices de que siempre te pongas del lado del director. Sabes muy bien que la postura que estoy teniendo en estas negociaciones no es la que me gustaría tener, pero Arnau me está obligando a mantenerla porque, tendrás que reconocerlo, me tiene atrapado si presenta la denuncia contra mí.

—Pero de alguna forma le debes hacer entender que no se puede ir contra los intereses de una empresa puntera como la nuestra. Creo que lo que tendríamos que hacer es entrevistarnos con el gobernador civil para convencerlo de que debería tener presente el bienestar de una empresa que aporta grandes beneficios a esta región.

—Y a sus accionistas, papá –comentó, enfadado, el hijo–. No sabes lo que daría para poder unirme a las demandas de Rafael Almunia, un gran falangista de los de verdad, pero tú mismo me dijiste que debía hacer caso a Arnau si no me quería ver en un apuro mayúsculo.

— Pero eso no significa que vayas contra los intereses de la empresa y del futuro de tu familia,

—Ya sé que el futuro de mi familia debe ser el que tú vayas cortando cupones de las acciones de esta empresa, pero recuerda lo que me dijiste: "O le dices al inspector el nombre de dos o tres agitadores de la empresa, poniéndote a su servicio a partir de ahora, o te quedas allí encerrado a petición mía".

— No es eso lo que esperaba de mi hijo. Es una pena que hayas quedado vivo tú en lugar de tu hermano –le contestó, pegando un portazo.

El odio que sintió Carlos se cebó en todo cuanto lo rodeaba. Hasta ese momento había sentido envidia de personas como Rafael Almunia, que defendían sus convicciones sin temor a posibles represalias, mientras que él sólo servía como un lacayo de los intereses del capital y de sus matones como Arnau.

Esa envidia se había transformado, a partir de la maldición del padre, en un resentimiento sombrío contra todo cuanto lo rodeaba, incluida su propia persona. Reflexionó que, cuando se casara con Hortensia, sería el que administrara todo su capital, que era mucho, incluyendo un gran paquete accionarial de la empresa, y podría sentarse en el consejo de administración de igual a igual con los patronos de VAFESA, entre los que, evidentemente, estaba su padre.

Casarse con aquella chica no era la ilusión de su vida, pero ya se sabe el viejo refrán que dice: "la viuda rica, con un ojo llora y con el otro repica", y Hortensia le había repicado desde que se puso de alivio de luto, según doña Soledad. Tampoco le hacía gracia lidiar con dos hijos de otro hombre, pero Carlos había decidido liberarse de la influencia de su padre y no imaginaba otra manera que no fuera consiguiendo la independencia económica. Sabía que a partir de su matrimonio entraría en el club de los nuevos liberales, personas leales a la dictadura pero que, antes o después, se cobrarían los favores cuando los mercados internacionales se abrieran y el país pasara de la autarquía a un liberalismo económico con las demás democracias occidentales.

Se juró que, a partir de ese momento, iría contra Almunia y todo lo que representaba, todo aquello contra lo que él, desde ese mismo instante, lucharía con todas sus fuerzas.

Salió de la empresa dispuesto a emborracharse en la primera cantina que encontrase camino de casa. Al salir, vio un taxi aparcado junto a su coche. Se fijó en el número de la licencia: 111, el mismo que había comentado su madre cuando vio a Evaristo. El taxista estaba hablando con Secundino Esteve, enfrascados ambos en una discusión, a la vista de los gestos que hacían. Esta vez tendría una excelente noticia que comunicar al inspector Arnau.

Cogió su vehículo y se encaminó con urgencia hacia la Jefatura de Policía. Estaba seguro de que el mayordomo y Secundino estaban implicados en alguna conspiración contra el Régimen. Por el camino hacia la calle Samaniego, pidió con todas sus fuerzas que la trama involucrara directamente al maquis. Su padre se iba a enterar, gracias a su participación, de cuál había sido el destino de su predilecto hijo mayor.

— Capítulo XVIII. —

La detención

El Feo dejaba siempre aparcado el taxi cerca de su domicilio en el barrio de Ruzafa, en la calle de Pedro III el Grande. Vivía en una pensión situada en el número 46. Gervasio siempre le había dicho que era una extravagancia habitar en el mismo lugar donde años antes habían detenido a Manuel Moreno Mauricio, uno de los integrantes más cualificados del PCE en la clandestinidad. El Feo opinaba lo contrario; la policía pensaría lo mismo y nunca sospecharían que otro camarada pudiera caer en ese contrasentido.

Al caer la tarde, como todos los días, dejó el vehículo al compañero del turno de noche, con el que compartía las ganancias a medias, dado que era el dueño de la licencia; esa maldita cédula que recordaron tan bien doña Soledad y su hijo.

Cuando entró en el portal lo aguardaban dos policías de paisano. Estaban al final del zaguán, ocultos bajo la escalera de la finca y los caló enseguida, en cuanto pudo distinguirlos entre las sombras. Antes de llegar hasta ellos dio media vuelta para poder huir, pero otros cuatro, éstos uniformados, le cerraron el paso. Lo tiraron el suelo, golpeándole en las costillas y la cara hasta que quedó tendido sin capacidad de defensa. Uno de los de paisano lo cacheó, comprobando que no tenía ningún arma escondida. A continuación, lo trasladaron hasta un furgón a golpes con las culatas de los subfusiles. Los de la pasma sabían cómo sacudir haciendo daño, pero sin hacerle caer.

El furgón lo llevó por error a la comisaría de la calle de Sorní. Lo soltaron en una celda, incomunicado, hasta que lo reclamó Arnau desde la calle Samaniego. El enfado del inspector por el error en el transporte lo pagó el Feo. Cuando volvieron a por él y preguntó a qué se debía esa detención, el policía le dio un vergazo en la ceja, haciéndole sangrar como un boxeador en el último asalto de una pelea desigual.

Al llegar a la Jefatura Superior de Policía lo introdujeron en una sala espaciosa, con una mesa rectangular, varias sillas en una esquina, y una ducha en otra. Se quedaron vigilándolo dos brutos de más de metro ochenta, que le dieron dos hostias y le obligaron a que se sentara; no había razón alguna para los guantazos, pero al parecer estaban aburridos de no hacer nada durante la espera. Los policías lo vigilaban paseando junto a él y, cada dos por tres, le atizaban otro par de sopapos sin venir a cuento. Si eso era el recibimiento, el guerrillero supuso lo peor una vez que empezaran a preguntar. En la Guerrilla los habían entrenado para aguantar el interrogatorio, pero el Feo dudaba si podría soportar al menos un par de días. Sabía que, en el peor de los casos, si al final se viera obligado a delatar a algún compañero, lo debería hacer lo más tarde posible para darles tiempo a los camaradas a esconderse antes de la llegada de los policías.

A los pocos minutos de que lo encerraran llegó Arnau, acompañado de otro que se sentó en una de las sillas, alejándola de la mesa lo suficiente como para tener una visión panorámica del resto de la sala; un tipo que, por el trato recibido, debía de ser uno de los jefes de la policía. Más tarde, para su desgracia, el Feo supo que se trataba del gobernador. Era un tipo elegante, con gafas de culo de vaso, un traje gris claro de alpaca acorde con la estación y corbata más llamativa que las habituales de los jefazos falangistas. Se quedó callado todo el rato, aunque de vez en cuando, con un gesto de aprobación, alentaba a seguir el interrogatorio. En otras ocasiones ordenaba con un movimiento de la mano detener por algunos momentos el terrible tercer grado a que estaban sometiendo al Feo.

En la calle de Samaniego era muy poco habitual que hubiera un interrogatorio sin violencia, una cosa llevaba aparejada la otra. El Feo se las vio primero cara a cara con Arnau. La pareja de macizos y el jefe provincial del Movimiento eran meros espectadores.

—Tengo un grave problema contigo –dijo, mirando el reloj–. Podemos entrevistarnos los dos y terminar antes de una hora, porque tengo que asistir a un cóctel, o te dejo con estos dos amigos para que te interroguen de la forma que ellos saben.

El arrestado permaneció en silencio.

—¡Mala elección! –el inspector mostró una sonrisa–. Si me dices cuál es tu trabajo para los bandoleros, quiénes son tus compañeros y dónde se ocultan en el monte, esta noche estarás comiendo de caliente a costa del Estado y, aunque te pasarás más de veinte años en la cárcel, al menos no irás a parar ante un pelotón de fusilamiento. Tú eliges.

Tampoco tuvo contestación.

—Sigues haciendo una mala elección –esta vez la sonrisa desapareció de su rostro–. Sé que vas a hablar antes de terminar el día, tienes la cara rígida, pero las piernas te están temblando como el gallina que eres.

Hizo una señal con la cabeza, y los dos gorilas se le acercaron por detrás y lo esposaron con las manos a la espalda.

—¿A qué sector del maquis perteneces? –preguntó Arnau.

Pasados pocos segundos sin contestación, el bruto número uno estiró hacia atrás la silla del detenido, tirándolo al suelo. El número dos le dio una patada a la altura de los riñones.

—Dime el nombre de tu jefe –preguntó de nuevo el inspector.

Esta vez la patada en los cojones ocurrió inmediatamente después de la pregunta. Durante una hora, Arnau le repitió las mismas preguntas: "¿Qué objetivos tenéis para hacer un atentado?", "Dime el nombre de tus compañeros", "¿Dónde se encuentra vuestro campamento base?". Ante el silencio del detenido, se sucedían los golpes; una feroz paliza perfectamente dosificada. Golpeaban en los puntos débiles del apresado: los testículos, las espinillas, la rabadilla, los oídos, la nariz... El Feo sabía, porque así se lo habían enseñado, que cuando cayera al suelo debería tardar lo máximo posible en volver a la postura inicial para ganar tiempo de recuperarse, que debía mantener el cuerpo relajado, sin ninguna rigidez, porque así los golpes le dolerían menos, y que cuando lo derrumbaran al suelo debía tener los puños cerrados para que no le pisaran los dedos.

—Bueno, amigos —dijo al cabo de la hora el inspector—, ahora llamaremos a otros camaradas para que nos sustituyan. Como te he dicho, tengo que asistir a una fiesta.

El gobernador civil salió junto al inspector y los dos policías. Al cabo de unos momentos entraron otros seis hombres. Desnudaron al guerrillero y lo trasladaron a empellones hasta la ducha para reanimarlo. Durante largo tiempo se fueron turnando con las palizas. Uno de ellos, el que parecía que llevaba la voz cantante, modificaba las preguntas cada cierto tiempo. Unas veces le preguntaba por sus compañeros del sindicato, y otras por los cómplices de la Guerrilla.

Al cabo de seis horas, totalmente agotado hasta perder el conocimiento, el Feo fue arrojado a una celda, donde estaba esperándolo Secundino Esteve, que se quedó asustado por el estado de su compañero, temiendo que a él le ocurriera lo mismo. Antes de que recuperara totalmente el conocimiento, acudió un médico para examinar al malherido. La cura fue bastante superficial, limpiándole las heridas apenas, lo suficiente para que pudiera rehacerse.

—¿Cómo han dado contigo? —fue lo primero que preguntó el Feo—. Te aseguro que yo no te he delatado.

—Vinieron a mi casa hace unas horas y me acusaron de conspiración ilícita con los comunistas y pertenencia al sindicato de la UGT. Al parecer alguien ha ido con el cuento de que nos conocemos.

—¿Lo saben los demás? —se preocupó el Feo.

—No me ha dado tiempo de avisar a nadie —lo observó con aprehensión—. No sé si podré aguantar una paliza como esa.

—Podrás aguantar como yo lo he hecho —contestó, amenazante—. Nos has contado muchas veces a todos cómo te ataron con alambre de espinos a una palmera, allá, en Albátera, así que ahora es tiempo de demostrar que fue verdad. Tienes que dar tiempo a todos los compañeros para que puedan ponerse a salvo.

—Aquello fue hace diez años y ahora soy más mayor. Además, allí no tuve más remedio que aguantar, chillando como un descosido, y ahora puedo suprimir el sufrimiento con sólo contestar a lo que me pregunten.

Fue lo último que le pudo decir. Dos policías de uniforme subieron a Secundino a la misma sala en la que había estado antes el guerrillero. Lo sentaron en una silla y le esposaron las manos por la espalda, para marcharse de inmediato, dejándolo a solas con su turbación.

Secundino había estado detenido con anterioridad, pero jamás se había visto en el trance de resistir un interrogatorio directo como el que había sufrido su compañero del sindicato. Estaba cavilando cómo resistir al menos unas horas, cuando su miedo se trastocó en un enfado monumental. De repente se abrió la puerta y vio entrar a Arnau y dos policías acompañados por Carlos Salazar.

✫ ✫ ✫

Cuando el abogado de la empresa visitó al inspector Arnau para comunicarle sus sospechas sobre el conductor del taxi con la licencia 111, después de verle charlar a la salida de la fábrica con uno de los trabajadores más significados en desafección al Régimen, incluyendo los rumores de que era un enlace de los maquis, quiso aprovechar la información para demostrar su pertenencia a la Guerrilla. No había oído ninguna habladuría sobre su participación directa o indirecta con los maquis, pero quiso engañar al inspector porque le convenía para sus objetivos.

Carlos se guardó muy mucho de vincularlo con Evaristo; quería saber por dónde se encaminaría la denuncia, para guardarse esa información y entregársela a Salamanca, llegado el caso, para que pudiera usarla al objeto de investigar si Marcos Ferrer también pertenecía a la Guerrilla. Estaba obsesionado con la maldición a la que lo había condenado su padre, e intentaba ser quien diera con su hermano, no sabía aún si con el deseo de enterrar su memoria o para ser quien hiciera descansar de una puñetera vez a su desconsolada madre. Tras tanto tiempo, estaba convencido de la muerte del idolatrado hijo mayor.

A Arnau no le pareció más que una mera elucubración la posibilidad de que ambos pudieran pertenecer a otra cosa que a los sindicatos clandestinos. No habían encontrado ninguna prueba de lo contrario en la habitación del hostal donde vivía el taxista, pero Carlos no quería cejar en su empeño de vincularlo al maquis. Por un lado, creía que al mayordomo le cuadraba más dar apoyo a acciones militares que a reivindicaciones laborales y, sobre todo, deseaba con todas sus fuerzas derivar la investigación hacia el maquis por razones personales.

De cualquier modo, el inspector le preguntó por la identidad del obrero que había estado hablando con el taxista, y mandó de inmediato su arresto e internamiento en una celda de la Jefatura.

Arnau había dado orden de iniciar la investigación suponiendo los vínculos del Feo con lo que él llamaba los bandoleros, pero, a la vista de que no les estaba dando ninguna información, mandó también preguntar sobre sus posibles relaciones con los sindicatos ilegales, por lo que los agentes comenzaron a preguntar tanto por unas como por otras, aunque el Feo se mantuvo en silencio sobre ambas actividades. Fue entonces cuando el inspector hizo traer al abogado para preparar un careo entre él y el sindicalista detenido, a pesar de las protestas de Carlos; una cosa era hacer de confidente en el anonimato y otra muy distinta que se pregonara a los cuatro vientos su colaboración con la policía.

—Si me haces participar en el interrogatorio, mañana por la mañana toda la empresa sabrá que colaboro con vosotros, y ningún trabajador querrá tener ningún tipo de relación con mi persona. No podré servir a vuestros intereses de desenmascarar a todos los desafectos que hay en VAFESA.

—No eres nuestro confidente, Carlos –contestó Arnau con condescendencia–. Eres una persona de orden, y por consiguiente estás al lado del buen juicio y de la autoridad.

Cuando entró en la sala donde habían dejado a Secundino, éste no pudo menos que mostrar su ira.

—No sé qué os habrá dicho este malnacido –se dirigió a los policías–, pero os puedo asegurar que siempre he actuado conforme a la ley y mis obligaciones como representante de mis compañeros.

—Sabemos que usted pertenece a un sindicato revolucionario y que su enlace con el Partido Comunista en la clandestinidad es el tal Martín Pérez Tortolá, alias el Feo. También tenemos conocimiento de que el objetivo de ese sindicato, apoyado por los bandoleros del maquis, es el de provocar un atentado contra su empresa. Tenemos pruebas fehacientes de todo ello, y de aquí va a salir directo al juzgado acusado de pertenencia a banda terrorista, de atentar contra la seguridad pública, de preparar represalias de carácter social y de perturbar la tranquilidad, el orden y los servicios públicos.

—¡Yo no he hecho nada de eso! –se quejó.

—Tenemos el testimonio de este señor –Arnau señaló a Carlos– de que usted ha amenazado a los directivos de VAFESA en repetidas ocasiones con atentar contra la propiedad.

—¡Eso no es cierto!

—En la última reunión amenazaste con hacer saltar por los aires los talleres de la empresa –le replicó Carlos–. Después te vi con el bandolero ése que se hace pasar por taxista y ya no tuve duda. Has pactado con el maquis poner una bomba en los talleres de VAFESA.

—¡Mentira! Soy una persona pacífica que jamás cometería un acto de esa naturaleza. Martín es un viejo amigo que me vio salir de los sindicatos de la avenida del Oeste y se ofreció a llevarme hasta la fábrica después de habernos tomado un carajillo.

—Sabemos que Martín está unido al maquis, no te hagas de nuevas. Ahora mismo me dices cómo ibais a atentar contra la fábrica o te dejo en compañía de estos amigos que te van a dejar peor que al Feo.

Carlos seguía empeñado en vincular a los dos hombres con la Guerrilla. La rotunda negativa de Secundino a aceptarlo hizo que Arnau tomara partido en la discusión.

—Supongamos –dijo el inspector, poniendo su mano sobre los hombros del detenido– que te creo. Vale. No tenéis nada que ver con los bandoleros del monte, pero te voy a enseñar algo.

El inspector salió de la sala, lo que aprovechó Carlos para insistir.

—¿Conoces a un tal Marcos Ferrer Izquierdo?

—No sé quién es. Por lo menos no trabaja ni en mi sección ni ha venido nunca a alguna de nuestras reuniones.

—No trabaja en la empresa –contestó, salido de quicio–. Es un compañero vuestro del sindicato.

—Mire, don Carlos, ese cuento de que pertenezco a un sindicato no tiene ni pies ni cabeza. Como usted sabe, estuve detenido al finalizar la guerra y me he cuidado mucho de que no me vuelva a ocurrir.

—Pues siendo uno de los trabajadores más rebeldes de la empresa no lo vas a conseguir. A la vista está; ahora te han arrestado por conspirar con los terroristas para incendiar la empresa.

—¡Y dale! Que no soy de ningún sindicato y mucho menos de ningún grupo guerrillero.

Arnau entró en la sala llevando unos papeles en la mano.

—Estos documentos se los hemos encontrado a tu amigo Martín en la pensión donde se aloja. Míralos bien.

Tiró sobre la mesa algunos ejemplares de Mundo Obrero y de Nuestra Bandera, junto con otros impresos publicados en la clandestinidad.

—Espero que ahora no me negarás que tu amigo pertenece al sindicato comunista.

Secundino se quedó asustado cuando vio el material que el inspector le había arrojado a la cara. "¿Cómo puede ser tan necio como para guardar estos escritos en un hostal?" fue el primer pensamiento que le surgió.

—Es inútil que lo niegues –avisó Arnau–. Tienes dos opciones; o contarnos lo que sabes, con nombres y fechas, o terminar dentro de unas horas como has encontrado a tu amigo. Sé que quieres hacerte el valiente, pero, entérate de una vez, estos seis saben hacer su trabajo.

Secundino permaneció en silencio. El inspector preguntó con la mirada a Carlos y éste no pudo más que seguir con la mascarada.

—En la fábrica todos saben que eres el enlace de la UGT con los bandoleros. Sabemos que Demetrio Gutiérrez, Alejandro Toslada y tú sois compañeros en el sindicato y estáis detrás de todas las acciones reivindicativas que se han organizado durante los últimos años. Sólo nos faltaba conectaros con los bandoleros de los montes, y lo hemos hecho hoy mismo cuando se te ha visto departir amigablemente con el taxista.

Secundino respiró hondo, esperando el primer guantazo. Se calmó algo porque ninguno de los compañeros que habían nombrado pertenecía al Partido y mucho menos al sindicato. Si no pudiera aguantar, ya vería si los denunciaba, pero el único que tenía relación con UGT, colaborando con el sindicato, aunque nunca quiso pertenecer a él, era Rafael Almunia Carrasco. Un contrasentido que un camisa vieja colaborara con los socialistas, pero quizá ese aparente despropósito le había salvado de caer también en las garras de la policía. Nadie imaginaría jamás que un falangista se uniera a los rojos.

Como seguía en silencio, los seis verdugos montaron la rueda. Lo rodearon y, aleatoriamente, cada uno le preguntaba sobre sus compañeros o sobre los planes del sindicato y le pegaban una bofeteada o un puntapié. Les daba lo mismo que sangrara por la nariz o que al poco de empezar le partieran los labios. Secundino repetía una y otra vez que fueran a casa de sus compañeros de trabajo y comprobarían la verdad. Alejandro Toslada era una persona que quería vivir en paz; había dimitido como enlace sindical y nunca más se significó en cualquier reclamación hecha por los trabajadores; es más, muchos le afeaban que hubiera dejado sus preocupaciones laborales por los compañeros. De Demetrio dijo que era un perro ladrador, que se le iba toda la fuerza por la boca; nunca le escuchó, cuando estaban a solas, pretender nada que pudiera ponerlo contra la ley.

Cuando los seis brabucones le hicieron el perrillo, Carlos y Arnau decidieron salir. Por lo visto, no tenían estómago para soportar la actuación de aquellos miserables. Los policías lo tumbaron en la mesa y le ataron los pies, con medio cuerpo fuera. Le pusieron unas pequeñas esposas y se fueron turnando los seis en darle golpes en los omóplatos, patadas en las costillas si caía al suelo, y puñetazos en el plexo solar, en los testículos y en otras partes del cuerpo. Cuando lo incorporaron, Secundino creía que se partiría en dos.

Era de madrugada cuando lo llevaron a la celda donde aún estaba el Feo. El recién llegado le guiñó el ojo mientras se tumbaba en el jergón esperando la llegada del sanitario para que le curara las heridas. En su lugar llegó otro preso, un preso común demasiado parlanchín que contempló las heridas de ambos.

—Cuando veo a tipos como vosotros, me alegro de estar aquí sólo por haberle quitado la cartera a un ricachón. Por lo menos comí de caliente una temporada, y dentro de cuatro días volveré a la calle.

—Muchas gracias –contestó el Feo–, ya me habían dicho que nos meterían en la misma celda a un confidente de la pasma para bajarnos la moral, pero te aseguro que no lo vas a conseguir.

—¡Oye, amigo!, que ni soy confidente ni vengo a subiros ni a bajaros nada. Pero, por la pinta que tenéis, me temo que lo vais a pasar muy mal.

—¿Más aún?

—Esto no es nada comparado con lo que os harán en el cuartel de Arrancapinos. Comparado con eso, esta comisaría parece un hotel de los carísimos.

—No sé por qué nos van a llevar allí –contestó el Feo, acordándose de los planes de los compañeros para asaltarla.

—Pues es lo que hacen con todos los rojos que han pasado por aquí.

Pasaron la noche en silencio, y a la mañana siguiente volvieron los policías a por los guerrilleros. Los subieron a unas estancias pegadas la una junto a la otra, y cada uno, durante más de once horas, oyó los gritos del compañero, lo que, añadido a su propio sufrimiento, hacía más terrible el pánico que se adueñaba de ellos.

Los dos cuchitriles donde los torturaban estaban situados en el quinto piso del edificio, y en algunas ocasiones los sacaban a las ventanas, amenazándoles con tirarlos al vacío, aunque, a su vez, estaban pendientes de que no cayeran a la calle o se tiraran para terminar el sufrimiento. Era de noche, y la calle estaba desierta. A ambos los habían amenazado con una pistola, asomándoles por enésima vez a la ventana. "¿Un tiro o la caída?" preguntó al Feo el que parecía llevar la voz cantante. Los sacaron a la vez, una ventana junto a la otra. Secundino estaba al borde de la rendición.

—Vamos a hacer un nuevo experimento –dijo el jefe, un tal inspector Cano, dirigiéndose a Secundino–. Quiero saber quiénes son vuestros enlaces con los maquis, y si no me dices el nombre del jefe y el lugar donde se esconden en cinco segundos, tiro a tu compañero por la ventana.

El Feo, quiso desprenderse de sus agresores, chillando como un poseso.

—¡Mándalos a la mierda! –gritó alto para que lo oyeran dos transeúntes que miraron aterrados el espectáculo–. Ahora mismo lo hago yo sin que me tengan que empujar.

El inspector, al comprobar que estaban siendo observados, mandó a uno de los otros que bajara inmediatamente e incomunicara a los dos viandantes. Mientras lo hacía, los que estaban sujetando a Secundino se descuidaron un momento mirando a la otra ventana. Éste aprovechó el descuido para, de improviso, arrojarse a la calle desde la ventana.

—¡Viva la República! –fue lo único que gritó antes de lanzarse al vacío.

Su cuerpo explotó junto a los dos transeúntes. Casi alcanzó a un policía de uniforme que se asustó al oír el impacto seco del cuerpo sobre la calzada, y que introdujo a empujones a los dos paseantes dentro de la Jefatura.

— Capítulo XIX. —

Bajo la advocación
de la ideología falangista

Santiago Dalmás recibió la noticia a través de un bedel de la Delegación de Trabajo en la calle Conde Salvatierra. Debería presentarse de inmediato en el Instituto Social, un órgano recién creado para, según sus estatutos, regular autoritariamente las relaciones de producción, manteniendo una estrecha simbiosis con la organización sindical, bajo la advocación de la ideológica falangista. Marchó hacia la plaza de San Agustín y de allí, pasando por la calle de Játiva, tomó la de Colón para acercarse hasta el Instituto recién creado. Tardó poco más de veinte minutos, que pudo aprovechar para recapacitar sobre el motivo por el que le habían llamado con tanta urgencia.

Las negociaciones entre los trabajadores y la empresa de VAFESA sería, a buen seguro, el motivo de esa llamada. No tenía ningún otro caso que requiriera la atención de los dirigentes del Ministerio de Trabajo. "Regular autoritariamente", esas dos palabras le maliciaron que los accionistas de la empresa habían instado al delegado provincial a hacer cumplir de manera inmediata la vuelta al estado de cosas anterior a las reivindicaciones.

Al llegar a la esquina de Conde Salvatierra observó que venía desde el Parterre Carlos Salazar. Se saludaron con frialdad.

—Voy a la Delegación de Trabajo, que me han llamado con urgencia –comentó el recién llegado.

—Creo que vamos al mismo sitio –respondió Dalmás.

—Igual vamos a la misma reunión –apostilló Carlos, con una sonrisa.

—Sabes que nos han llamado a los dos para que intervenga el Instituto Social a instancias de una parte. Tus clientes tienen mucha influencia.

Caminaron en silencio hasta llegar al número 9. Tras conocer que también iba a asistir Carlos a la reunión, el abogado de sindicatos estaba convencido de que la autoridad laboral iba a dictar la desestimación de las reivindicaciones de los trabajadores.

Subieron en silencio hasta la segunda planta. Un bedel les informó de que tenían que esperar hasta que concluyera la reunión que estaba teniendo el director.

Carlos sacó un paquete de Chesterfield y le ofreció a Santiago un cigarrillo que éste rechazó.

—Debes asumir la derrota con más señorío –dijo–, parece mentira que no sepas reconocer que las peticiones de los trabajadores son imposibles de aceptar con la actual situación económica.

—Cuando significa que hay que pagar mejor a los empleados, vuestra empresa siempre se excusa en la situación económica. Pero me han dicho que es boyante, creo que VAFESA ha obtenido un 27 por ciento más de beneficios que el año anterior.

—El papel es muy sufrido. Una cosa es la contabilidad y otra muy distinta el dinero de caja y bancos. En estos momentos los saldos bancarios están en números rojos.

—Entonces deberéis pedir créditos a cuenta de lo que os corresponde por los pedidos ya entregados porque, si no tenéis liquidez, al menos contaréis con clientes que os deban dinero. Para vosotros, pedir crédito es fácil, uno de vuestros principales accionistas es el Banco de Valencia.

—Veo que es imposible llegar a ningún acuerdo contigo. No entiendo por qué te pones siempre del lado de esos comunistas.

—Entre los trabajadores de la empresa hay comunistas, no voy a negarlo, pero también hay falangistas, gente de las JONS, socialistas, republicanos radicales, de la CEDA, de Izquierda Republicana, monárquicos convencidos y algún anarquista. Gente que luchó en el ejército de la República, e individuos que lo hicieron con el bando nacional. Gente cuyos familiares y amigos murieron en paseos a manos de los rojos, y gente a los que los falangistas mataron sin juicio previo, enterrándolos en una cuneta perdida en alguna carretera de mala muerte. Hay de todo, como en botica. Pero lo que les une a todos es la defensa de sus puestos de trabajo y la lucha para que se respeten sus derechos laborales, unos derechos que regula la legislación franquista, no te olvides.

—Lo que acabas de decir podría ser motivo suficiente para declararte desafecto al Régimen.

—¿Amenazas con denunciarme?

—No, eso no lo haría nunca con un compañero de armas. No te olvides que luchamos en el mismo bando.

—En la guerra puede que sí; ahora me parece que no.

—Sería incapaz de denunciarte, lo deberías saber –Carlos estaba dolido.

—Pues no es lo que comentan los trabajadores de tu empresa. Dicen que desde abril último has cambiado mucho, endureciendo tu postura en las negociaciones, y que, desde que se produjo ese cambio, han aumentado los despidos y las detenciones por parte de la policía a los trabajadores más significados en la defensa de los derechos laborales.

—Eso es del todo falso –se apresuró a contestar.

—Creo que las detenciones de la policía, que me han comentado los del Jurado de Empresa, a obreros muy señalados en las demandas laborales, de madrugada y en sus domicilios, esposándolos delante de su familia y con el alboroto suficiente para despertar a todos los vecinos, han ocurrido en verdad. No me han mentido. Además de apresarlos, los humillan frente a todos los que los conocen.

Estaba Carlos terminando el cigarrillo cuando la secretaria les avisó de que la reunión anterior había terminado y el director del Instituto Social los iba a recibir.

El despacho del director era enorme y contaba con una amplia mesa, una lámpara de pie, un sillón de cuero repujado con su reposapiés, dos sillas frente al escritorio, un secreter, un buró y una extensa librería. En una esquina de la estancia habían colocado un tresillo con una mesa de centro. La puerta de entrada estaba frente al director, por lo que ésa fue la razón de que ninguno de los dos se diera cuenta del invitado que estaba sentado en uno de los sillones del tresillo, con un vaso de güisqui y un cigarrillo en la mano. Estaba leyendo un dosier.

—No sé si conocen personalmente al señor ministro de Trabajo –preguntó el director del Instituto Social.

José Antonio Girón de Velasco no hizo ademán de saludarlos, aparentemente embebido en la lectura. Sólo cuando los tres se sentaron frente a él, el propietario del despacho en el otro sillón y los dos abogados en el pequeño sofá los miró de frente.

Carlos le estrechó la mano con energía. Al parecer se conocían de antes.

—Es un honor, camarada, que haya accedido a mantener esta reunión con todas las partes –comentó Carlos– para poder solucionar un grave problema. ¡No sabe usted la falta que nos hace que nos imponga una solución conveniente para el fructífero futuro de la empresa!

Cuando terminó de saludarlo, todos mantuvieron en un silencio molesto. Ningunos de los otros dos accedió a presentar a la cuarta persona.

—Soy Santiago Dalmás, el abogado del sindicato –se presentó a sí mismo.

—¡Oh, perdón!, qué distracción más inexcusable –se disculpó el director.

El ministro cerró el dosier en cuya tapa se podía leer la palabra VAFESA y, dirigiéndose al abogado del sindicato, dijo:

—Me han informado de que tiene usted problemas para llevar a buen puerto las reivindicaciones de los trabajadores en una de las empresas más importantes de la región valenciana.

—No más que en otros casos donde las partes no pueden llegar a un acuerdo.

—Pero en esta ocasión, según me dicen, obra usted más como asesor de una parte que como árbitro imparcial.

—Pues quien se lo ha dicho está totalmente equivocado –contestó, mirando a Carlos con desafío.

—Constantemente estás a favor de los trabajadores –interrumpió el otro–. Quieres que cedamos en lo que no podemos consentir.

Dalmás le ninguneó, hablando directamente con el ministro.

—Debo hacer varias precisiones. No es cierto que pido ceder en nada, sino transigir por lo menos en aquello en lo que los trabajadores tienen razón. Además...

—Ni además ni gaitas –interrumpió Girón de Velasco–. Aquí no estamos para tirarnos a la cara agravios anteriores, sino para encontrar una solución. Y el compromiso que debemos tomar aquí y ahora es que cesen las revueltas, las huelgas encubiertas y la baja productividad. Todos queremos que la Patria se entienda como unidad armónica e indivisible superior a las pugnas de los individuos, las clases y los sindicatos, por lo que no podemos consentir una revolución como la que está gestionando en esa fábrica, que destruye por destruir, por puro vandalismo, fruto de la desesperación y alimentada por el ánimo de venganza, que no tiene otra explicación que la del suicidio. ¿Quiere ver cerrada la empresa más pronto que tarde?

—Don José Antonio, alguna de las reclamaciones de la parte social tiene suficientes argumentos legales como para ser tomadas en consideración.

—Eso no es el asunto que nos importa en estos momentos –Girón se puso nervioso–. Usted no tiene por qué ser el abogado de los anarquistas del sindicato. Esos jurados de empresa lo único que quieren es destruir el sistema de producción de una de las empresas punteras de la Patria.

—Creo que está mal informado. Esas personas cumplen con su misión; no olvide que, como usted bien dice, unas de las funciones más relevantes del jurado es la de proponer a la empresa las medidas tendentes a elevar la producción y la productividad...

—Estoy cansado de decirlo en todas las reuniones –interrumpió una vez más Carlos–. Hasta que no cumplan esa premisa, no podemos hablar ni de rebajar un minuto el horario habitual ni de aumentar ni un chavo la nómina de los empleados.

Dalmás continuó dirigiéndose al ministro, ignorando de nuevo la interrupción del representante de la empresa.

—Pero también es misión de los jurados de empresa la canalización de las reclamaciones de los trabajadores y la vigilancia del cumplimiento por parte de la empresa de la legislación social.

El ministro tomó un trago de güisqui, mientras se acomodaba en la butaca.

—Me han dicho que usted es una persona honesta, teniente de Regulares durante la guerra y proclive a llegar a acuerdos en situaciones de importantes desencuentros. No veo por qué en esta coyuntura no puede atemperar la actitud atropellada de los trabajadores. Estoy seguro de que, como excombatiente nacional, sabrá la importancia que tiene preservar una paz social y acorde con los postulados del Movimiento.

—Una negociación es un tira y afloja –contestó Dalmás–. Unos piden y otros hacen su contraoferta, sobre todo si algunas de las peticiones tienen fundamentos razonables. En esas conversaciones nunca se debe afirmar de forma taxativa que la otra parte no tiene razón, porque siempre tiene sus razones. Lo que se debe hacer es convencerle del equívoco de sus razones.

—Difícilmente podremos hacerlo si están errados en todas sus peticiones –interrumpió de nuevo Carlos.

—Eso no es así. Lo cierto y verdad es que los trabajadores están realizando más horas semanales que las estipuladas por la ley, y que esas horas no se han abonado con cantidad alguna.

—Pero hacen falta –continuó interrumpiendo el abogado de la empresa–. Tenemos unos plazos que cumplir y la gente no está lo suficientemente adiestrada en las nuevas tecnologías. Necesitamos una mayor productividad antes de hablar de mayores costes laborales.

Girón de Velasco comenzó a impacientarse, pero Dalmás quiso disentir de lo expuesto por el representante empresarial.

— Puede que así sea, pero si el trabajador hace horas extraordinarias debe tener una contraprestación. Se podría proponer el abono de la mitad, de un tercio, de su valor por las horas extraordinarias realizadas hasta la entrega de las nuevas locomotoras, ¡qué sé yo! O la compensación con vacaciones de las horas realizadas de más; por ejemplo, cada dos horas extraordinarias, una de permiso. Alguna fórmula se podría encontrar.

— Creo que es suficiente –atajó el ministro–. No se puede anteponer los egoísmos particulares al bien común, amigo Dalmás. Antes de cualquier demanda, los productores tienen que trabajar bien. La desgana es un boicot no sólo a la Empresa, sino al bien supremo, porque crear riqueza es hacer Patria. Las reclamaciones de los trabajadores deben ser sobre una serie de cosas concretas, a fin de eliminar los obstáculos que dificultan e impiden el desarrollo de la Patria y la construcción del orden necesario para su bienestar y engrandecimiento. Ahora debe imperar como objetivo común la entrega de esas locomotoras. Una vez hecho, no se preocupe, que el Estado, como un juez implacable, dirá cómo se ha de distribuir el beneficio logrado entre todos. No podemos vender la piel del oso antes de matarlo, como en este caso es la entrega de las locomotoras. Debe explicar claramente a los productores que el trabajo es un servicio que se debe prestar alegremente, porque se gana para la Patria una prosperidad de la que nos sabremos participantes.

— Creo, señor, que reclaman cosas concretas: el cumplimiento del horario semanal legal y el abono de las horas extraordinarias realmente trabajadas.

El director del Instituto Social y el abogado de VAFESA se mantuvieron callados, esperando un arrebato de furia por parte del ministro tras las palabras de Dalmás, pero se quedaron asombrados cuando éste no mostró ninguna reacción. Girón tenía fama de montar un escándalo cada vez que le contradecían. En su lugar, se levantó con parsimonia y rogó a los otros dos que se marcharan porque deseaba hablar a solas con el abogado del sindicato.

— Id a tomar un café que quiero hablar a solas con este señor –ordenó.

Mientras aquellos salían, el ministro fue hasta la mesa para sentarse en el sillón. Hizo un gesto ofreciendo al otro una de las sillas en el lado opuesto al escritorio. Dalmás esperó a que el otro comenzara a hablar.

—¿Es usted camisa vieja?

—No señor.

—Pero como abogado del sindicato pertenecerá a la Falange.

—Fue condición sine qua non para presentarme al puesto.

—Por lo que veo, lo es por obligación, no por convencimiento.

—Uno tiene sus inquietudes, y he leído el libro del discurso de la fundación de la Falange Española. Es interesante en algunos aspectos.

—Entonces estará de acuerdo con los principios inspiradores del Movimiento Nacional.

—Creo que mezclar esos principios con los de la Falange es un poco aventurado. No creo que José Antonio, a tenor de sus escritos, estuviera de acuerdo con algunos postulados del gobierno actual.

—Un aspecto donde la Falange y el Movimiento concuerdan es en la necesidad de un líder para culminar la revolución falangista que estamos llevando a cabo; un César, como lo definía José Antonio.

—Pero no me negará que entre Franco y José Antonio hay algunas diferencias.

—En lo referente al aspecto social, ninguna. Los viejos falangistas estamos a la cabeza de los ministerios encargados de regular las relaciones laborales.

—Eso no se lo puedo discutir.

Girón mostró su condescendencia arrellanándose en el sillón.

—En la Falange –dijo–, la disciplina es la primera virtud y el primer deber. Su medida nos da la calidad del temperamento del falangista. En la Falange se cumplen las órdenes del jefe inmediato sin discutirlas ni examinarlas. Aunque se dude de un jefe, se le obedece lo mismo. La murmuración y la crítica son defectos femeninos, no hay que dejarse moldear por el ambiente blandengue en que vivimos.

Girón calló esperando una reacción del otro. Ante su silencio continuó con esa reflexión.

—Aquí nadie representa nada por sí mismo, por su historia o por su capacidad, sino por la jerarquía del servicio que desempeña, y tú, camarada Santiago, tienes un gran porvenir en este ministerio, y aún en otros, si estás a la altura de tu responsabilidad con el sindicato. Como sabrás, las economías dirigidas como la nuestra, que son características de los pueblos con preocupación por lo social, constituyen el resorte y meta de la dogmática económica nacionalsindicalista, y el primer objetivo es el engrandecimiento de la Patria. Franco y la Falange son la avanzada de la revolución y de la Patria. Fíjate en quién está contra ellos y descubrirás a muchos españoles traidores, como los agitadores entre los productores de VAFESA, que quieren llevarte a ti, un excombatiente nacionalsindicalista de la guerra de Liberación, a una rebeldía injusta.

—Pero, señor ministro, no podemos olvidar nuestras propias leyes nacionalsindicalistas. Algunas de las peticiones de los trabajadores se ajustan a derecho.

—Dalmás –Girón se impacientaba–, cuando digo que si cesan esas reclamaciones tendrás un gran futuro dentro del Movimiento, hazme caso. Como premio por ayudar al Estado en cosas más intrascendentes, alguna persona ha llegado a ser gobernador civil de una provincia.

—¿Me está proponiendo un puesto de gobernador civil?

—¡No seas majadero! Lo único que te digo es que ahora mismo están vacantes dos plazas en gobiernos civiles de cierta enjundia. Yo no compro voluntades, nombro en puestos de responsabilidad a personas comprometidas con los principios nacionalsindicalistas. Tú sabrás lo que haces.

—He jurado defender la ley española y eso es lo que hago, señor ministro.

—La ley nacional no es única, hay otras muchas, quizás demasiadas.

El ministro se levantó de la butaca y se puso junto a Dalmás, que se incorporó de inmediato. Se le acercó cara a cara.

—No le conviene atentar contra los principios del Movimiento. Puede ganar un buen puesto o perder un trabajo insignificante. Hay docenas de recién titulados que lucharían por el bienestar de la Patria en su puesto del sindicato.

—Hay un dicho muy antiguo que dice "la cuaresma y la justicia están hechas para los pobres". Tenemos que dársela, señor ministro, o estaremos pecando contra Dios y contra los principios de la Falange. Veo que usted lleva la camisa azul, y yo confieso y comulgo todas las semanas.

—Usted lo ha querido –contestó Girón, entre sorprendido y malhumorado.

Girón ordenó por teléfono al bedel que mandaran llamar a los otros dos. Llegaron de inmediato; posiblemente estaban esperando en la antesala. El ministro volvió a sentarse en el sillón del director, por lo que los otros tres quedaron de pie frente a la mesa.

—El señor Dalmás quedará cesado de sus funciones mañana mismo –informó–. El Instituto Social deberá hacer un informe sobre los incidentes ocurridos en la empresa VAFESA y una recomendación sobre las soluciones a implantar.

—¿Y cómo deberemos orientar dicha recomendación, señor ministro? –preguntó el director.

—Como mandan sus estatutos, señor director, bajo la advocación de la ideológica falangista.

✴ ✴ ✴

A la salida de la Dirección Provincial del Ministerio de Trabajo, Carlos invitó a Dalmás a tomar una copa en la cafetería Lara, en la esquina de la calle de la Paz con el Parterre.

—Nos pilla camino de mi casa y de tu despacho, y quisiera comentarte un problema que tenemos –le dijo.

Caminaron hacia la plaza de Alfonso el Magnánimo, pero el abogado recién despedido no aceptó la invitación.

—Por tu culpa me he quedado sin trabajo. Además, quieres que te solucione lo que tú llamas un problema, y a saber en qué chanchullo te habrás metido.

—No es sobre mí, es sobre mi madre –replicó–. Ya sé que estás muy enfadado conmigo, pero no por eso lo va a pagar la mujer. No te creo capaz de eso.

Se había quedado sin trabajo y no estaría mal que lo volviese a contratar doña Soledad, pero estaba aún muy cercano el despido.

—Tuve que renunciar a representar a tu madre porque era el abogado sindical de VAFESA y creí que había un conflicto de intereses si era el abogado de Salazar, uno de los más importantes accionistas de la empresa y al mismo tiempo mediador entre las partes. Y quiero dejar muy clara una cosa: he dicho de la empresa, no de la patronal ni de los trabajadores. Pero, del mismo modo que los empresarios tienen un abogado –le señaló–, los trabajadores pueden tener el suyo, y hasta que no me desvincule del todo de VAFESA, esta vez te digo que, como abogado de los trabajadores, no puedo ni plantearme lo de tu madre.

—La cabra tira al monte –Carlos lo miró despectivamente–. Al final te has delatado. Siempre has estado a favor de esos comunistas.

—Sabes muy bien que luché al lado del Alzamiento Nacional y que soy militante de la Falange, obligado para poder optar al puesto que ahora me habéis arrebatado. Por lo menos he intentado mantener el juramento que hice de defender los principios de la Falange, pero la de verdad, no la de esos falangistas como Girón o como tú, que muchos camisas viejas, pero bien que os ha domado el franquismo. Hoy, por ejemplo, os habéis puesto al servicio del capitalismo, que no era una ideología muy querida por José Antonio. Recuerda aquello que decías antes de que te domesticaran: "ni marxismo ni capitalismo, ¡nacional-sindicalismo!".

—¿Y quién eres tú para hablarme así? Un cobarde comunista encubierto. Merecerías que te denunciara por defensor de los marxistas y los anarquistas.

—En eso tienes experiencia, ¿verdad? Don Carlos Salazar Pérez-Collado, confidente de la policía y delator profesional. Toda la familia sois unos parásitos del Régimen. Evaristo Orozco salva a tus padres de una muerte segura, y como pago hacen trabajar al matrimonio gratis como criados. El inspector Orozco, una magnífica persona, trabajando como siervo de un capitalista como tu padre.

—Lo salvó de la prisión –dijo, avergonzado–. Los tiempos no estaban para gastos, y la policía obligó a mi padre a ser garante de ellos dos. En nuestra casa encontraron techo, vestido, lumbre y comida.

—Más o menos lo que tenían los esclavos en el hogar de los patricios romanos.

Estaban bajo el centenario ficus del Parterre. Carlos fue a contestar, pero se retuvo. En el fondo Santiago tenía razón, el inspector Arnau le había domesticado, y ahora se lo estaban echando en cara. Trascurridos unos segundos en silencio, se veía atrapado defendiendo a los dueños de Valenciana de los Ferrocarriles S.A. Dalmás insistió.

—Habéis esclavizado a Evaristo Orozco y a su mujer, y ahora pretendéis que también trabajen gratis como burros los obreros de la fábrica. No me extrañaría nada que tú fueras el chivato de la policía, culpable de que hayan arrestado a varios sindicalistas por el solo hecho de defender sus legítimos derechos. Hasta podría asegurar que eres el responsable de la muerte en la Jefatura de la calle Samaniego de Secundino Esteve.

—Esa detención fue posible cuando detuvieron a un tal Martín Pérez Tortolá, que identificó al otro como uno de sus compañeros en el maquis.

—¿Y cómo es que sabes eso?

Carlos se maldijo por habérsele escapado esa información. Nunca aprendería a tener la boca callada.

—Es de dominio público y, además, me llamó la policía para que les confirmara que Secundino era un trabajador de la empresa –cayó en la cuenta de otra cosa cuando se acordó del viaje en el taxi 111 del mayordomo con el que resultó ser otro miembro del maquis–. Pero me pregunto por qué has unido el caso de Evaristo con uno del maquis. ¿Acaso sabes si eran camaradas?

—¡Qué tontería! –respondió, incrédulo, el otro–. Es imposible que Evaristo pudiera relacionarse con ellos. No ha salido de Valencia desde que trabaja en vuestra casa.

Se despidieron al llegar al inicio de la calle de la Paz. Camino de su casa, Carlos volvió a pensar en la posible relación entre Secundino, Tortolá, alias el Feo y Evaristo. Había estado en el interrogatorio de los dos primeros y allí quedó confirmada la relación de ambos con el maquis. El Feo había aguantado como un valiente hasta la fecha, aunque Arnau estaba seguro de que al final claudicaría y denunciaría a los componentes de su partida. Sin embargo, no le había contado al inspector que un día vio cómo se bajaba el mayordomo del taxi 111.

Dalmás le había afeado, aunque sin pruebas, su papel de cómplice de la policía. Al propio Carlos no le hacían falta pruebas, él sabía que era cierto y eso era bastante para humillarlo. Le hubiera gustado sobremanera poder contarle al abogado el chantaje que Arnau ejercía sobre él. Era cierto mucho de lo que le había dicho Santiago Dalmás, y eso lo encolerizó. ¿Quién se había creído que era ese chiquilicuatre para darle clases de moralidad?, se preguntó cómo autodefensa a su propio estigma. Mientras él se apuntaba a la Falange en los años duros, perseguido por los rojos durante la República, el otro estaba estudiando su carrera sin importarle un ápice el futuro de la Patria. Seguro que se alistó en el Bando nacional más por temor a que, siendo de familia pudiente, las hordas rojas mataran a sus padres y hermanos, que por salvar la Patria de esos asesinos. Luego, tras la victoria, bien que se afilió a la Falange para poder medrar en el sindicato. Carlos había sufrido persecución por intentar que el espíritu joseantoniano se mantuviera intacto en el nuevo Régimen, y lo único que había conseguido era que un cabrón de la policía lo tuviera cogido por los cojones y le obligara a defender un franquismo cómplice de un capitalismo español latifundista y provinciano. La Falange, contra el criterio capitalista que asigna la plusvalía al capital, propugna el criterio sindicalista: la plusvalía para la comunidad orgánica de productores; y en esa lucha, él, un camisa vieja, había caído en manos de una policía al servicio de la clase dominante del franquismo más reaccionario.

Conforme llegaba a su casa fue aumentando el estado de irritación, que se tornó en resentimiento contra Arnau, un policía al servicio de los amos en lugar de servir a la sociedad en general; contra Girón de Velasco, un falangista domesticado por los nuevos amos de España; contra Santiago Dalmás, que se había concedido el título de persona íntegra rechazando el ofrecimiento del ministro; contra Secundino, porque había alentado a sus compañeros a provocar las algaradas marxistas en la fábrica; y contra Evaristo, que sabía de su traición a unos ideales que lo habían llevado hasta trabajar para ese sistema opresor.

Al llegar a su casa, observó que en la puerta del inmueble el mismo Evaristo estaba hablando con una persona que, al notar su llegada, marchó con excesiva prisa. Se acordó del taxi 111, de los comentarios de Dalmás, de la vinculación del Feo con los maquis y de la terrible animosidad que tenía contra el mayordomo desde que sabía de su colaboración con la policía.

En ese momento lo decidió. Iría a Arrancapinos para contar al capitán Salamanca que Evaristo era un colaborador del maquis.

El mayordomo se quedó asombrado de que Carlos pasara frente a la puerta y siguiera su camino sin tan siquiera saludar. Entonces entró en su casa con mucha prisa.

— Capítulo XX. —

Echarse al monte

Roberto reunió con toda urgencia a los compañeros en la casa de Benicalap. La detención del Feo y de Saturnino los había puesto en una situación crítica y debían tomar medidas para minimizar el impacto que esa circunstancia tenía para su seguridad. Era una temeridad reunirse tan pronto y en aquel lugar, pero la situación era tan apremiante que valía la pena arriesgarse.

Gervasio fue el primero en hablar, una vez que Roberto informó de las detenciones.

—Esto es el principio del fin –comentó, encolerizado–. Hemos perdido un tiempo precioso sin querer atacar al enemigo donde más nos ha castigado, el cuartel de Arrancapinos, y ahora nos va a tocar huir con el rabo entre las piernas.

—No es momento de arrepentirse de lo que no se ha hecho, sino de planear lo que haremos desde ahora –respondió Roberto–. Tenemos que colocarnos a cubierto y avisar a todos los compañeros que pudiera delatar el Feo.

—Martín –Gervasio lo llamó por su nombre en lugar del mote– aguantará como un hombre; lo conozco. No nos delatará.

—Tú lo has dicho –añadió Laski–, lo hará como un hombre y todo ser humano tiene un límite de resistencia. Mantendrá el pico cerrado tres o cuatro días, pero al final, si no termina por la vía rápida como Saturnino, cantará. Lo menos que pueda, pero piará, y no sabemos si dirá de uno o de otro, de la localización de la Guerrilla o del piso de Ruzafa. Pero ten por seguro que, si a los matarifes de la policía no se les va la mano o él no puede terminar por la vía rápida, delatará a alguien.

—Tenemos que avisar a Justino para que estén preparados los de los montes de Cuenca y de Teruel, y que él se encargue de avisar a los del Sector 17º de la sierra de Gúdar –ordenó Roberto al Menda–. Gervasio irá a Castellón para avisar a los del Maestrazgo.

—Yo avisaré a Evaristo Orozco –se ofreció Laski–. Es una de las personas a las que el Feo, en un momento de debilidad, podría denunciar antes que, a otros, porque tiene muy poco conocimiento sobre nuestros planes e identidades.

—Me parece muy bien.

Roberto aceptó la sugerencia encargándole que fuera a buscarlo lo antes posible. Amparo y Teo permanecían en silencio. Al final, la muchacha preguntó lo que todos deseaban saber.

—¿Qué haremos después? Creo que seguir con nuestra vida normal sería muy peligroso.

—En principio, Gervasio irá al Maestrazgo y de ahí pedirá que lo saquen a Francia, vía el Pirineo aragonés o por Cataluña –ordenó Roberto–. Cuando podamos nos reuniremos en Toulouse.

—Yo he venido aquí a luchar contra los fascistas, no para huir en cuanto surge un problema –contestó Gervasio–. No estoy dispuesto a renunciar al asalto a Arrancapinos. Ese cabrón de Salamanca me las tiene que pagar.

—Te lo has tomado como algo personal y eso no puede ser. Tenemos que pensar en el bien general.

—¡Claro que me lo he tomado como algo personal! –exclamó Gervasio–. Ese asesino ha matado a mis amigos, los mejores en el campo de batalla, y a compañeros que lucharon por lo mismo que todos nosotros. Los torturó con descargas eléctricas, cortándoles los tendones con vidrios rotos, aplicándoles fuego en los pies, descoyuntando sus miembros, introduciéndoles palancas entre las uñas y la carne, amenazándolos con una pistola en la sien. No sigo con el catálogo que no tenemos tiempo que perder. Los fotografió una vez asesinados, muchos de ellos por la espalda aplicándoles la ley de fugas, para presumir de sus fechorías y para escarnio de la Guerrilla. Somos el ejército republicano y no una banda de mafiosos que asesinan por negocio. Nosotros atacamos cuando nos agreden o para expulsar el fascismo de este país, tomándolo como algo muy personal.

—Todos estamos de acuerdo con él –apuntó Amparo–. En mi caso, además, he sido una de las represaliadas.

—Tenemos que reorganizarnos para luego poder atacar con mayor fuerza –fue lo único que se le ocurrió decir a Roberto–. El Comité Central nos dará medios para golpear a los facciosos donde más les duela.

—¿Reorganizarnos huyendo a Francia? –preguntó Gervasio–. ¿Nos vamos a Toulouse, nos entrenan allí, nos dan armas, dinero y municiones y venimos contra el ejército franquista? La última vez que hicimos eso nos aniquilaron en el valle de Arán.

—Carrillo y los compañeros de Moscú y París saben mejor que nosotros cuál es la situación política en el interior del país en estos momentos –terció Laski–. Creo que deberíamos seguir sus consignas. Estoy seguro de que esta vez no caerán en los errores que cometió Monzón, un intelectual de formación burguesa, lleno de ambiciones personales, ligado por lazos familiares y por su formación a elementos reaccionarios, con los cuales jamás llegó a romper totalmente, según las propias palabras de Carrillo.

—Santiago desea menos que vosotros el fin de la Guerrilla –Roberto se agarró al clavo ardiendo que le acababan de dar–. Es necesaria una insurrección interior en estos momentos para advertir a las democracias del levantamiento popular contra el fascismo. Os aseguro que la posibilidad de evacuar a los guerrilleros la plantea Carrillo a cuatro o cinco años vista siempre que en las organizaciones sindicales y civiles tengamos representatividad como para forzar la vía de la sublevación popular con huelgas y manifestaciones multitudinarias lo suficientemente extensas como para forzar a Franco a que abandone el poder.

—Eso no te lo crees ni loco. El dictador nunca abandonará el poder, y menos aún cuando el capitalismo internacional, sobre todo el nortea-mericano, lo usa como contrapeso a la influencia comunista en el sur del Mediterráneo.

—No volvamos a debatir si nos vamos a Francia o no –cortó en seco Amparo–, eso lo discutiremos con rigor y sin urgencias. Ahora me preocupa saber dónde dormiremos esta noche.

—Creo que deberíamos salir hacia el lugar donde se encuentran los compañeros del Sector 5º. Unos podrían coger los autobuses que hacen el recorrido de Valencia a Cuenca, otros el tren a Madrid y otros los autobuses hacia Ademúz y desde allí contactar con los de Cuenca. Lo primero que haríamos sería dormir esta noche en una alquería cerca de Ventamina. Allí nos esperarán compañeros de la zona para ir campo a través hasta Requena. Desde ese punto podremos contactar con los hombres de Justino.

—¿Qué será de nuestras familias? –preguntó Laski.

—Tenemos algo de dinero. Os daré a quien tenga mujer e hijos algo para que se apañen dos o tres semanas. Después ya pensaremos cómo llevarlos a sitio seguro o, si el Feo se porta como esperamos, seguir ayudándoles como buenamente se pueda. En el mejor de los casos, podemos estar de vuelta en tres o cuatro semanas.

Media hora después, a pesar de las suspicacias de muchos de ellos, llegaron al acuerdo de que esa misma tarde tomarían el camino del monte. Amparo tenía familiares en Buñol, así que iría a pasar unos días con ellos y, en cuanto pudiera, contactaría con un enlace que la Guerrilla tenía en Siete Aguas para que la llevara cerca de Talayuelas y enlazar con el Sector 5º. Laski se entrevistaría esa misma mañana con Evaristo para prevenirlo. Luego marcharía a casa de sus padres en Losa del Obispo. Curiosamente, había recibido dos días antes una carta de los viejos quejándose de que, desde el fin de año anterior, no les había ido a visitar. Llevaría consigo la carta para justificar el viaje.

Roberto visitaría de nuevo las masías de Utiel y su comarca. Se había entrevistado en Valencia con don Francisco Baena, el dueño de la finca Buena Vista, en la Lorebuela, con el que había firmado un contrato abierto en donde se tenía que incorporar los litros de esencia sobran-tes del año anterior y los que, unos meses después, se obtuvieran de la cosecha de este año. La excusa que podría poner si le paraban por el camino o ante el brigada Belarmo en Utiel sería que incorporarían a dicho contrato los litros reales de la primera entrega con lo que tenían almacenado del año anterior para poder cargarlos en el Grao de Valencia.

Teo y el Menda irían a Utiel por sus propios medios. Eran los más habituados a hacer de enlaces con la Guerrilla del Sector 5º y sabían en qué parada de autobús o en qué estación podrían tomar o bajar del transporte para evitar ser inspeccionados por la Guardia Civil en un control rutinario.

—¿Y qué hacemos con la familia del Feo? –preguntó Laski, siempre tan solidario con los compañeros–. Creo que deberíamos ayudarlos económicamente.

—En este momento, poco podemos hacer –Roberto tomó la palabra–. Sería una temeridad darles algo de dinero porque a buen seguro la policía los estará vigilando.

—Pero no podemos dejarlos a su suerte.

—Propongo una estratagema que utilizamos en otra ocasión con un amigo preso –terció Gervasio–. Hagamos una cuestación a la hora de la misa. Viven en el barrio de Patraix, junto a la Creu Coberta, y el cura es una buena persona. Si le informamos de que ha sido detenido y la familia no tiene posibles, seguro que organiza una colecta en las misas del domingo. Le damos dinero a varios compañeros para que cada uno dé una cantidad en efectivo en distintas misas, con la finalidad de que no sea sólo sea uno el que, de todo el pastón, y tengan suficiente para vivir algunas semanas.

—¿Es de fiar el cura?

—Totalmente. Ingenuo, pero muy obrerista.

—Pues hecho –confirmó Roberto.

Laski y el Menda, los únicos con mujer e hijos, recibieron dos sobres con dinero para la familia, y los otros una pequeña suma para el viaje hasta el monte.

Todos marcharon con urgencia, excepto Amparo, que se quedó un momento más para despedirse de Roberto con mayor sosiego. Roberto le hizo memorizar las señas de don Matías, el veterinario de Utiel, para que fuera a su casa pasada al menos una semana. Habría prevenido al veterinario para que contactaran ellos dos y esconderse en alguna de las fincas de los enlaces con la Guerrilla.

Laski cogió el trenet en la estación de Benicalap hasta la del Pont de Fusta y desde allí marchó deprisa hasta la calle del Mar. Al llegar a la plaza de la Congregación se encontró con Brígida, que venía de recoger la compra en el mercado de la Plaza de Nápoles y Sicilia. Se presentó como un amigo de Evaristo de los tiempos de la República, y le dijo que necesitaba entrevistarse urgentemente con su marido. La mujer se temió que su esposo se hubiera metido en problemas, pero, sin hacer preguntas, le comunicó el recado.

Evaristo se acercó a la fuente de los patos que estaba en el centro de la plaza, y Laski le contó la detención del Feo.

—Si el interrogatorio dura demasiado tiempo, acabará confesando algo para que le dejen en paz, aunque sea por unas pocas horas hasta que la policía compruebe si lo que les ha contado es cierto o no. Hemos pensado que, si habla, una de las pocas personas involucradas con la Guerrilla que tiene poca información sobre nuestras actividades eres tú, así que tienes alto riesgo de ser detenido en cuanto te nombre.

Laski estaba avergonzado ante el mayordomo expresando la posibilidad de que pudiera delatarlo su amigo. Le agradeció que le pareciera normal.

—Supongo que os han entrenado para eso –comentó Evaristo–. Si sucumbes, por lo menos que sea con el menor daño posible. Es lógico.

—Si no tienes dónde ir, podemos llevarte a un sitio seguro.

—Querrás decir llevarnos –al ver la cara de extrañeza del otro, prosiguió–. No me voy sin Brígida, mi mujer.

—No solemos ayudar a los familiares, sólo a los guerrilleros.

Se acercaron al domicilio de los Salazar. Después de un momento de silencio, a Evaristo le salió el inspector que llevaba dentro. No fue una petición sino una orden.

—Yo aún no he tenido ocasión de ser guerrillero, y vosotros esta vez haréis una excepción. Brígida se viene conmigo. Y si me pasa algo, os haréis cargo de su seguridad.

—Tendré que hablarlo con mis superiores.

—Dile a Roberto que no es un ruego, es una exigencia. Si ha de permanecer ella en Valencia, me quedaré para acompañarla. Me detengan o no.

En ese momento vio venir a Carlos desde el final de la calle. Andaba con un semblante muy serio, como si estuviera enfadado consigo mismo. Le dio un codazo a Laski para indicarle que llegaba el señorito a casa.

—Calle del Rio Miño 19. Entra por la clínica del mecánico dentista. Dile que vas de parte de Facundo. Estaré de 5 a 7 de la tarde. Si no has llegado a esa hora, me iré sin esperarte.

—Iremos dos.

—Ya veremos a quién me llevo –comentó mientras marchaba con apresuramiento.

Evaristo esperó a Carlos a la puerta de la casa, pero éste pasó a escasos dos metros sin saludarlo siquiera. Entonces entendió que el Feo lo había denunciado. Entró con rapidez al semisótano donde estaba su vivienda para avisar a Brígida de que tenían que salir casi con lo puesto. Marcharon a la plaza de la Reina para coger el 6 de Sagunto a Ruzafa. Harían tiempo en la Bodega Seguí, en la plaza del Barón de Cortés. Evaristo conocía a los dueños de su época de inspector y les dejarían comer escondidos en los bajos de la bodega hasta la hora en que fueran a la calle Río Miño.

Ése sería el último día de su estancia en Valencia.

$$* \; * \; *$$

Carlos llegó al cuartel de Arrancapinos poco antes del aperitivo. Salamanca estaba a punto de acercarse al bar Ricardo de la calle del Doctor Zamenhof para tomarse unas tapas con varios oficiales y le invitó a que los acompañase, pero el abogado quiso hablar con él en un aparte. Fueron a su despacho.

—Me han dicho que ayer estuvo en la Jefatura de la calle Samaniego cuando el loco ése se tiró por la ventana –dijo el capitán mientras se acomodaban.

—No me lo puedo creer –comentó el visitante–. Prefirió quitarse la vida antes que denunciar a unas personas que lo habrían abandonado a su suerte.

—Cuando se lucha por un ideal, es preferible la muerte a la delación. Los valientes combaten en ambos bandos.

—Valientes fuimos los que nos rebelamos el glorioso 18 de julio contra un gobierno criminal –Carlos quiso reivindicarse–. Lo de estos rojos no es valentía, es un desvarío comunista porque los soviéticos los tienen subyugados con unas promesas imposibles de cumplir.

—No hay que menospreciar a los enemigos –sentenció Salamanca–. Ni en su valor ni en su compromiso.

Carlos permaneció en silencio. No sabía cómo interpretar lo dicho por el capitán.

—¿Acaso admira a los maquis? –se atrevió a decir.

—Eso es imposible, amigo mío. Son la peor ralea con la que te puedes topar. Quien no es comunista es anarquista libertario. Pero eso no quita para que sean bravos en el combate y fieles a sus creencias. El día que lo olvidemos, nos ganarán la batalla.

—¿Opina que nosotros somos peores que ellos?

—Sólo los que dejan a un lado sus ideas por salvar la cabeza, aunque Arnau me ha dicho que, como tantos otros, ése no es el caso del tal Feo. Esta mañana, de madrugada, ha delatado a varios de sus compañeros.

Carlos sintió una punzada en la boca del estómago. Si el maquis había señalado a algunos de sus cómplices, a lo peor había descubierto al mayordomo, privándole de ser él quien informara al guardia civil.

—Venía a comentarle algo sobre ese personaje.

—Llegó a un acuerdo con el inspector –le interrumpió Salamanca–. Si nos da información sobre sus actividades en el maquis, habrá conseguido 25 años de trabajos forzados en la Compañía del Batallón Disciplinario de Soldados Trabajadores Penados número 95 de Cuelgamuros, destinado a la construcción del monumento que conmemorará a los héroes y mártires de la Cruzada. Así se ha librado de ponerse delante de un pelotón en el paredón del cementerio de Paterna.

—¿Les ha comentado de sus relaciones con Evaristo Orozco Masferrer, inspector de policía de la República y que actualmente trabaja en casa de mi padre?

—No lo sé. Arnau me ha dicho que vamos a hacer el interrogatorio entre los dos. Esta tarde lo traerán aquí en compañía del inspector y de una pareja de falangistas expertos en la investigación de las delaciones que obtenemos de esta gente. A veces nos quieren hacer pasar gato por liebre.

—Escúcheme bien porque lo que tengo que contarle es importante.

Le relató la vez que sorprendió a su mayordomo en el taxi del Feo y su entrevista a la puerta de su casa con otra persona, posiblemente del maquis, esa misma mañana. Estaba convencido de que, de alguna manera, Evaristo era un enlace de la Guerrilla y les informaba de cuanto podía escuchar cuando estaba presente en las conversaciones en la casa y, "¡vete tú a saber!" si también, posiblemente, rebuscaba entre los papeles de su padre y los suyos propios, sobre todo en los referentes a los problemas laborales de VAFESA.

—Desde hace unos meses las relaciones entre los trabajadores y la empresa se han vuelto insostenibles debido a las excesivas exigencias de los sindicalistas de la fábrica. Saben en qué momento tenemos urgencias en la producción que nos hace débiles. En estos instantes, no podemos dejar de fabricar ni un solo momento y es ahora cuando están arreciando las movilizaciones. No me extrañaría nada que el maquis y los sindicatos comunistas estén detrás de esas reivindicaciones.

—Pero eso es más cosa del sindicato que de los maquis. No creo que tengas ninguna prueba que relacione al mayordomo con ellos.

—¿Y no le parece poca relación que ese taxista se reuniera con él? Usted mismo ha dicho que el tal Feo es miembro de los maquis.

—¿Por qué ese interés en relacionar con el maquis a un antiguo inspector de policía, que ha estado conviviendo con tu familia sin levantar ninguna sospecha durante casi diez años? –preguntó Salamanca.

—Son todas sospechas muy intuitivas, lo sé mi capitán, pero he de rogarle que me dé un poco de crédito.

— ¿Y por qué no se las has comunicado al inspector Arnau? Al fin y al cabo, eres su confidente en la empresa. Un vulgar chota.

Sintió una vergüenza punzante. Sabía que un chota era la definición de soplón en el lenguaje carcelario. Ahora comprendía la ironía del guardia civil al alabar el proceder suicida de un bandolero y criticar la cobardía de un adicto al Movimiento. Pero ese día, primero con Dalmás y ahora con el capitán, había experimentado tantas veces la vergüenza que se encontraba inmunizado contra ella.

— Porque no tengo la misma confianza con el inspector que con usted. El inspector me ha obligado, bajo amenaza de procesarme por unos supuestos delitos, a colaborar con él, incluso estando presente en los interrogatorios en el día de ayer. Con usted me une el afán por acabar de una vez con esos asesinos del maquis. Al fin y al cabo, Marcos Ferrer, el causante de la desaparición de mi hermano, posiblemente esté en el monte con esa gentuza.

— Eso es más un deseo que una certeza. No tienes más evidencia que las elucubraciones de tu madre.

— Estamos tan convencidos de ello que le ruego me deje acompañarlos, como falangista que soy y con el rango de integrante del Somatén, si alguna vez montan un operativo contra ellos. Si podemos sonsacarle al Feo el lugar donde se esconden los de su sector, daría media vida por poder unirme a ustedes para liquidar a esos malnacidos y saber si Marcos Ferrer se les ha unido.

El capitán lo sopesó unos instantes.

— De acuerdo –dijo al fin–. Pero con una condición. Vendrás conmigo y dispararás a cuanto se mueva a mi orden.

— Sólo le pido que, a ser posible, cojamos con vida a Marcos Ferrer y me deje interrogarlo como yo crea más conveniente –lo miró con rabia–. Sin ninguna cortapisa. Después de que me cuente lo que quiero saber, yo mismo le impondré el final que se merece.

— Es un pacto de sangre, amigo mío.

— Sea, mi capitán.

— Capítulo XXI. —

Cerro Moreno

La noche del 6 de noviembre de 1949, las comandancias de Cuenca, Valencia y Teruel enviaron, cada una de ellas, a unos 200 guardias civiles a las inmediaciones de Cerro Moreno. Se unieron a esas fuerzas poco más de un centenar de hombres del Somatén Armado, entre los que se encontraba Carlos Salazar, al mando de una unidad compuesta por doce hombres. La comandancia de Valencia con sede en Arrancapinos estaba dirigida por el capitán Salamanca. Todos los efectivos contaban con el apoyo de guardias del pueblo de Santa Cruz de Moya para guiarlos por el monte.

Un total de 600 guardias civiles, 100 somatenes y los guardias rurales se concentraron en la aldea de Losilla de Aras, a unos cinco kilómetros del cerro, bajo el mando del comandante de Landete, don Ramón Jiménez Martínez, aunque siempre estuvo en contacto directo con el general Pizarro, que seguía la operación desde su puesto de mando.

Jiménez Martínez mandó a los de Cuenca acercarse al cerro por la ladera derecha, donde estaban situados los retretes del campamento.

Los de Teruel subieron por el lado izquierdo para atacar desde la entrada por la cocina, y los de Valencia ocuparon el lado frontal. El campamento estaba constituido por una docena de tiendas en las que se podían alojar cuatro guerrilleros en cada una de ellas. Aquella noche estaban en el campamento unos 15 maquis.

Durante los días anteriores, los enlaces de la Guardia Civil detectaron un gran movimiento de personal. En realidad, había llegado al lugar una partida desde Francia acompañando a Gervasio. Entregaron armas, munición y ropa a los guerrilleros, proponiéndoles guiarlos de vuelta a los Pirineos. Sólo los acompañaron Brígida, la mujer de Evaristo, que habían pasado el último mes en aquel lugar, y dos guerrilleros más. Los demás se negaron en redondo a abandonar la lucha. Marchó sólo Brígida porque Evaristo se iría un mes más tarde hasta Toulouse, donde lo esperaría su esposa, debido a que estaba preparando junto a Roberto y Amparo la reorganización del equipo en la ciudad tras la detención del Feo. El Menda era el único del grupo que quedaba, y tenían que definir la estrategia a seguir en la búsqueda de nuevo personal y el establecimiento de los objetivos a alcanzar. El antiguo inspector de policía conocía a bastantes veteranos compañeros del cuerpo y a guardias de asalto como para intentar llevarlos a la causa republicana.

Roberto y Amparo habían encontrado cobijo en una masía de la zona, donde pasaban buena parte del día. La finca, cerca de Benagéber, estaba atendida como casero por un enlace de la Guerrilla. Los dueños eran de Valencia, pero en esas fechas vivían en Zaragoza y le habían hecho a José Luis, como así se llamaba el enlace, un contrato de mediero, ya que los amos no se acercaban ni a la matanza, ni la vendimia, ni tan siquiera para las fiestas del pueblo. Cada lunes, Amparo y el inglés se acercaban al bar de Queco, a la salida de Utiel, para entrevistarse con Evaristo y el Menda. El uno venía desde Cerro Moreno y el otro pasaba el fin de semana en casa de su hermana en Camporrobles. El Menda les informaba de las novedades en la ciudad, y entre los cuatro elaboraban un plan de estrategia para la semana entrante. El lunes siete habían quedado a las seis de la tarde.

Laski, Justino y Cubano marcharon también con los venidos de Francia el martes anterior para acompañarlos hasta la sierra de Javalambre y entregar a los de esa zona más armas y material, así como la oferta de abandonar el país.

Nunca se supo con certeza quién había dado el soplo a los del tricornio sobre la ubicación del campamento, pero lo cierto fue que, con la ausencia de Justino, un jefe preocupado por la seguridad del lugar, los otros habían desatendido el cuidado de no ser descubiertos. Se comunicaban a gritos, con entradas y salidas del campamento constantes. En lugar de los tres centinelas reglamentarios, tanto de día como de noche, sólo había uno en la parte del cerro desde el que se divisaba el vallejo que comunicaba directamente el campamento con Santa Cruz. Los encargados de subir el agua de la fuente que brotaba bajo el cerro lo hacían a cualquier hora, más de tres veces al día, por lo que quedaban muy visibles las sendas que formaban de tanto caminar por los mismos lugares. Habitualmente se preparaba la comida con fuego de ramas muy secas para que no hicieran humo, pero, tras la marcha de Justino y la llegada del frío de noviembre, se encendían dos y tres fuegos a la vez y a todas horas.

Desde las diez de la noche anterior hasta las siete de la mañana, los asaltantes se acercaron con enorme sigilo al lugar. Salamanca y los suyos, acompañados del Somatén de Carlos, llegaron hasta unos doscientos metros de las tiendas de campaña. Los guardias de Santa Cruz les indicaron que, a partir de ahí, podrían ser vistos, por lo que se apostaron escondidos hasta que la superioridad diera la orden de ataque.

Tal y como se había planeado, a las siete y media en punto del día 7 de noviembre de 1949, los 200 agentes de la comandancia de Cuenca dispararon sus armas, atacando por la ladera derecha, donde estaba el único centinela. Comenzaron con ráfagas de naranjero y bombas de mano, apuntando a las tiendas de campaña tras dar muerte a Paco el Carbonero, el vigía entretenido en fumar un caliqueño de Poblé Nou, su pueblo natal, que no llegó ni a coger su arma. La docena larga de guerrilleros que dormían a esa hora no tuvieron tiempo de organizarse. Estaban entrenados a repeler cualquier asalto disparando ráfagas de metralleta de forma que los agresores tuvieran que reorganizarse, momento que aprovecharían para poner pies en polvorosa. Esta vez los cogieron tan de improviso que no pudieron ni empuñar sus armas. Los guerrilleros huyeron en tropel hacia el lado opuesto de donde llegaban los disparos, por la cocina, pero los de la comandancia de Teruel, que estaban allí apostados, los atacaron por ese costado.

Los del campamento, en esos primeros minutos, habían tenido dos bajas, la de Carbonero y la de uno que quiso huir sorteando a los de Teruel y corriendo en dirección a Santa Cruz, el lugar donde estaba el capitán Salamanca y sus hombres. Parapetado tras un pino muy frondoso, Carlos, a pesar de la distancia, lo mató por la espalda acertando con un tiro que le entró por la nuca.

Los guardias civiles y los somatenes que subían por los laterales del cerro llegaron hasta la cumbre y dispararon desde atrás a los hombres que bajaban hacia el pueblo. Éstos se dispersaron en cuanto se dieron cuenta de que Salamanca y los suyos los estaban esperando. Evaristo salió hacía el vallejo que lo conduciría rápido hasta Santa Cruz, pero allí estaba apostado el capitán, escondido tras un recodo. Cambió de dirección, casi dándose de bruces con Pelegrín, un chaval de poco más de 16 años que huía despavorido como alma que lleva el diablo. Bajaron hasta el final del pinar, pero para llegar al siguiente tuvieron que atravesar una tierra de labrantía en barbecho con más de cincuenta metros de anchura.

Cruzaron al descubierto el chaval y Evaristo por el lado este del campo, y tres compañeros por el lado opuesto salieron casi a la vez corriendo a toda velocidad. Ninguno de ellos llevaba un arma, y Pelegrín se quedó parado en mitad del campo, levantando las manos mientras chillaba su rendición. El capitán se le acercó por la espalda y, llegado a su altura, le descerrajó un tiro en la nuca. El chico cayó como un saco.

—¡Que no quede ni uno! —gritó Salamanca.

Los otros tres, que se habían detenido al ver la rendición del muchacho, corrieron hacia el pinar en cuanto oyeron el disparo, pero allí los estaban esperando, agazapados, más de una decena de guardia civiles, que los recibieron con una descarga. Los somatenes que los perseguían, al comprobar cuando llegaron junto a los cuerpos caídos que los agentes se les habían adelantado, los rociaron con las balas de sus subfusiles, en un arrebato de ira y frustración. Dos de ellos, que ya eran cadáveres, saltaron como marionetas tiroteadas, pero el tercero, que sólo estaba herido en ambas piernas, les lanzó una última maldición.

Evaristo logró llegar al pinar, donde no encontró más oposición que los que lo perseguían. Cuando los del Somatén, que fueron los primeros en llegar, vieron que se les escapaba, tiraron a voleo con tan mala suerte para el que huía que una de las balas le rozó el brazo. El dolor fue lacerante, pero no le impidió seguir avanzando hasta encontrar un crestón bajo el que se pudo cobijar.

Eran más de las 12 del mediodía cuando las fuerzas asaltantes comenzaron la retirada. Salamanca, con su cámara fotográfica Leica 3ª (como la que usaba Robert Capa durante la guerra civil), fotografió los cuerpos sin vida de los 12 asesinados. "Éstos están bien muertos y no como los que retrataba ese puto americano", comentó el capitán mientras los fotografiaba para su álbum. Cuando le llegó el turno al que había matado Carlos con un tiro en la nuca mientras huía, el joven Salazar pidió a Salamanca que le hiciera una copia para "poder presumir de puntería". Los cuerpos de los 12 muertos, que mostraban signos de extrema violencia ocasionados por los tiros a discreción después de muertos o por golpes y arañazos por todo el cuerpo causados al arrastrar los cadáveres, fueron arrojados por la ladera del cerro hasta llegar donde estaban los camiones.

—Nunca sabremos si uno de estos bandoleros era Marcos Ferrer –comentó Carlos.

—Los agentes han encontrado el listado de los maquis que hacían guardia –señaló el capitán–. Iban apuntando sus nombres para fijar los turnos de vigilancia. Lo malo es que todo son los apodos que solían usar. No hay manera de saber si alguno correspondía a Marcos.

—Es una pena que no hayamos hecho un prisionero. Vi al mayordomo de casa de mi padre huyendo ladera abajo. Quisiera reconocer el cadáver.

—Eso va a ser imposible –Salamanca soltó una risita–. Escapó en medio del tiroteo.

—¿Cómo se ha dejado escapar a ese grandísimo bellaco? –Carlos enloqueció.

—Cosa de suerte, posiblemente –contestó aún con una sonrisa el capitán–. Hemos abatido a doce bien entrenados para escabullirse en un asalto, y el más viejo y peor preparado ha sido uno de los pocos que han conseguido salvarse.

—¿Y se puede saber a qué viene tanta risita? –preguntó Carlos, molesto por la actitud del guardia civil.

—Porque, si quieres, podemos atraparlo esta misma tarde. Nuestras fuentes nos han indicado que todos los lunes, a eso de las siete de la tarde, se reúnen cuatro bandoleros, entre los que se podría encontrar tu mayordomo, en un bar a la salida de Utiel.

—¿Y qué esperamos para salir?

—El permiso de la autoridad y conseguir un vehículo que nos lleve hasta ese bar. Ahora nos vamos todos a Landete.

Los doce cadáveres estaban amontonados en los camiones, listos para marchar. Únicamente habían sobrevivido tres guerrilleros, que pudieron escapar de la masacre en el ataque cometido por más de 700 hombres al último gran refugio de la AGLA.

—Los maquis se han acabado –sentenció Salamanca antes de ir a pedir permiso al comandante de las fuerzas.

Cuando se hubieron marchado los guardias civiles, Evaristo salió de su escondrijo. Estuvo tentado de subir de nuevo al cerro para buscar el botiquín, pero desechó la idea. Podría quedar algún agente como retén. Decidió curarse la herida de forma provisional para llegar a tiempo al bar de Queco y avisar a Roberto de la destrucción del campamento y sus moradores.

Se lavó la herida en la fuente que se usaba para subir el agua al recinto. Le seguía doliendo mucho, pero ya no sangraba, y se la cubrió con un trozo de la tela de la camisa. Cuando llegara a la masía, que estaba a unos tres kilómetros de la Granja de San Pablo, a dos horas y media de camino por senderos del monte, le harían una cura más apañada. En esa finca era donde cogía todos los lunes una moto, que le dejaba uno de los campesinos, para ir al encuentro de Roberto y Amparo a la salida de Utiel.

Esta vez tardó un poco menos de lo acostumbrado, pues cogió algún atajo a pesar del riesgo de que lo descubrieran, pero no quería aparecer tarde a la cita con sus amigos. Al llegar a la finca, Antonio, el campesino amigo, lo introdujo en la casa, le lavó la herida, desinfectándola con alcohol, le puso una venda limpia y le dejó una camisa. Evaristo se puso en marcha hacia el bar de Queco.

Desde el primer día, los cuatro camaradas establecieron un protocolo de llegada para mantener una mínima seguridad. Siempre iba al bar a la hora convenida el Menda, que tomaba un café con leche y una tostada de pan mientras esperaba a los demás. En segundo lugar, aparecía Evaristo. La contraseña de que todo iba bien era que el pedido que se hacía al camarero era siempre el mismo. Si lo pedía, podrían tener la reunión, pero si estaba tomando otra cosa, un café, una cerveza o unas madalenas en lugar de la tostada, debería largarse lo más rápidamente posible. Posteriormente llegaría la última pareja. Evaristo y el Menda deberían estar tomando una copa en las sillas que tenía el bar a la entrada. Sólo entonces los cuatro pasaban al interior para hablar alrededor de la mesa más alejada de los parroquianos. A esas horas la barra estaba muy concurrida, y en las mesas sólo solían estar una peña de viejos jugando al truc y un par de amigos tomando un aguardiente.

Evaristo dejó la moto dentro de un cercado a un kilómetro de Utiel. El último cuarto de hora lo hacía a pie para evitar miradas indiscretas. Mientras caminaba observó que, al parecer, en el pueblo nadie tenía conocimiento del asalto a Cerro Moreno. Estaba seguro de que al día siguiente ningún periódico comunicaría la noticia, pero el franquismo, de puertas de cuartel para dentro, celebraría el fin de los guerrilleros con todo bullicio. El pueblo, esa ciudadanía que, según el PCE, apoyaba la lucha guerrillera contra el dictador, pasaba esa tarde-noche como cualquier día: los campesinos volvían de una agotadora jornada en el campo, ocho o diez horas destripando terrones, y otras dos de viaje de casa al campo y vuelta por la tarde; en las casas se estaba preparando una cena, muchas veces puré de algarrobas, rebozado en pan rallado, guisos de boniato o puchero de huesos; los niños estaban en la calle con un mendrugo de pan por toda merienda, y los hombres tomaban en el bar un vino peleón en una tierra de excelentes viñedos.

Al llegar a casa Queco entró en busca del Menda. El local era pequeño, así que se dio cuenta enseguida de que su compañero no estaba allí. Al salir para esperarlo fuera, se encontró de bruces con dos tipos descomunales que lo empujaron hacia adentro, llevándolo casi en volandas al corral de la parte trasera del establecimiento. Cuando entró en el cobertizo, trastabilló con el peldaño de la puerta, cayendo cuan largo era sobre las boñigas de la única vaca del lugar.

Entonces lo vio. El Menda estaba sentado en un rincón del patio. Una pierna señalaba a occidente y, espatarrado, la otra a oriente. Los brazos los tenía sometidos, mitad rendidos, mitad orando. Al subir la vista observó la cara ladeada, los ojos muy abiertos, tanto la boca como la nariz ensangrentada, y el rostro lleno de cardenales. Había muerto de un disparo en la frente.

—El gilipollas, en lugar de terminar por la vía rápida, necesitó que le retocásemos la cara –dijo Salamanca mientras entraba en el corral–. Espero que seas más listo y terminemos contigo en un pispas.

✳ ✳ ✳

Cuando salieron de Cerro Moreno hacia Landete con el resto del grupo adscrito a la comandancia de Valencia, Cristino Salamanca pidió permiso para poder marchar hacia Utiel al objeto de detener a uno de los huidos en el asalto de la mañana.

El comandante le preguntó el motivo de esa petición, y el capitán informó de que, durante el último mes, uno de los parroquianos de Queco, llamado Paco Fernández, había observado que todos los lunes, a la misma hora, se reunían tres hombres y una mujer, que charlaban con miedo a ser escuchados. Paco pertenecía a la agrupación local de la Falange, por lo que estaba ojo avizor para descubrir a todos los desafectos al Régimen con los que se pudiera topar. El odio a los rojos no sólo era por lo enseñado en la Falange. Él y su familia, todos republicanos, pero de derechas, tuvieron que salir del pueblo debido a las amenazas que les hicieron, y a un tío, cura de una parroquia valenciana, le habían dado el paseo durante los primeros días de la guerra.

Además, Paco reconoció a uno de ellos, un tal Andrew Cedric Hemsley, que era un inglés venido a comprar esencias por las fincas del contorno, que hablaba español sin acento extranjero. Lo había escuchado un día en Casa Marifina "hablar con la Encarna y tenía un acento que sólo se le entendía la mitad de las palabras", como le dijo al brigada Belarmo cuando dio parte de su descubrimiento. El guardia civil había esperado a intervenir ese lunes, tras avisar a la comandancia de Valencia, porque tenía el pálpito de que el veterinario también participaba en este complot y quería pillarlo in fraganti.

Salamanca pidió que lo acompañara el somaten Carlos Salazar y una veintena de agentes para preparar la emboscada en el bar de Queco. Durante el trayecto comentaron la estrategia a seguir.

—Tengo informes de que ese tal Hemsley es un enlace del PCE con las Guerrillas. Por lo visto, se reúne con otros tres cada lunes. Pudiera ser que uno de ellos fuera el mayordomo.

—¡Ojalá! –deseó Carlos–. Si eso es cierto y lo atrapamos vivo, podría identificar entre los muertos a Marcos Ferrer o, si no está entre ellos, al menos informarnos de su paradero.

El bar de Queco tenía un patio trasero que hacía las veces de corral de gallinas y conejos y establo de una vaca que servía para tener suficiente leche para el servicio del bar y vender un poco más a unos cuantos parroquianos. La mujer del sargento Belarmo era uno de ellos y tenía una cuenta deudora enorme, que Queco sabía que nunca iba a cobrar. Una hora antes de la reunión de los cuatro guerrilleros, según indicaciones del Paco, la veintena de guardias civiles se apostaron en el lugar.

Carlos y Salamanca aguardaron en el piso de arriba del local. Pidieron un café con su coñac correspondiente. A la media hora de esperar exigieron que les subieran la botella. Apostaron en las inmediaciones a los agentes, todos ellos de paisano. Paco y un policía se sentaron frente al bar, en la puerta de una casa, ambos en unas pequeñas sillas de enea y con el periódico en la mano, como si estuviera esperando a la fresca mientras comentaban las noticias. Cuando se acercara el primero de los guerrilleros debía encender un cigarro como señal convenida. Paco se pasó una hora aguantando sus habituales ganas de fumar, más en esa ocasión, con los nervios desatados.

A las seis en punto llegó el Menda. Cuando le vio dar la vuelta a la esquina de la calle, el confidente encendió un cigarrillo inspirando una profunda calada, y su compañero tuvo que cogerle de la mano para que no hiciera una señal a los agentes del interior del bar. El guardia apostado en las ventanas subió de inmediato para dar aviso al capitán.

Cuando entró el Menda en el local, dos parroquianos que estaban en la primera mesa junto a la puerta se colocaron a su espalda. Uno de ellos le metió el cañón de la pistola en los riñones amenazándole con disparar. El guerrillero fue a buscar su arma, pero el segundo agente le sujetó el brazo mientras el de la pistola le daba un culatazo en la cabeza. Se levantaron otros tres para, entre los cinco, sujetarlo y llevarlo a empujones hasta caer en el piso del corral.

—¿A qué partida del maquis perteneces? –fue lo primero que le preguntó unos de los captores.

Permaneció en silencio, y el que le había preguntado le pegó una patada en la cara. Un diente salió despedido, mientras la sangre manaba de su boca. En ese momento llegaron el capitán y el somaten, y se cuadraron todos los guardias civiles.

Salamanca se lo preguntó varias veces más. Cada vez que daba la callada por respuesta, se llevaba un nuevo golpe. Le pisaron las manos, le dieron patadas en la nariz, en las orejas y en las costillas. Una de las preguntas se la hizo Carlos, agachándose para verlo de frente.

—¿Estaba en el campamento un tal Marcos Ferrer?

Silencio. Dio una calada a su cigarrillo. Al parecer le iba a ofrecer otra al detenido, pero le aplastó la colilla contra la cara.

—¿Se ha unido ese malnacido a la Guerrilla? –le preguntó de nuevo.

El Menda siguió en silencio, escupiéndole a la cara.

Carlos se quitó el escupitajo con la manga de su cazadora, sacó la pistola de la funda y se la colocó en la frente, volviendo a hacer la misma pregunta.

—Cuando me matéis, poned en la tumba mi verdadero nombre, Antonio Paredes García, asesinado por patriota por la Guardia Civil y un hijo de puta falangista.

Carlos apretó el gatillo.

— Capítulo XXII. —

La memoria pérdida

Evaristo supo que iba a morir allí. Intentaría aguantar lo máximo posible hasta la llegada de Amparo y Roberto. Cuando no los vieran en la puerta del bar, sabrían que algo iba mal y no caerían en la trampa.

—¿Cuál es la contraseña para indicar a los otros dos que pueden reunirse con vosotros? –preguntó el capitán.

—No sé de qué me estáis hablando, esto es un atropello –contestó el antiguo inspector para, después, dirigirse a Carlos–. Me conoces bien y sabes que yo no haría nada ilegal.

—Entonces, ¿por qué te has escapado de casa con tu mujer? –le preguntó–. Os hemos pillado cometiendo un delito de alta traición a la patria y de lealtad a mi familia. Mi padre logró vuestra salida de la cárcel y lo habéis pagado asesinando en el monte a gente inocente.

—He visto esta mañana a ése –dijo, señalando al capitán– disparando a la nuca y por la espalda a un chaval de dieciséis años que se estaba rindiendo. Eso sí que es el asesinato de un inocente.

—Todos vosotros vais a morir o a manos de la Guardia Civil o frente a un pelotón de fusilamiento –contestó Salamanca–. Esta mañana te has salvado, pero ahora puedes elegir: morir deprisa mientras intentas la fuga o terminar a manos de esos dos que te están agarrando y retrasarán tu final de tal manera que encontrarás una liberación cuando marches hacia el Altísimo. Te conmino, ¿cuál es la contraseña?

Los dos matones le doblaron los brazos haciéndole creer que iban a sacar los huesos del sitio.

—No hay ninguna contraseña –contestó en un suspiro.

Al escuchar la respuesta, el capitán alzó la mano, pero se detuvo.

—Ponedlo en una mesa al lado de la ventana –ordenó a los guardias–. Cuando vengan los dos que faltan, quiero que lo encuentren esperándolos.

Evaristo fue a levantarse para ir a la mesa, pero Carlos lo retuvo.

—Ha obedecido muy deprisa, mi capitán, creo que la contraseña es otra. Una vez quedé con él en un bar y me dijo que si lo encontraba esperándome fuera es que la cosa iba bien. Si lo pillaba dentro debería abortar la entrevista.

—Entonces, lo más lógico es que estuvieran esperando los dos bandidos en las mesitas que hay en la acera –dijo Salamanca.

El guardia civil se quedó cavilando durante unos momentos.

—Carlos –dijo al fin–, ve al corral y coge la guerrera del maquis muerto. Tenéis la misma complexión y los dos sois morenos y con una buena mata de pelo. Si te levantas el cuello de la pelliza, podrás dar el pego, por lo menos desde lejos.

El militar se dirigió a Evaristo con una mueca de repugnancia.

—Y tú, ten cuidado con tu señorito. Hace un momento le ha metido una bala en la frente al bandido que está en el corral sin pestañear.

Eran poco más de las seis y media de la tarde y los otros dos no tardarían mucho en llegar.

★ ★ ★

En esta ocasión, Amparo había propuesto ir a comer al nacimiento del rio Magro, en la confluencia de la Rambla de la Torre y el rio Madre, para dar un paseo antes de volver a Valencia. Roberto tenía pensado marchar a Toulouse para recibir nuevas instrucciones, dado que la mayoría de los guerrilleros no querían abandonar el país, y ella, a pesar de su invitación para acompañarlo y vivir como pareja, tenía aún muchas dudas al respecto. Creía que la causa de la República estaba por encima de los sentimientos, pero la insistencia de Roberto le estaba haciendo replantearse la decisión.

Mientras volvían al pueblo, al que entraron por la parte opuesta por donde solían venir, seguían haciendo planes para el futuro.

—La verdad es que no tengo muy claro qué es lo que voy a hacer a partir de ahora –decía él–. Phil Piratin, uno de los dos parlamentarios ingleses del Partido Comunista Británico, me ha pedido que trabaje para su oficina del East End de Londres. En las elecciones de 1945, el Partido consiguió más de 100.000 votos y esperamos aumentarlos en las del próximo año. Además, me ha ofrecido trabajo como colaborador de The Daily Worker, un periódico propiedad de una cooperativa de lectores independientes, aunque hasta 1946 fue del Partido. El puesto sería de analista político en la Europa continental.

—Europa es el continente –señaló ella, a modo de burla–. Sólo hay que puntualizar cuando te refieres a la Europa insular.

—Como quieras –siguió Roberto con la broma–. Lo cierto y verdad es que estoy a favor del PCE en su lucha contra la dictadura, pero, como comprenderás, me gustaría volver a mi país y luchar por cambiar la sociedad en lugares donde es posible hacerlo, como son la prensa y el Parlamento. Las Brigadas Internacionales se fueron de España en el año 1938, y yo, que a veces se olvida, soy un ciudadano británico y vine con ellas.

—¿Y al final qué decidirás?

—Depende en gran medida de ti. Si me acompañas, tendremos que hablarlo los dos, porque la decisión nos afectará a ambos. Analizaremos los pros y los contras de cada alternativa y decidiremos conjuntamente.

Al llegar a Utiel, dieron un rodeo hasta donde estaba el bar para no entrar en el pueblo.

—Y si me quedo, ¿qué harás? –preguntó ella.

—Creo que me iré a Londres. Si voy solo, posiblemente viviré con mi madre. Está sola, y creo que le gustará la ciudad.

—Si voy contigo a Londres, también podrías ofrecérselo.

—Entonces, ¿tengo posibilidades de que me acompañes?

—Tendré que pensármelo más de dos veces por lo que te he dicho antes.

Estaban llegando al bar y hablaron del propósito de la reunión.

—Evaristo me ha dado el nombre de varias personas que podrían reorganizar la Guerrilla en la ciudad de Valencia. Por lo visto, dos o tres compañeros de Cerro Moreno querían estar cerca de sus familias. El Menda y Teo deberían reorganizar el grupo a la espera de las nuevas órdenes que posiblemente Gervasio traiga de Toulouse.

—Es una pena que Evaristo quiera marcharse –comentó Amparo–. Es un buen elemento, con muchísima más experiencia que nosotros en la batalla dentro de la ciudad. Creo que el pueblo entendería mucho más nuestra lucha contra objetivos industriales y financieros del capitalismo impuesto si lucháramos en la ciudad, en lugar de seguir combatiendo en los montes. Lo único que se consigue desde el 47, tras el fracaso en el Valle de Arán, es poner en peligro al campesinado de las zonas donde estamos implantados y dar pie a que las fuerzas represoras los atormenten constantemente. Da pavor conocer las torturas y muertes que la Guardia Civil ha ocasionado entre los campesinos por el simple hecho de suponer que nos han dado comida. No te digo ya con los que nos apoyan económicamente o son enlaces de los nuestros.

Roberto no compartía la opinión de su amante.

—Sinceramente, no creo que tenga mucho porvenir la lucha de la Guerrilla en las ciudades. En Barcelona ejecutaron el febrero pasado a cuatro libertarios después de que pusieran unas bombas en los periódicos falangistas de La Prensa y Solidaridad Nacional. Lo malo de esas acciones es que, en ocasiones como esa, también caen heridos o muertos ciudadanos como tú y como yo, y el pueblo se rebela contra eso. Además, como muchos de los asaltos son a entidades bancarias para atracarlas, la prensa del Régimen ya se preocupa de calificar a los guerrilleros como vulgares bandidos. Los de Madrid se disolvieron cuando en el 47 hicieron estallar bombas en las dependencias de la Dirección General de Seguridad, en la embajada de Argentina y en el cuartel de Usera de la Guardia Civil. Medio centenar de los nuestros fueron detenidos, algunos acabaron muertos durante la detención, y varios de ellos, fusilados. La gente está harta de tantos años, de violencia.

—Entonces, ¿qué es lo que debemos hacer?, ¿rendirnos?

Se cruzaron con dos hombres que venían del campo, y guardaron silencio. Cuando se hubieron alejado lo suficiente, Roberto le contestó.

—La Guerrilla, en estos momentos, se encuentra acosada y privada de conexión real con las poblaciones campesinas, hastiadas de tanta lucha y represalias por los militares y la Guardia Civil. Con este panorama, la Guerrilla quedará reducida a la mera supervivencia, con lo que dará fuerzas a la propaganda franquista de que sólo se dedican a asaltar fincas, robar el ganado y las cosechas y matar a las fuerzas del orden. No puede ser que la Guerrilla, que se ha nutrido de los mejores hombres y ha significado durante más de diez años la voluntad de muchos españoles de derrotar al fascismo, termine siendo calificada como una banda de malhechores. Se tienen que sustituir las acciones armadas por un trabajo encubierto de agitación dentro de las organizaciones franquistas y los sindicatos clandestinos.

Él la observaba con melancolía.

—Pero de ese tema ya hemos hablado demasiado sin llegar a ninguna conclusión. Estaré a lo que decida el Comité Central. Al fin y al cabo, como te he dicho antes, yo sólo soy un extranjero que se olvidó de regresar con las Brigadas Internacionales con las que había venido.

Cuando dieron la vuelta a la esquina, vieron a lo lejos el bar de Queco y observaron que Evaristo y el Menda estaban sentados a la puerta del bar. Deberían estar sedientos porque, en contra de su costumbre, estaban tomando unos vinos en lugar de esperarlos para tomar las copas los cuatro juntos.

Roberto ordenó a su acompañante que se ocultara bajo unos soportales.

—Puede que algo vaya mal –susurró al oído de Amparo–. No creo que estén tomando una copa porque no nos pueden esperar.

— Pero están fuera del bar y eso significa que no hay peligro.

Carlos y Evaristo se sentaron en las sillas delante de un par de vinos. El somatén tenía una pistola en el regazo apuntando al vientre de su compañero. Durante varios minutos se mantuvieron en silencio, hasta que el mayordomo quiso saber cuáles eran los motivos por los que Carlos tenía tal resentimiento contra los guerrilleros hasta el punto de matar fríamente a un ser humano.

— No llego a entenderte –le dijo mirándolo a los ojos–. Desde que volviste del ejército te has vuelto contrario al Régimen, proclamando a los cuatro vientos que ha traicionado los principios por los que los falangistas os unisteis al bando golpista. Y ahora no sólo lo defiendes con todas tus fuerzas, sino que lo haces con una violencia inusitada.

Antes de contestar, Carlos meditó unos momentos.

— Tú sabes que Arnau podría meterme en la cárcel con sólo mover un dedo. No tenía más remedio que hacer lo que me pedía.

— Pero no con la Guardia Civil. Y, sin embargo, te has unido a ellos para saciar una sed de una venganza que no entiendo.

— De la naturaleza tortuosa de la humanidad, ninguna cosa recta se puede obtener –comentó–. Lo leí de Kant cuando estudiaba derecho.

— Esa no es una razón –objetó el otro.

— Este estado de cosas me enferma. Los franquistas vendiéndose al capitalismo mundial, a los terratenientes españoles y a esa podredumbre intelectual que son los nuevos falangistas. Los comunistas estáis empeñados en montar una checa universal. No creo que por mucho que intentes ver las cosas desde otra perspectiva diferente a la mía eso vaya a ser distinto, y no sabiendo qué partido tomar, una vez callados los falangistas auténticos, lo único que puedo hacer es aborrecer a todo el mundo.

— Pero sólo lo pagan los de un lado, los míos.

— Los falangistas auténticos hemos quedado como vencidos en el territorio del vencedor. Ésa es nuestra desgracia, pero tenemos que vivir con ello.

Evaristo miraba a ambos lados de la calle esperando ver llegar a sus compañeros antes que Carlos y los guardias civiles que estaban apostados en el interior del bar. Cerca de allí vigilaban dos agentes vestidos de paisano.

—Pero matar fríamente al Menda, no me lo esperaba de ti –continuó mientras seguía vigilando.

—Yo tampoco me lo creía de mí –se burló–. Pero, ya sabes, el ser humano es imprevisible.

—Eres de una familia muy católica y sé que, aunque algo indisciplinado, crees en la moral cristiana. ¿No sientes piedad ante esos hombres indefensos?

—Si el Señor cree que debo ir al infierno, al menos me encontraré allí con la mayor cantidad de rojos que haya podido matar.

En ese momento aparecieron sus amigos en un extremo de la calle. Evaristo estuvo en un tris de levantarse y advertirles, pero Roberto y Amparo se ocultaron bajo unos soportales, y supuso que Carlos le mataría antes de que pudiera avisarles.

—¿Me puedes ofrecer un cigarrillo? –le pidió–. Cuando lleguen mis amigos se montará la gresca, y creo que ni ellos ni yo saldremos con vida de ésta. Es como el último pitillo antes de la ejecución.

Carlos dudó, pero dejó la pistola sobre la mesa para sacar el tabaco y las cerillas, un error que le costaría la vida. Evaristo cogió la pistola.

—Entonces –el antiguo inspector apretó el cañón de la pistola sobre la frente de Carlos–, ¿crees en el infierno?

El falangista lo miró incrédulo, mientras Evaristo observó cómo los del interior salían escapados hacia la puerta del bar.

—Creo en Dios y en su misericordia a la que me acojo –fueron las últimas palabras de Carlos.

—Tu Dios no tiene piedad con los malvados. Dentro de cinco minutos nos veremos en el infierno.

Le pegó un tiro en la frente, como el que Carlos le había dado al compañero que estaba en el corral. De inmediato corrió hacia la puerta.

Pudo disparar al pecho al primero que salió. El segundo le descerrajó tres tiros a quemarropa. Salamanca, chillando como un poseso mientras acudía corriendo, al llegar junto al cadáver de Evaristo le vació el cargador.

Amparo hizo un ademán de correr hacia el bar, pero Roberto la cogió con fuerza, obligándola a permanecer protegidos en la oscuridad de los soportales.

—Nos ha querido avisar y ha dado su vida por ello –dijo el inglés–. Lo único que podemos hacer para honrar su memoria es salir de ésta con vida.

Agradecimientos

Este libro no hubiera sido posible sin el empeño y ánimo que mi mujer me dio durante todo el proceso de escritura, cuando lo escribí en los meses que estuvimos aislados al inicio de la pandemia del COVID19, alentándome en todo momento y siendo la primera y mejor correctora de cada capítulo y a mis hijos, mis incondicionales lectores.

También es de justicia agradecer a una serie de personas que leyeron el manuscrito con un provechoso espíritu crítico y cuyas aportaciones han sido valiosísimas a la hora de corregir los muchos defectos en los que incurrí. En especial a mi amiga y sobrina Chus Ruiz de la Torre. Los documentos de nuestra familia que me cedió sirvieron de base argumental en algunos trasuntos de esta novela (las frases en cursiva de varios capítulos son copia literal de los documentos que me dejó) y a mi amigo Óscar Hernández Campano, cuyas inestimables correcciones al manuscrito original lo mejoraron sustancialmente.

También debo mostrar mi más sincero agradecimiento a MacDiego por su diseño para la portada de este libro.

Valencia, noviembre de 2023